U0721044

碧嶂长春 著

馨香重

台海出版社

图书在版编目（CIP）数据

馨香重/碧嶂长春著 . –– 北京：台海出版社，
2021.1
ISBN 978-7-5168-2865-6

Ⅰ . ①馨… Ⅱ . ①碧… Ⅲ . ①小说集－中国－当代
Ⅳ . ① I247

中国版本图书馆 CIP 数据核字 (2020) 第 254083 号

馨香重

著　　者：碧嶂长春

出 版 人：蔡　旭　　　　　　　　封面设计：树上微出版
责任编辑：王　艳

出版发行：台海出版社
地　　址：北京市东城区景山东街20号　　邮政编码：100009
电　　话：010-64041652（发行，邮购）
传　　真：010-84045799（总编室）
网　　址：www.taimeng.org.cn/thcbs/default.htm
E - mail：thcbs@126.com

经　　销：全国各地新华书店
印　　刷：武汉市卓源印务有限公司
本书如有破损、缺页、装订错误，请与本社联系调换

开　　本：710毫米×1000毫米　　　　1/16
字　　数：219千字　　　　　　　　　印　　张：15
版　　次：2021年1月第1版　　　　　印　　次：2021年7月第1次印刷
书　　号：ISBN 978-7-5168-2865-6

定　　价：58.00元

目录 CONTENTS

馨香重

|第1章|
两情初相悦

琼西市是南琼省西部中心城市，是全国少见的不设区地级市。

2019 年 5 月 7 日，刚过立夏。琼西市的上午艳阳高照，热浪袭人。好在下午一阵暴雨后，天气又变得凉爽。这就是琼西市大恁镇夏天的常态，大恁镇是炎热的南琼省内少有的气候温和之地，是南琼省最适宜居住的地方之一，是琼西市市委市政府所在地。

下午下班后，刘冰欣来到琼西市电视台找男朋友吴义春，准备和他一起出去吃晚饭。

吴义春是琼西市电视台的新闻编辑，此时正在工作室编辑明天的琼西新闻。

"请问龙部长，为什么我们要开展第二届'琼西好人'的评选活动？"画面中一个手拿话筒的年轻女记者正在采访市委宣传部的龙部长。

画面中的龙部长回答道："开展第二届'琼西好人'评选活动，目的是为进一步推动我市社会文明大行动和'一创两建'工作深入开展，进一步培育和践行社会主义核心价值观，弘扬社会正气，引领社会风尚，树立先进典型，净化我们琼西的社会风气。"

接着，画面中的女记者又开始问其他的问题。

"你觉得这条新闻怎么样？"吴义春问身边的女朋友刘冰欣。

刘冰欣是南琼日报社驻琼西站的记者，她笑着说："很好，这是件非常有意义的事，为你点 10086 个赞。"

　　吴义春又重新剪辑了一番，把多余的镜头剪掉了一些，然后才满意地点点头，对刘冰欣说："不是为我点赞，是为琼西市委宣传部点赞。"

　　刘冰欣在旁边用欣赏的目光看着他，吴义春一米七左右的个头，长相英俊帅气，特别是，当一个男人在认真工作时，又显得非常酷。

　　吴义春感受到了刘冰欣的目光，问："干吗老盯着我看？"

　　"你好 Man！"刘冰欣说。

　　"是吗？我 Man 得这么低调都被你发现了。"吴义春笑着说，继续编辑明天要播放的琼西新闻。等把这期节目编完，时间已经快到晚上九点了。

　　"你饿了吧？走，我们出去吃饭。"吴义春说。

　　"我今天才知道，做你们这一行也很辛苦。"刘冰欣说，"我以前一直认为在电视台工作的人都是很风光的。"

　　"所有风光的背后，都是满满的辛酸泪。"吴义春说。

　　吴义春和刘冰欣走出电视台大门时，街道两边已经是万家灯火。

　　五月初的琼西已经很热了，好在最近一段时间，每天下午都下一阵暴雨，所以晚上还是比较凉爽。

　　"你想吃什么？"吴义春体贴地问。

　　"随便啦。"刘冰欣说。

　　"女人不能说随便哦。"吴义春调笑道。

　　"你个坏蛋，我说的是吃东西随便，又不是说做人随便。"刘冰欣说着，作势要打吴义春。

　　吴义春趁势抓住刘冰欣的手说："好，那我们就去吃'随便'。"

　　刘冰欣任吴义春抓着自己的手，享受着情侣间的这种小小的情调。她对吴义春这个男朋友说不上特别喜欢。吴义春的优点是工作认真、风趣幽默，但有时难免让人觉得他有些油嘴滑舌。两个人认识时间不长，刘冰欣对吴义春的印象总体还算不错。

　　刘冰欣是 2018 年 10 月作为人才引进来到南琼省的。自从 2018 年 4 月南琼省被定位为中国最大的自由贸易试验区和中国特色的自由贸易港后，南琼省急需各类人才，便推出了"百万人才进南琼行动计划"，刘冰欣报名应聘，被南琼日报社选中，分配到了南琼日报社驻琼西站工作。

"我们去吃点清补凉吧。"刘冰欣提议道。

吴义春说:"这样不行,我们还是要先吃饭,饭前吃凉的食物对胃不好,你刚到南琼不久,要保重身体。"

对吴义春的体贴,刘冰欣十分受用。她乖巧地说:"好吧,我听你的。"

两个人从文化中路走到兴隆路,来到一家外观上看比较干净的饭店,服务员过来倒茶水,同时把菜单递给吴义春。

吴义春一边看菜谱一边点菜:"来一个清蒸石斑鱼,一个炒花蟹,一个农家小炒肉,一盘清炒地瓜叶,一个紫菜蛋汤。"

"对不起,今天没有农家小炒肉。"服务员一边用笔记着吴义春点的菜一边说道。

"为什么没有?这不是一个很普通的菜吗?"吴义春说。

"最近猪瘟吵得沸沸扬扬,我们已经有一个星期没卖过猪肉了。"服务员答道。

最近一段时间,南琼省不少县市都暴发了猪瘟,一般的饭店都不再买猪肉,很多菜市场也不卖猪肉,好多染病的生猪都被处理了,全省猪肉滞销,虽然那些被处理的猪都有政府专项补贴弥补损失,但那些养猪大户仍然是苦不堪言,这些刘冰欣是知道的。

为了维护正常的经济秩序,促进猪肉正常销售,琼西市的市委书记都带头吃猪肉了,但是普通老百姓还是心存疑虑,一般的饭店也不卖与猪肉有关的菜。

刘冰欣问:"我们琼西市不是在大恁镇各农贸市场开设了 14 个放心猪肉销售点吗?"

"卖是有卖的,但并没有什么人买。"服务员解释说。

"那就换一盘黄皮鸡。"吴义春说。

"两个人吃不了这么多,一荤一素一汤就够了。"刘冰欣说,又退了黄皮鸡和炒花蟹两个菜。

两个人等菜的时候,刘冰欣说:"明天我要到巨成镇采访一个乡村振兴工作队员,你能陪我去吗?"

"亲爱的老婆,明天不行哦,明天市委书记要到市信访局接待来访群众,面对面倾听群众呼声，帮助困难群众解决实际问题，台长安排我去做新闻。"

"你真讨厌，不准叫老婆。"刘冰欣娇嗔地说。

"那叫未来的老婆行吗？"吴义春嬉皮笑脸地说。

"也不行，你就叫我刘冰欣。"

"好吧，刘冰欣同志，请问你到巨成镇采访的对象是谁？"吴义春问。

刘冰欣说："是市教育局的刘华科长，他在黄皮村扶贫时，帮助农户推销黄皮，让全村的不少农户脱贫了，他的事迹很典型，报社让我去做个专访。"

吴义春是琼西市本地人，知道琼西市黄皮是南琼省的优质水果，也是琼西市着力打造的一个农业品牌，这种水果虽然个头不大，但性凉，甜甜的、酸酸的，口感好，像初恋的感觉。前几天黄皮刚上市时卖到二十五块钱一斤，平时也是二十块左右一斤，而且十分畅销。

吴义春有个亲戚是黄皮村人，这个亲戚家有十多棵老黄皮树，每年卖黄皮的收入都有四五千元。吴义春知道，黄皮村几乎家家户户有黄皮树，他们种植黄皮已经有数百年历史了，被誉为南琼百年黄皮园。

刘冰欣说："我看了教育局传给我的材料，黄皮村的黄皮往外销，刘科长功不可没，在刘科长的带领下，黄皮已经销到东北一带了。"

"黄皮是不耐保存的，他怎么能销到那么远的地方的？"吴义春好奇地问。

"听说他是通过泡沫箱加冰块的方式销售的，给全国多地的网购消费者成功空运了黄皮村的黄皮。"

吴义春说："让我想想，空运每斤水果平均运费估计就有二十多元，快接近黄皮本身的售价了，有人要吗？"

刘冰欣说："怎么没人要？黄皮营养价值高，消费者吃了琼西黄皮后，都说物有所值，网上风评很好哦。"

两人聊着，菜很快就上来了，吴义春说："喝点红酒吧。"

刘冰欣说："你想喝就喝点吧，我不能喝，今晚还要写稿呢，最近写稿的任务重。"

"你们现在都写些什么内容的稿子？"吴义春问。

刘冰欣说："最近市内的新闻热点是扫黑除恶、防治猪瘟等。但是，我本人更想回访几个去年市委宣传部评选出来的第一届琼西好人，并寻访第二届琼西好人。"

"我看你就是一个工作狂。"吴义春说道，叫服务员拿来一罐啤酒，打开后，给自己倒了一杯，和刘冰欣开始吃喝起来。

吃完饭，刘冰欣要买单，吴义春想制止，刘冰欣说："上次吃饭是你买的单，这次轮到我了。"

吴义春知道刘冰欣这个人原则性强，不爱占别人便宜，两人在一起吃饭虽然不是 AA 制，但基本上是轮流买单。她不占你便宜，你怎么好意思不尊重她？

从饭店里走出来后，吴义春提议两人到附近的茶河公园去散散步，但刘冰欣因为明天事多，想早点回去写稿，就没有同意。

吴义春只好送刘冰欣回家，路过一家花店时，吴义春买了一束玫瑰花送给了刘冰欣，刘冰欣开心地接受了。

吴义春是一个讲究情调的男人，他在追女孩子方面经验丰富。他看见刘冰欣开心的样子，嘴角不由露出一丝得意的笑。

刘冰欣上班的地方在老市委招待所，为上班方便，她租的房子也在招待所附近的人民中路。

从兴隆路到人民中路，走路回去大约要二十分钟左右的时间，两人一边走一边聊，很快就到刘冰欣租住的楼下了，吴义春有点不舍，说："还不到十一点，我们去喝杯咖啡吧。"

"晚上喝咖啡了还睡得着吗？明天还要上班呢，今天就算了吧。"刘冰欣说。

"要不，我到你家里坐坐呗。"吴义春说。

刘冰欣用手指点了一下吴义春的头说："想都别想，本小姐的闺房还没接待过男人，你早点回家。"

吴义春还想再争取一下，突然前面传来打闹声，吴义春见打闹声是来自前面不远处的一家咖啡店，便对刘冰欣说："走，我们去看看前面发生了什么事，说不定又是一条社会新闻呢。"

"你这是什么心态？"刘冰欣说着，但还是和吴义春一起向前面的咖啡店跑去。

| 第2章 |
你们太嚣张了

这是一家新开的咖啡店。

刘冰欣和吴义春跑到咖啡店时，周围已经围了十多个看热闹的人。吴义春个头比刘冰欣高，他看到四个年轻男人正在和两男一女三个中年人推搡着，三个中年人明显处于下风，他们在挨了一些拳头后，很快就被四个年轻人制服了。

刘冰欣走过去，问其中一个年轻人："你们为什么欺负人？"

一个穿红色T恤衫胳膊上文着蓝色狼头的人对刘冰欣吼道："没你的事，滚开。"

"你们太嚣张了。"刘冰欣还想和这人理论，吴义春拉拉刘冰欣，示意她别管。

刘冰欣见那个中年妇女被一个光头男人反剪着双手控制着，表情痛苦，刘冰欣走上前去想把这个光头男子推开，谁知反被这个男人推倒在地。吴义春赶忙上前扶起刘冰欣，对这个光头说："吴德龙，你们又开始惹事了，是不是又想进派出所？"

光头男子一看，见是吴义春，便说："吴大记者，你能不能少管我们的闲事啊？"

"你先把这个女人放了，你这样架着一个女人，做得有点过了啊。"吴义春说。

光头男放开手中的女人，同时对另外三个同伙说："都放开他们。"

三个中年人被放开后，十分愤怒，但又打不过人家，只好恨恨地瞪着这四个年轻男子。

吴义春问吴德龙是怎么回事。

吴德龙没有理睬吴义春，旁边一个看热闹的人告诉吴义春，吴德龙他们四个帅哥来店里喝咖啡，老板娘端送咖啡过程中，不小心把咖啡泼洒到了吴德龙的身上，冲突就这样发生了。

吴德龙的一个同伙说："不说龙哥被滚烫的咖啡烫了一下，龙哥新买的这套衣服也废了，老板该不该给钱赔偿？"

"老板娘，是这样吗？"吴义春问那个少妇。

少妇说："是他们故意撞我，才把咖啡洒到他们身上的。"

"你的意思是我们碰瓷啰？"吴德龙问。

那个被打的中年男人说："不就是上次来收管理费我们没给吗？这次就来碰瓷讹我们，你们这点心思谁不知道？"

少妇说："我们本来愿意赔偿，可他们张嘴就是 5000 块，我们做小本生意的，哪有这么多钱给他们？"

"你们今天交不交钱？"吴德龙问一个中年人。

那个中年男人梗着脖子说："没钱交，不交。"

光头吴德龙不耐烦了，对一个同伙说："阿宽，砸了他们的店。"

那个穿红色 T 恤衫胳膊上文着狼头的男子应了吴德龙一声，作势要砸咖啡店的东西。

刘冰欣对阿宽叫道："住手，现在全市扫黑除恶的声势这么大，你们为非作歹还敢这样嚣张，你们太没王法了吗？"

"吴大记者，这个碍手碍脚的美女是不是你的女人？要不是的话，我等会就把她带走了。"吴德龙说。

刘冰欣闻言十分生气，知道跟这群法盲说了也是白说，便直接拿出手机，给 110 打电话，准备报警。

吴义春对吴德龙这伙人的花招再熟悉不过了，他们是同一个村里出来的人，知根知底，当着女朋友刘冰欣的面，他决定好人做到底。

吴义春对刘冰欣说："我来处理吧。"

吴义春来到吴德龙的身边说："阿龙，你们收敛一点吧，现在是什么气候你们又不是不懂，如果明天咖啡店的老板报了警，你们跑得了吗？听我的，迅速离开，不要再收他们的管理费了。"

"不收管理费，我们吃什么？喝西北风吗？"吴德龙不满地说，"吴大记者，看在我们是一个村的份上，我不和你计较，你们走吧，这里的事不需要你管。"

吴义春说："和我一起来的这个美女，可是南琼日报的记者，她要是明天在媒体上给你曝光了，你们一个个都要到牢里去蹲。"

吴德龙的一双凶眼转了几转，他也不愿意把事情闹大，他们这类人就是欺软怕硬，所以，吴德龙只好对另外三个人一挥手，嘴里念念有词地离开了。

吴德龙他们走后，吴义春又对三个中年人说："老板，我听你们的口音，你们也是外地人，我劝你们就不要报警了，报警了他们还会来报复你们的，这些人如附骨之疽，你们就不要把事情搞复杂了。"

中年女人说："我们为什么不能报警？现在我们要是怕了他们，他们还会来欺负我们，还会来找我们收什么保护费管理费的。"

刘冰欣说："对，你们要报警，你们要用法律来保护自己，让警察来管管这些地痞流氓。"

在回去的路上刘冰欣问："你和那个光头流氓好像很熟悉啊？"

吴义春说："你还记得那个吴德虎吗？"

刘冰欣说："你说的是不是丰南镇的那个吴德虎？"

吴义春说："对，就是他，去年年底我们一起去调查过他们的，我们手里还存有他们搞电信诈骗的材料呢。"

刘冰欣又问："吴德虎和他们有什么关系？"

吴义春说："这个光头叫吴德龙，是吴德虎的弟弟，平时跟着他哥没少干诈骗的事。另外三个人我也认识，一个叫郭蚁，一个叫张进财，那个作势想砸东西的叫黎新宽，这些人都没个正经职业，专门搞些坑蒙拐骗的事。"

"这都是些什么人啊！"刘冰欣说道。

吴义春说："吴德龙他们那一家在我们村也算是一霸了，我估计他们家肯定是下一步扫黑除恶的对象。"

"人贱总有天收。"刘冰欣说。

吴义春把刘冰欣送到楼下，看到刘冰欣上楼了，才恋恋不舍地往回走。

|第3章|
采访扶贫干部

第二天上午，刘冰欣和同事周越开车一起到巨成镇黄皮村去采访乡村振兴工作队员刘华，琼西市的乡村振兴工作队员就是原来的驻村扶贫干部，只是改变了名称。

根据昨天的预约，刘冰欣和周越到预定的地点见到了刘华科长和黄皮村的村支书张佑财书记。

刘华是市教育局推荐的第二届"琼西好人"参评对象，根据市委宣传部的安排，由刘冰欣负责整理他的先进事迹材料并进行宣传。

刘冰欣是第一次见到刘华科长，只见刘科长皮肤黝黑，身材微胖，戴一顶草帽，上身穿一件廉价的T恤衫，下身穿条黑色长裤，完全就是一副农民形象。

张书记一边泡茶，一边和刘冰欣、周越、刘科长等人聊一些村里的事。这时刘科长的电话响了，他起身到屋外接了一个电话，回到房间后，对刘冰欣说："真抱歉，周记者、刘记者，我不能陪你们了，我们一个驻村工作队员在村里开展猪瘟疫情防控工作时，被毒蛇咬伤，现在我马上要送他到西部医院去治疗，你们有什么事直接向张书记了解吧。"

刘冰欣知道事情紧急，就说："那你快去吧，人命关天的事拖不得，等有机会我们再聊。"

刘科长骑一辆摩托车匆忙离开了，刘冰欣就请张书记介绍一些刘科长的扶贫故事。

张书记说："我还记得第一次看见刘科长时，他拎着一个小书包来到村里，我以为村里又来了一位'走读'干部，想着他恐怕坚持不了几天。经过这一年多的相处，我才发现自己想错了。刘科长这人不错，不知你们想了解些什么？"

周越问："刘科长表现最突出的是什么？"

张书记想了一下，说："刘科长在村里做了很多事，要说最突出的，我觉得有三件事值得你们宣传。"

"哪三件事？"周越问。

张书记说："第一件事是解决村里土地确权的事。你们不知道，我们黄皮村历史遗留问题很多，特别是在土地确权后，村里各种矛盾纠纷增多，一些村民经常上访。解决最棘手的矛盾纠纷成了刘华驻村后的一项重要工作。

"一开始，刘华给大伙讲法规，告诉乡亲们，每宗地的土地权需要经过土地登记申请、地籍调查、权属审核、登记造册、颁发土地证书等土地登记程序，才能得到最后的确认和确定，这一切都要依法依规办理。刘华的正面引导，没人买账，反倒让村民产生了抵触情绪，认为他不是来扶贫的，是来耍嘴皮子的，个别村民还扬言要把刘华赶出黄皮村。

"村民要赶刘华走，刘华还就不走了，他发誓要把问题症结弄清楚。刘华的倔劲上来了，他说，人心换人心，四两换半斤。他一定要让大伙知道，他是真心实意来扶贫的，是来帮大家解决问题的。他一户一户地调查了解，一户一户地做细致的思想工作，逐步得到了老百姓的认可。"

"后来村里的土地确权这事做得怎么样？"刘冰欣问。

"基本上做下来了，老百姓意见也很少。"张书记说，"在全镇，我们村的土地确权工作是做得最好的几个村之一。"

周越又问："第二件事是什么？"

张书记喝了一杯茶后说："第二件事也是一件麻烦事，就是关于贫困户的认定问题。现在村里不少人争着要当贫困户，这事想必你们也是知道的。"

刘冰欣说："我们听说了，因为贫困户不仅可以获得政府的资金扶持，可以得到物质救助，还可在就医、子女上学等方面享受很多的优惠政策。"

张书记说："有了好处，所以就有人争。去年五月，为夯实脱贫攻坚工作基础，彻底解决精准识别中存在的错评、漏评、错退、建档立卡贫困户资料与实际不相符等问题，刘华带领其他工作队员们用 15 天时间走进 386 户农户家中重新核算人均收入和'三保障'情况。那时刘华他们几个人在村里工作真是没白天没黑夜，因为当时正值农忙季节，农民每天都早出晚归忙着农活，刘华要想和村民当面核实情况，只能比村民起得更早、睡得更晚。白天工作队队员们需要统计数据，到晚上又要挨家挨户核实情况。半个月之后，最新识别出的贫困户名单公示了，村民都非常认可。"

"这个的确不容易。"周越说，"那第三件事又是什么？"

"这第三件事，就是我们会议室前面的这个健身广场了。"张书记说着，用手指着窗外的一片广场说，"这个广场就是刘科长帮忙建的。"

刘冰欣和周越都走出会议室打量这个广场，广场不是很大，设施设备也很一般，不过在村里能有这样一个广场，整个琼西市也不多。

张书记也跟着出来说："在刘科长来村扶贫之前，村民做得最多的事就是在家喝酒打麻将，其实我们也不想天天喝酒打麻将，但是村里也没有其他的休闲娱乐场所，现在好了，刘科长带领村里的党员干部在村委会旁扩建了 50 平方米的村民活动室，协调市里几个单位出钱修建了 2000 平方米的健身广场，安装了 10 套健身器材，刘科长还自掏腰包为健身队员们买了服装，现在村里的一些妇女也像城里人一样跳起广场舞了。"

三个人又聊了一会儿村里的事，刘冰欣和周越一边记着，又一边问着一些其他问题，这一谈，就是两个多小时。

张书记突然说："我想起了一件事，这事应该有点新闻价值。"

"什么事？"周越问。

张书记说："在'五一'前夕，我们村党支部收到一份特殊的入党申请书，申请人是村民符三侬，这个符三侬啊，以前可是又穷又懒又贪杯的一个人，现在他是黄皮村的一名脱贫代表。在薄薄的两页信纸上，这位村民用最朴实的语言表达了入党的强烈愿望。"

刘冰欣感兴趣地问："这个有点意思，您给我们介绍一下。"

张书记说:"符三侬之所以申请入党,这要感谢刘科长。用符三侬的话说:'刘科长是党的好干部,我要向他学习,用自己的努力回报党的恩情。'"

张书记介绍:"符三侬想贷款开一家农家乐餐馆,刘华往他家跑了十多次帮助想办法,最后不仅贷到款把餐馆开起来了,还帮忙他拉了不少客人来。这样吧,现在时间也不早了,我带你们到符三侬的餐馆去吃中饭吧,到那里后你们顺便和他聊聊。顺便告诉你们一声,符三侬开的农家乐小饭馆做的黄皮鸡是黄皮村的一绝,好多城里人在周末也慕名来他饭馆里吃鸡呢。"

张书记带着刘冰欣和周越来到了符三侬的小餐馆,符三侬听说记者来采访他,激动得脸都红了,说话也有点结结巴巴了,他这大半辈子还是第一次接受记者采访。

符三侬听说要他讲刘科长的事迹,顿时就不结巴了。符三侬讲刘科长帮他开办农家乐餐馆的经过,讲刘科长如何帮他协调资金如何帮他打广告吸引客源。在办农家乐以前,符三侬常年无所事事,几乎是一个好吃懒做的人,现在的他则成了村里勤劳致富的带头人,而这一切转变,都是刘科长的功劳。

村里有几名贫困学生交不起学费,刘华几经辗转向大学生所在的学校打电话,反映学生家庭情况,提供贫困学生证明材料和有关资料,几名学生都享受到了教育扶贫优惠政策……那段时间刘华连续半年没休过一个周末,连妻子生病住院也顾不上。在村干部眼里,刘华真是"拼了"。

张书记说:"黄皮村现有 595 户 2745 人;村内贫困户 57 户 277 人,现已脱贫 46 户 195 人。黄皮村村民的精气神上来了,刘华又开始研究,什么健康扶贫、医疗保障扶贫、教育扶贫等一系列扶贫政策,只要是贫困户符合要求的,就一定要让贫困户享受到。为了让贫困户知道自家应享受哪些政策,刘华专门制作了各项扶贫政策宣传图,张贴在村健身广场宣传栏内,让他们自我对照,确保各扶贫职能部门落实扶贫政策不落一人。"

符三侬说:"我们曾经对刘科长恶语相向,心里还真过意不去。现在我们村民都弄懂了土地确权是国家的好政策。"

张书记也在旁边介绍说,要说刘科长做得最好的,还是产业扶贫。在刘科长的指导下,我们这一带已经开了十多家主营黄皮鸡的小饭馆了,现在生意好得不得了，每到周末，来我们村吃饭的城里人可多了。

中餐吃的是符家家传秘方制作的特色黄皮鸡，色香味俱全，特别是味道不同一般，刘冰欣和周越都吃得不少。符三侬陪张书记喝了几杯当地人自酿的地瓜酒；周越因为要开车，不能喝酒；刘冰欣是女士，大家也没劝她喝。几个人边吃边喝边聊一些村里的事。

饭后，刘冰欣要付餐费，符三侬说什么也不收，但刘冰欣临走时还是悄悄地把三百块钱放在了符三侬桌上。等符三侬发现这钱时，刘冰欣他们早不见了踪影。

按周越的意思，吃了中饭后就回大恁镇算了，但刘冰欣还想了解更多的情况，想采访更多的村民。

虽说现在村村通公路，但村里的道路普遍偏窄，有些地方周越的车开不进去，刘冰欣就让周越把车停到一边，两人走在乡间的小路上，去约定的村民家采访。

后来刘冰欣又和周越采访了几个乡村振兴工作队的队员，大家都对刘华科长褒奖有加。

行程满满，收获也是满满。

下午采访结束后，已经快五点钟了，刘冰欣给男朋友吴义春打了一个电话，约好两人一起吃晚饭。

|第4章|
巧遇闺蜜

刘冰欣坐周越的车从巨成镇回到市区后，周越把她放在市委大院门口的中兴大道上，就自己开车回家了。

下车后，刘冰欣一边打电话一边往电视台方向走，发现对面有一个漂亮女孩拖着行李箱走过来，她瞄了一眼，觉得有些面熟。

对面的女孩也看了她一眼，脸上表情也是明显有异。

刘冰欣挂了电话，犹豫着叫了一声："王淑芳？"

对面的女孩叫了一声："刘冰欣？"

两个女孩便抱在一起，哈哈大笑，引得附近的路人都向她们看来。

"你怎么在这里？"两个女孩几乎同时问对方。

刘冰欣说："我就在这里上班啊，我记得你是在双庆市上班的，怎么跑到这里来了？"

"我是来琼西市旅游的，你怎么会在这里上班？"王淑芳问，"你不是在京城上班吗？"

"这个说来话长了，等会再给你解释。你现在到哪里去？"刘冰欣问。

王淑芳说："我在网上订了一家叫维斯的酒店，我现在准备去酒店先住下来。"

"走，我陪你去，我刚来琼西时，也是住在维斯酒店，这家酒店是琼西商会的几个老板投资建设的，干净卫生，条件还不错，价格也不贵，我们打个的过去，不要十分钟。"刘冰欣说完，在网上约了车。

"你什么时候跑到南琼省来了？"在等车的时候，王淑芳又问。

"在京城市待了三年，感觉生活比较艰难，加上又做得不开心。去年南琼省开始建设自贸区，我是作为人才引进来到南琼省的，现在南琼日报社驻琼西记者站工作。"

刘冰欣和王淑芳两人是在大学读书时成为好朋友的，刘冰欣是 W 市人，王淑芳是双庆市人，两人都是读的新闻专业，志趣相投，很快成了无话不谈的闺蜜。

毕业后，刘冰欣应聘到京城市的经济日报社工作，后来又先后在各大媒体工作过，王淑芳则回到家乡双庆，在江峡晚报社上班。

他乡遇故知，两人有说不完的话，刘冰欣约的车很快来了，两人上了车，不久就到了维斯酒店。

　　王淑芳在前台登记后拿了房卡，拖着行李箱和刘冰欣一起向电梯走去。刘冰欣只顾着和王淑芳说话，迎面和一个男子相撞，把男子手中的一摞资料全撞掉在地上了。

　　"对不起，对不起。"刘冰欣说着，和王淑芳一起帮男子捡散落在地上的纸张。

　　当刘冰欣把从地上捡起的纸张递给那个男子时，心头微微一震，这个男子身高一米八左右，目光炯炯有神，似乎在哪里见过似的，颇有林黛玉初见贾宝玉的那种感觉。

　　那个男子接过刘冰欣递过来的材料，似乎也有似曾相识的感觉，问了一句："我们以前见过？"

　　刘冰欣点点头，又马上摇摇头。

　　王淑芳见两人发愣，一边把从地上捡起的资料递给那个男子，一边拉起刘冰欣的手说："冰欣，我们走吧。"

　　刘冰欣从痴呆中醒悟过来，脸上发烧，对那个男子又说了一声"对不起"，就匆忙地和王淑芳一起走了。

　　那个男子望着刘冰欣和王淑芳逐渐远去的背影，有点怅然若失。

　　刘冰欣陪王淑芳到房间放了行李，简单地洗漱了一下后，刘冰欣说："走，我们一起去吃饭。"

　　人间五月天，本是南琼省最热的时候，因为下午刚刚下过暴雨，所以室外并不算太热。

　　陪王淑芳去饭店的路上，刘冰欣用手机给吴义春打了个电话，告诉他今天不能陪他了，她要陪她的闺蜜。吴义春问什么样的闺蜜，刘冰欣说是除了牙刷和男人其他都可共用的那种。

　　吴义春听完哈哈大笑，两人又闲聊了几句，刘冰欣先挂了电话。

　　"你男朋友啊？"王淑芳问。

　　"嗯。"刘冰欣说，"刚来琼西时，人生地不熟，他是本地人，帮我很多，追我，我就答应了。"

　　刘冰欣已经比较熟悉大恁镇这个地方，她把王淑芳带到一个叫"琼西码头"的小饭店。

"琼西码头"是一家以海鲜为特色的小饭店，虽然不大，但里面的装修古朴，有海盗风，而且饭店的海鲜做得不错。刘冰欣在里面吃过几次饭，对这家饭店的印象比较好。

王淑芳一踏进"琼西码头"，就夸张地惊叫几声，说没想到在琼西这样的城市，还有这种精致的小饭店。

因为只有两个人，所以刘冰欣也没有要包房，只是在大厅里选了一个相对安静的桌席。刘冰欣征求王淑芳的意见后，点了几个菜，两个女人都没想喝酒，就点了一瓶苹果醋。

"淑芳，你是怎么想到要来琼西旅游的？"两人坐下来以后，刘冰欣问王淑芳。

王淑芳正在微信上和一个朋友聊着什么，她一边聊着微信，一边回答刘冰欣："我听说当年有位著名的诗人被贬的地方就是琼西，所以过来看看。"

刘冰欣见王淑芳不时地在回复别人的微信，估计她是在和别人聊什么重要事情，也就没有打扰。

过了一会，王淑芳说："不好意思，和一个朋友聊事情。已经聊完了。刘冰欣，现在说说你的情况，我要知道你毕业后的一切。"

| 第5章 |
今天比较烦

下班了，因为今天电视台里的事情不多，台里没有人加班，办公室的人都走完了，吴义春却不想走。

吴义春从外表上看，是比较帅的，加上又是一个文化人。良好的外貌和身上的名贵衣服相得益彰，无论是谁，一眼看去，都会觉得他是一个温文尔雅、彬彬有礼的读书人，在琼西这样的城市，这种人最受那些情窦初开的少女喜欢，特别是那些爱追韩剧的女孩，受韩剧影响，更容易被吴义春这样的帅哥迷得神魂颠倒。

刚参加工作时，经常有人给他介绍女朋友，因为每次都是别人主动向他示好，久而久之，他的心理有了微妙的变化，他和女人交往的原则是"三不"，即不主动、不拒绝、不负责。几年下来，他走马灯似的换女朋友，自己也落下了一个"花心大萝卜"的名声。渐渐地，愿意和他交往的女孩子越来越少，所以到了三十五岁，他还没有结婚。

刘冰欣初到琼西来上班时，哪里知道吴义春的底细。吴义春能说会道，人长得帅，又是个文化人，吴义春猛追一阵，刘冰欣就答应了做他的女朋友。

刘冰欣人长得漂亮，文章写得好，又是满身的书香气，追她的人其实并不少，但因为工作一直不稳定，所以感情上也一直是高不成低不就的。这次到南琼省后，她深深地喜欢上了这里的优良生态环境，不想再走了，所以也有了在这里成家立业的想法，吴义春追她，她就答应先处一段时间看看。

吴义春今天比较烦。

晚上本来是要和刘冰欣一起吃饭的，他一直想把自己和刘冰欣的关系向前再推一步，可是刘冰欣又爽约陪同学去了。刘冰欣是个工作狂，平时总是以工作为重，四处采访写稿，陪他的时间少，他对自己的这个漂亮女朋友有点不满，这要是在以前，他早一脚踢开刘冰欣另觅新欢了。

可惜现在不是以前，周围的人都知道了他的德行，他的年龄也老大不小，需要有个家了，他必须抓住刘冰欣，不能让她再跑了。所以，他虽然对刘冰欣有意见，但却不能说什么。

下班时间早过了，吴义春一个人坐在办公室不想走。他拿着手机，和一个女网友用微信有一句没一句地聊天。这个女网友是个双庆妹子，从相片上看，长得眉清目秀，很讨人喜欢。当然，如今化妆术厉害，加上手机里又有各种修图软件，相片和真人之间的距离，可能是地球和月亮之间的距离。这个女网友说她到琼西了，想明天和他见面。

一般来说，网友只适合在网上生存，大多数网友是"见光死"，好在吴义春有经验，所以也不怕见面。两人约好，等女网友住下来以后，再发定位给他，他明天早晨去见她，陪她在琼西转转，当导游，以尽地主之谊。

吴义春正和女网友有一句没一句地聊着时，手机响了，他便停止和网友聊天，接了电话。电话是一个叫羊刚强的哥们打来的，约他去喝酒，他想都没想就答应了。

吴义春离开办公室，因为考虑到晚上要喝酒，所以自己没有开车，而是让羊刚强开车来接他。

来到楼下路过城市广场时，见有二三十个妇女在广场一角调声。如今琼西调声已经成为琼西市的一道风景，三五个也好，数十人也罢，大家一开心，就一起手勾手地调声。如果碰上正月十五、八月十五这样的传统节日，下面各乡镇的人都会汇集到大恁城区的文化广场，上万人一起调声，那场面、那气势撼人心魄，已经有好几次上了 CCTV 的新闻节目，琼西调声早就被纳入国家非物质文化保护遗产了。如今调声和广场舞是琼西市夜生活中的两大风景。

吴义春也是喜欢调声的，要是往日，他说不定要加入调声队伍唱几句扭几下的。但是今天他的心情不那么爽快，所以路过调声队伍时，只是看了一眼。

吴义春一边走着，一边拿着手机和羊刚强通电话，迅速远离了调声队伍，然后在路边等羊刚强的车来接他。

人在倒霉的时候，喝凉水都塞牙。这不，吴义春站在路边等车的时候，一个骑电动车载客的中年妇女撞倒了他。吴义春从地上爬起来，心里自然是火大，骂道："你眼瞎了吗？哪有骑车往人身上撞的道理？"

那个中年妇女和她载的客也摔倒在地，两个人都摔得不轻，倒在地上哼哼叽叽，爬不起来。

见有热闹可看，马上有三五个人走过来围观。

吴义春心里窝火，他踢了那个中年妇女一脚，说："快起来。"

骑电动车的中年妇女叫阿玲。阿玲艰难地爬起来，又把她载的客人——也是一位中年妇女从地上拉了起来，扶起自己的电动车后，对吴义春说："对不起，大哥。"

"对不起？"吴义春冷笑一声，突然看见一个戴眼镜穿白短袖衬衫的人正朝他们走来，他马上转换口气说，"好吧，看在你道歉的份上，我就饶了你。"

几个围观的人马上鼓起了掌声，有人对吴义春说："你这小伙子不错。"

那个戴眼镜穿白衬衫的男子走过来，见到吴义春，不由多看了一眼，吴义春马上打招呼道："白副市长您好！"

原来这个戴眼镜穿白短袖衬衫的男子是琼西市的一位副市长，名叫白玉湖，是刚从中海市自贸区来到琼西市挂职的，因为吴义春前两天曾经采访过他，所以他是认识吴义春的，他顺便问了一句："这么多人围在这里做什么？"

有人告诉白副市长，吴义春被骑电动车的妇女撞倒了，吴义春很大度地原谅了中年妇女。围观的几个人都为吴义春说好话。白副市长听后，用赞许的目光看了吴义春一眼，就走了。

阿玲又重新载上客人离去，围观的人见没什么事了也慢慢地散了。

白副市长到的时候，羊刚强开着车也到了，他听人介绍也知道了事情的经过，待吴义春上车后，羊刚强问："你真放过撞你的那个女人了？"

吴义春说："你刚才也看到了，不放过还能怎么样？"

羊刚强说："走，我们去追，怎么也要讨个说法吧。"

羊刚强开车，不到五分钟就追上了阿玲，羊刚强用小汽车逼停阿玲的电动车后，和吴义春先后从车上下来，羊刚强说："你骑车撞了人，我哥原谅你了，我可没原谅你。"

"我身上没多少钱。"阿玲一脸苦相地说。

那个被载的妇女说："你们刚才不是说原谅她了吗？怎么又来，做人不能言而无信。"

"少啰唆，你们自己看怎么解决吧。"羊刚强不耐烦地吼道。

阿玲见此状不敢再说，她把自己身上的钱全部掏了出来，也才一百多元，她把钱递给吴义春说："大哥，我只有这点钱了，都给你好不好？"

"这么点钱，你打发要饭的叫花子呢。"羊刚强说。

"我没钱了，你要不信，可以搜身。"阿玲可怜兮兮地说。

"把你手机拿给我看，手机里有钱没有？"羊刚强说。

阿玲不情愿地交出手机，羊刚强把阿玲的手机查看了一番，见里面有三百多元，就向阿玲要了密码，一番操作后，通过微信把三百多元都转到自己手机中去了，然后把手机还给阿玲。

羊刚强扶着装腔作势的吴义春上了车，扬长而去。

在车上，吴义春问："我们这么做是不是很无耻？"

羊刚强笑道："看你说的，好像我们什么时候有耻过一样？"

| 第6章 |
队友和对手

在等菜的时候，王淑芳跟刘冰欣说："我毕业后先是应聘到双庆的一家报社工作，后来又脱产读了三年硕士研究生，今年6月研究生才能毕业，目前还没有上班，正好碰到一个网友邀请，我就来南琼散散心。"

刘冰欣告诉王淑芳："我和你不同，毕业后在京城市待了四年，换了三个工作岗位，都不如意，刚好碰到南琼开展'百万人才进南琼'活动，就应聘到南琼来了。"

菜很快就上来了，两人边吃边聊，一顿饭吃得分外开心。

正在这时，邻桌传来"哗"的一声响，刘冰欣侧首看去，见是饭店的服务员在上菜时不小心碰倒了地上的一瓶红酒，瓶破了，酒流了一地。服务员年龄小，红着脸站在一旁不知所措。

邻桌吃饭的是四个大老爷们，一个个长得五大三粗，四个人正豪情万丈地在拼酒，现在见服务员碰破了一瓶酒，都老大的不高兴。

其中一个男的见服务员长得很清秀，就说："小姑娘，你知道这一瓶酒多少钱？你这点工资赔得起吗？"

"对不起，我不是故意的。"服务员说。

"我看你就是故意的。"另外一个男人故意调笑道。

"不不不，我真的不是故意的。"服务员急忙辩白道。

"我估计你也赔不起，这样吧，你亲我们每人一口，我们就不计较这事了。"先前的那个男人调笑道。

服务员红着脸低着头不说话，眼泪在眼眶里打转。

"亲啊，亲啊，小姑娘，不亲就要赔钱了啊，这一瓶酒几千块钱哦。"几个人一脸坏笑地催促道。

刘冰欣看不过去了，她站起身就要过去帮小姑娘解围。王淑芳知道刘冰欣的性格，读书时就爱打抱不平，有"刘女侠"的雅号。王淑芳不想惹事，她把刘冰欣拉坐下，说："别管闲事。"

刘冰欣不时地瞟着邻桌的情况，这时有个黑胖男人拉着小姑娘，小姑娘躲着，却又害怕惹这几个男人生气，毕竟是她有错在先。

刘冰欣的正义感骤然爆棚，她站起身，不顾王淑芳的劝阻，向邻桌走过去，说："几位大哥，得饶人处且饶人，就不要吓唬人家一个小姑娘了。"

那个服务员急忙躲到刘冰欣的身后，刘冰欣拍拍小姑娘的手背说："别怕，有姐姐我在，他们不会把你怎么样的。"

这几个男人早就注意到刘冰欣和王淑芳两人了，两个超级美女在旁边吃饭，每个人都时不时地瞟一眼，只是都没有说破，现在刘冰欣主动过来搭讪，一个个地正求之不得呢。

一个瘦高个说："美女，过来一起喝一杯。"

刘冰欣大方地找个空椅子坐下来说："倒酒。"

几个男人有的给刘冰欣拿碗筷，有的给刘冰欣拿酒杯倒酒，一副巴结讨好的样子。唉，见到美女，男人都这德性。

"小妹妹，你走吧，这里有我呢。"刘冰欣转身对服务员说。

"谢谢小姐姐。"服务员说了一声，急忙走了。

"干脆把那个美女也叫过来呗。"黑胖子说。

刘冰欣对王淑芳喊道:"淑芳,过来和几个大哥一起喝两杯。"

王淑芳犹豫了一下,还是过来了。几个男人又是搬椅子,又是拿碗筷,又是倒酒,又是喊服务员加菜,一个比一个殷勤,人人是一脸的贱笑。

刘冰欣端起酒杯说:"我代服务员敬各位一杯,她打破的那瓶酒算我的,等会我买一瓶赔给你们,现在我先干为敬。"

刘冰欣说完,一仰脖子,一大杯红酒一口喝完了。王淑芳也是一口喝清了杯中的酒,几个男人拍手叫好,连叫"爽快",那个黑胖子说:"今天看你们两个超级美女的面子,那瓶酒的事就算了。"

刘冰欣说道:"好,大哥是爽快人,我再喝一杯以表达谢意。"说完,刘冰欣又单独喝了一杯。

几个男人又是轰然叫好。那个黑胖子马上主动给刘冰欣又倒满酒。

读大学时,刘冰欣和王淑芳都是有名的酒中女汉子,一般的男生都不敢和她们两人喝的,何况此前两人没喝酒,这帮男人已经喝得有点颠七倒八了,所以,四男两女在一起又喝了几瓶红酒以后,四个男的都认不清人了,刘冰欣和王淑芳却像没事人似的,看着这帮男人丑态百出。

"两位大、大、大美女,今、今、今天有幸认识你、你、你们,你们好、好、好酒量,下、下下次我们再、再拼。"瘦高个靠在椅子上睁着一双豆子眼结结巴巴地说。

"行,我们下次再喝,今天我们先走了,感谢各位大哥的盛情款待。"刘冰欣笑着,拉起王淑芳就走。

"美女,别、别走啊,我们继续喝、喝、喝。"黑胖子说着,却一头栽在桌上,打起了呼噜。

王淑芳边走边对刘冰欣笑道:"这就走了?我还没有喝好呢。"

刘冰欣握拳道:"耶!今天是神一样的队友碰到了一起,哪里还有对手?"

|第7章|
渣男现形

刘冰欣和王淑芳从"琼西码头"出来后，刘冰欣提议两人去KTV唱歌。

王淑芳读大学时就喜欢唱歌，在学校歌唱比赛中拿过一等奖的，对刘冰欣的提议自然没有异议。

两人来到一家KTV，为避免陌生人打扰，在一楼大厅里找了一个靠角落的位置，刚坐好，服务员就过来问需要什么服务，刘冰欣点了两杯拿铁，又要了几样点心，继续与王淑芳聊天。

两人多年不见，自然有说不完的话。聊了一会儿，刘冰欣去了一趟洗手间，回来时，她突然发现在另一个方位，两个女人分别坐在两个男人的大腿上，喝着交杯酒，男人的手在女人身上胡乱地摸着，女人也没有拒绝。刘冰欣看了一会儿，摇摇头，她回到王淑芳身边，陪王淑芳继续喝咖啡聊天。

一杯咖啡喝完后，刘冰欣说："今天有点累了，我们回去吧。"

"不唱歌了？"王淑芳问。

"歌厅还在二楼，我今天感觉有点累了，就不上去了，改天我们再来吧。"刘冰欣说。

"那好吧，我们走。"王淑芳自然是客随主便。

两个人拿起各自的包，刘冰欣买了单，把王淑芳送回了酒店，约好明天早晨一起吃早餐，互道了晚安，刘冰欣就离开了。

刘冰欣没有回家，她又回到KTV，见那两男两女还在喝花酒，她径直走了过去。

"哟，这里好热闹啊，我这个不速之客没有打扰你们的雅兴吧？"刘冰欣招呼道。

四个人抬头一看，其中两个女人莫名其妙地看着刘冰欣，两个男人则是满脸不自在。这两个不自在的男人，一个是刘冰欣的男朋友吴义春，另一个是刘冰欣同事刘丝雨的男朋友羊刚强，羊刚强和刘冰欣也是认识的。

刘冰欣从桌上拿起半杯红酒，泼到吴义春的脸上，然后又狠狠地瞪了一眼羊刚强，转身扬长而去。

等刘冰欣离开后，一个女子问吴义春："这女的是谁呀？"

吴义春尴尬一笑，从桌上抽出几张纸巾擦拭脸上的酒水说："今朝有酒今朝醉，我们继续喝酒。"

刘冰欣走到 KTV 外面，心想吴义春肯定会追出来向她解释，道个歉，所以她有心放慢脚步，想等等吴义春来给她一个说法。谁知，她等了好一会儿，也没看见吴义春的人影，料想他不会出来了，骂了一声"贱男春"后，只好自己一人回家。

刘冰欣走在回家的路上，突然一个男人向她打招呼，叫道："小刘，刘记者。"

刘冰欣抬头一看，见和她打招呼的是今天上午才认识的驻巨成镇黄皮村的乡村振兴工作队员刘华，便回应道："刘科长好，那个被蛇咬了的工作队员还好吧？"

"应该不会有太大的问题了，我刚从医院出来，市领导很重视这件事，市委书记和市长都去看望了他。"刘科长说。

刘冰欣点点头，心想琼西市委书记和市长的确很亲民。

刘冰欣今天上午有很多问题还没有来得及细聊，现在碰巧碰见了，便想和刘科长再聊聊，她问："你今天还回村里住吗？"

"今天太晚了，就不回去了，明天赶早再回村里去。"刘科长说。

"那我们再找个地方聊聊？"刘冰欣征求意见道。

刘科长很爽快地答应了，两人来到附近一家茶艺室，要了一壶茶，边喝茶边聊天。

刘科长谈了他对扶贫工作的一些看法，他说，扶贫不是扶懒，有少数人穷，完全是好吃懒做导致的。农村要摆脱贫困，单纯依靠外部"输血"不是治本之策。要从根本上实现脱贫致富，必须要提升贫困地区的"造血功能"，走产业扶贫之路。

刘冰欣很认同刘科长的观点，说："我听说你在村里引导农民开办农家乐餐馆，主打黄皮带火黄皮鸡，效果很好，你能介绍一下吗？"

刘科长说："黄皮鸡是我们琼西的传统美食，以前就有名气，但黄皮村少有人做。随着琼西黄皮品牌效应不断扩大，琼西黄皮鸡随之声名鹊起，受到越来越多食客追捧。原来我们黄皮村只有一家农家乐，如今增加到十多家了，主打美食都是黄皮鸡。"

刘冰欣问："这么多家餐馆，有人去吃吗？"

"平常的时候，游客倒不是很多，但是，黄皮上市季节，游客就暴增了。"刘科长说，"去年两个月平均每家接待游客 300 多桌，今年虽然黄皮收获季节减少了半个月，但一般农家乐也接待了近 400 桌。"

刘冰欣说："黄皮村农家乐越开越多，黄皮鸡的价格好吗？"

刘科长说："黄皮村农家乐越开越多，黄皮鸡的价格非但没有降下去，反而年年上涨。一只做好的黄皮鸡，2016 年的售价是 80 元，2017 年的售价是 90 元，2018 年已经可以卖到 100 元，今年更是卖到了 110 元。去年，琼西市首次举办'十大小吃'与'十大名菜'评选，黄皮村制作的黄皮鸡一路闯关，荣登琼西'十大名菜'榜单。"

作为一个新闻工作者，刘冰欣当然知道，琼西黄皮品牌效应现在越来越大，已成为琼西市又一个高效特色农业产业，让当地农民迅速脱贫致富。刘冰欣还知道，黄皮村种植户开始争建"黄皮楼"了，未来黄皮村将进一步做大琼西黄皮产业，让更多农民走上脱贫致富小康路。

两人聊得正好时，刘科长接了一个电话，然后对刘冰欣说："我老婆听说我在和记者交流，她说要过来报料，说有一件事值得你去挖掘一下。"

刘冰欣问："什么事？"

刘科长说："她在电话中没说，只是说很重要。"

不到十分钟的工夫，刘科长的爱人就到了茶艺室。

刘科长介绍，他的爱人叫李琼，现在经营一家鲜花店。

刘冰欣开始只是觉得刘科长的爱人有点面熟，等刘科长介绍他爱人在经营花店时，她想起来了，昨天晚上吴义春就是在她的花店里买了一束玫瑰花送给自己的。

李琼说："刘记者，我今天经历了一件事，我觉得你有必要报道一下。"

"什么事？"刘冰欣好奇地问。

李琼说："我今天晚上在回家吃饭的途中，打了一辆电动车，你知道，在我们大恁镇，很多妇女都在街上用电动车载客，挣一点生活费，或者是为孩子挣一点学费。"

这种现象刘冰欣是知道的。在大恁镇街上有不少的家庭妇女为了贴补家用，骑着电动车载客，不管刮风下雨还是烈日高照，这些人总是穿梭在这个城市的大街小巷，为那些出行的人提供方便。因为有安全隐患，政府不提倡，但考虑到城市的公交服务尚未完善，加上这些人也要维持生活，所以并没有严厉打击。

李琼接着说："我今天下午坐一辆电动车，那个中年妇女在骑车的过程中，不小心撞倒了一个男人，这个男人却借这个事敲诈了这个中年妇女一笔钱。"

李琼详细地把下午发生的事讲了一遍，刘科长和刘冰欣听了后，都觉得那两个男人做得很过分。

李琼说："我把整个过程悄悄录了视频，你们看吧。"

刘冰欣从李琼手中接过手机，点开视频，看了一会儿，眉头紧皱，这视频里的男主角竟然是吴义春，这让她情何以堪？联想到刚才吴义春喝花酒的丑态，刘冰欣知道她和吴义春的爱情之路刚刚开始就走到了尽头。

刘冰欣看完，将心中的怒气强行忍了下来，心想：吴义春，你这是作死的节奏啊！但她什么也没说，把手机又递给刘科长看。刘科长看完后，生气地说："真不像话。"

"刘记者，你是记者，可要伸张正义，不能让这种人污染我们琼西的生活环境。"

刘冰欣问："你有什么想法？"

"我准备把这个视频发到网上。"李琼说。

刘冰欣一想，现在网络的力量异常强大，如果这个视频传到网上，吴义春将成为千夫所指万人唾骂的对象，吴义春这一辈子就毁了。虽然吴义春今天的所作所为很狗血，她和吴义春分手也基本成事实，但如果吴义春因为此事而毁了一生……

刘冰欣说："李大姐，不瞒你说，这个男人我认识，如果你把这个视频发到网上，他这一辈子就完了。如果你信任我，你把这个视频发给我，我去找他谈，让他把钱退还给那位阿玲，同时给阿玲道歉。"

"你认识这个男的？他是做什么的？"李琼问。

刘冰欣犹豫了一下，终究没有说出吴义春的真实情况来，只是说："刘科长、李大姐，感谢你们信任我，相信我会把这事处理好的。"

刘科长对李琼说："你把视频发给刘记者，然后把自己手机上的视频删掉吧。"

| 第8章 |
走到哪里就帮到哪里

第二天早晨，刘冰欣来到维斯酒店一楼陪王淑芳吃早餐。

刘冰欣问王淑芳今天怎么安排的。

王淑芳说："我知道你忙，你就不用管了，今天上午有个朋友陪我去看古盐田，然后到伏波镇看看海叶岛，中饭在伏波镇吃，下午到东坡书院看看。"

刘冰欣说："这安排很合理啊，是旅行社给你安排的吗？"

"不是，是我的一个朋友。"

"你在琼西还有朋友吗？"刘冰欣惊讶地问。

"网友。"王淑芳笑道。

"网友？是男网友吧？"刘冰欣问道。

"嗯，有问题吗？"

"不要被骗了。"

"放心，我又不是刚大学毕业的小女孩，知道怎样保护自己。"

刘冰欣只好说："你自己注意安全，有什么问题随时给我打电话。"

刘冰欣今天没有时间陪王淑芳，根据琼西市委宣传部的安排，她今天要去信州镇回访去年的琼西好人昌叔。

前不久，琼西市委宣传部启动第二届琼西好人的评选活动，在正式评选之前，市委宣传部安排了对第一届琼西好人的回访活动。

回访第一届琼西好人，寻访第二届琼西好人，这里面的工作量非常大，由于采编人员少，所以刘冰欣他们几个特别忙，何况现在琼西还有不少新闻热点，如扫黑除恶、防治猪瘟、义务教育均衡发展、创建国家文明城市等。刘冰欣写稿的任务非常重。

陪王淑芳吃过早餐，刘冰欣的同事周越就把车开到维斯酒店，把刘冰欣接走了。

明媚的阳光照着路两旁的橡胶林，大地上是一片生机勃勃。周越一边开着车，一边和刘冰欣商量今天的采访安排。

周越见刘冰欣情绪始终不高，就问："和男朋友闹别扭了？"

刘冰欣说："周哥，你和吴义春是老熟人了，你觉得他这个人怎么样？"

周越愣了一下，他当然知道吴义春是什么样的人，但背后说别人坏话的事，周越还是做不出来，他只好打个哈哈，说："这个地方叫城东镇，你看前面围那么多人，是怎么回事，我们去看看。"

刘冰欣向前望去，果然看见一大圈人围在一起。车开近以后，刘冰欣就听到一个男人的骂声和一个女人的哭声。

周越停好车后，和刘冰欣从人群中挤进去，只见一个男人正在殴打一个女人，口中还在骂骂咧咧，因为这男人说的是琼西方言，刘冰欣也听不懂男人骂的是什么，她见男人打女人，自然就生气，她对那个打人的男人叫道:"住手。"

那个打人的男人停下来,不再说方言,改用普通话问:"你谁呀?我打我自己的老婆,要你来管闲事?"

"打自己的老婆也是犯法的。"刘冰欣毫不示弱地说。

"你知道我为什么打她?"那男的问刘冰欣。

"我不管你有什么理由,打人就是不对。"刘冰欣说。

"我就打她,你能把我怎么样?"男人说着,又踢了那女人一脚。

刘冰欣说:"我告诉你,我是《南琼日报》的记者,你这种行为我可以在媒体上曝光的。"

刘冰欣把躺在地上的女人拉起来,说:"你先回家去洗一下吧,换身干净的衣服。"

在刘冰欣的帮助下,女人胆怯地看了一眼那个叫阿旺的男人,匆匆忙忙地走了。

等被打的女人走远以后,刘冰欣问阿旺为什么打自己老婆。

阿旺看了刘冰欣几眼后说:"他把我两个儿子的学费全输光了,这个女人,早晚要死在麻将桌上的。"

阿旺说完,带着几分无可奈何的神情走了。

众人见没有热闹看了,也就散去了。

周越和刘冰欣重新上了车,向信州镇去了。

当周越开车路过一个叫短坡岗的小集镇的时候,刘冰欣眼尖,看到了昨晚和吴义春一起喝花酒的羊刚强,便指着前面路边的一个人对周越说:"你看,那个穿黄T恤衫站在路边抽烟的人好像是刘丝雨的男朋友。"

刘丝雨也是南琼日报社驻琼西记者站的记者,是刘冰欣很要好的朋友。

周越看了一眼说:"是的,这家伙叫羊刚强。"

刘冰欣问:"他怎么跑到短坡岗来了?"

周越说:"羊刚强是短坡岗人,这人生活有些复杂,你有机会要提醒一下丝雨。"

刘冰欣说:"我听丝雨说,她是通过微信'摇一摇'认识羊刚强的,不知道后来两人怎么就谈起了恋爱。"

周越说："你看，丝雨也在这里呢。"

刘冰欣看过去，果然刘丝雨从路边一幢楼房里走了出来，来到了羊刚强的身边。

刘冰欣想到昨晚的事，不想彼此尴尬，对周越说："绕过去，不要让他们看见我们。"

周越问："为什么要避开他们？"

刘冰欣不想解释，只说："这事今后再向你解释。"

周越不再问，他向右打方向盘，从右边一条道上绕过去了。

车刚走到另一条道上，刘冰欣就发现路边躺着一个人，她连忙对周越说："停车，停车。"

周越问："干吗？"

刘冰欣说："我看到路边好像躺着个人，下车去看看是怎么回事。"

刘冰欣从车上下来，走到躺在路边的那个人身边，见是个五十来岁的中年妇女，脸色蜡黄，从衣着上看，应该是附近的普通居民。

"阿姨，您怎么啦？"刘冰欣弯下腰询问道。

中年妇女看了刘冰欣一眼，又无力地闭上了眼。

刘冰欣向刚下车的周越招招手，等周越过来后，两人抬着中年妇女放到车的后排座上，然后开车把她送到附近的短坡岗医院。

来到医院后，刘冰欣帮忙挂了急诊，又预付了1000块钱医药费，周越则负责送诊。

医生检查后告诉刘冰欣，中年妇女是高血压犯了，幸亏送医及时，病人目前没有什么大碍了。

刘冰欣见病人没什么事了，就和周越一起悄悄离开医院，向信州驶去。

在路上，周越对刘冰欣说："你这样走到哪里就帮到哪里，也不是办法。"

"周哥，没事的。"刘冰欣笑着说。

|第9章|
过了把英雄瘾

上午九点钟时，吴义春开车准时来到维斯酒店。

为接待网友，他今天特意地不着痕迹地打扮了一番。

见到女网友时，吴义春眼前一亮。只见对面的女人穿一件淡黄色的连衣裙，肤色白皙，弹指可破，容貌俊秀，身材窈窕，气质优雅，单从外貌上看，一点也不输给他的女朋友刘冰欣。

吴义春没想到女网友这么漂亮，在此之前，他在网上见过王淑芳的相片，没想到真人比相片还要漂亮。

"你好，我是吴义春。"吴义春露出人畜无害的笑容，主动伸出手握住女网友的手自我介绍。

"你好，我叫王淑芳。"王淑芳落落大方地说，同时也在心里想这家伙也挺帅的，她对彬彬有礼的吴义春第一印象那是相当不错。

"今天由我来担任导游，请王女士上车。"吴义春为王淑芳拉开副驾驶的车门说，"坐在前面视野更好一些，可以在车上观赏我们琼西的美丽风光。"

王淑芳坐到副驾驶位上，对吴义春说："你们琼西市的卫生做得不错，干净整洁。"

吴义春说："那是，琼西的'一创两建'搞了一年多，城市干净整洁多了。"

王淑芳问："什么'一创两建'？"

吴义春说："这是琼西市委市政府结合本地实际提出的目标，就是争创全国文明城市、建设国家卫生城市和国家生态文明建设示范市，简称'一创两建'。"

王淑芳笑道："好像全国各地的城市都有自己的口号，你们琼西做的真不错。"

吴义春说："以前我们琼西流传着几句顺口溜：垃圾基本靠风刮，污水基本靠蒸发，游商基本没人抓，市容基本无人夸。自从搞'一创两建'后，现在城市面貌已今非昔比，发生了很大的变化。"

吴义春开车往洋浦方向驶去。他一边开车一边向王淑芳介绍琼西的风土人情，从伏波将军讲到苏东坡，从琼西美食讲到琼西调声，从蓝湖温泉讲到星雅石花水洞，从贫穷落后的海岛讲到全面对外开放的南琼自贸区建设。

吴义春能说会道，风趣幽默，段子又多，不时把王淑芳逗得哈哈大笑。

吴义春是个花心大萝卜，他一边开车，一边陪王淑芳聊天，同时也在默默思索着，如何才能俘获王淑芳的芳心，他知道，仅仅靠谈吐是远远不够的。

王淑芳哪里知道吴义春的心思？

从大㧍镇开车到洋浦也就一个小时左右，到达洋浦古盐田时，还不到十点半。吴义春停好车后，对王淑芳说："南琼的紫外线强，晒得够劲，你皮肤这么嫩，要做好防护。"

王淑芳撑起太阳伞说："谢谢你的关心，你怎么办？"

吴义春说："我们南琼人皮肤黑，不怕晒。你在这里等等我，我去弄两个椰子来。"

吴义春来到前面一家卖椰子的摊前，要了两个椰子，趁老板砍椰子的时候，他打了一个电话："喂，阿波，我是吴义春，我到你们洋浦了，对，帮我一个忙，要两个人，长得蛮吓人的那种，对，我在古盐田陪一个美女游玩，要他们二十分钟左右到，嗯，重点要让我表现，多少钱？一人二百五，两人五百，不能再多了，好，好，就这样定了，我马上通过微信把钱转给你。"

吴义春打完电话，嘴角露出一丝得意的笑，他抱着两个椰子走到王淑芳身前，递一个椰子给她说："南琼人把椰子当水喝的。"

王淑芳接过椰子，说了声"谢谢"，用吸管喝着，清凉的椰子水沁人心脾。

两人站在树荫下喝着椰子，吴义春又给王淑芳讲着南琼人用海水晒盐的工艺。

"你懂的真多。"王淑芳由衷地赞扬道。

"我说的这些都是皮毛，南琼人都知道。"吴义春说，"走，我陪你去看盐田。"

盐田里很多盐槽，王淑芳一边听吴义春介绍，一边观赏着，王淑芳见盐田里有很多像蜘蛛一样的东西爬来爬去，很快钻入沙地的小洞里，便问："这里怎么这么多蜘蛛？"

吴义春笑了，说："这可不是蜘蛛，这是螃蟹，小螃蟹。"

"啊？真的吗？怎么会有这么多螃蟹？"

"小螃蟹长大后就到海里去了。"吴义春说着，弯下腰，从沙地上捉到一只小螃蟹，递给王淑芳，"拿着，感受一下。"

吴义春拉起王淑芳的手，把小螃蟹放在她掌心，王淑芳轻轻地惊叫一声，想甩掉，又忍住了。小螃蟹在手掌上爬着，很快爬到食指尖，掉到沙地上，很快又钻入沙洞中去了。

"真好玩。"王淑芳笑道。

吴义春看着王淑芳的小女儿情态，有点痴了，心里说："这女人太美了，非把她拿下不可。"

盐田并不大，没多久就到海边了。两人看了一会海，吴义春说："走吧，我们到海叶岛去看看。"

王淑芳随吴义春往回走，刚回到停车场，就碰到两个年轻男子，其中一个染黄发的男子对着王淑芳吹了一个口哨，另一个胳膊上纹着一条龙的男子对王淑芳叫道："美女你好。"

王淑芳看了这两个男子一眼，不想惹事，对吴义春说："我们走。"

"走？为什么要走？陪哥们聊聊人生呗。"那个黄发男子调戏道。

"你们想干什么？"吴义春斥责道。

"你小子给我滚，别在这里碍手碍脚。"黄发男子伸手把吴义春往旁边一推，然后就拉起王淑芳的手，闻了一下，说："这手好嫩好香。"

王淑芳又羞又气，一边想挣脱黄发男子的控制，一边说："放开我。"

黄发男子牢牢地握住王淑芳的手，王淑芳挣不开。另一个纹身的男子笑道："小妹是哪里人？长得美呆了，就留在洋浦给哥当老婆吧。"

"臭流氓，放开我。"王淑芳骂道。

吴义春突然一记漂亮的黑虎掏心向黄发男子打去，黄发男子只好放开王淑芳，和吴义春打斗起来，那个纹身男子也过来夹攻吴义春。好个吴义春，全然不惧，虽然身上挨了几拳，但那两个男子也吃了吴义春好几拳几脚，吴义春以一敌二，丝毫不落下风。

三两分钟后，吴义春抓住机会，一个鞭腿，扫倒黄发男子，纹身男子见势不妙，从身上掏出一把小刀，向吴义春刺过来，王淑芳叫声"义春小心"，吴义春避开刀锋，拳打脚踢，很快将纹身男子也打倒在地。

"都给我滚。"吴义春威风凛凛地吼道，完美地过了把英雄瘾。

黄发男和纹身男两个人灰溜溜地走了。

"你没事吧？"王淑芳走到吴义春身边温柔地问。

吴义春见王淑芳一脸关切，不由心花怒放，这一架真是打得春风得意，他豪爽地说："没事没事，收拾两个小毛毛虫，小菜一碟。"

经历这个小插曲后，两个人的距离一下子拉近了。

两个人上了车，经过洋浦跨海大桥，向海叶岛驶去。

第10章
被迫订婚

今天是刘丝雨和羊刚强订婚的日子，她没有告诉同事，只是向站长王丹阳请了事假。

这并不是刘丝雨梦想中的婚姻。

　　屋子里很热闹，来参加订婚仪式的亲朋好友聚在一起喝茶聊天。

　　刘丝雨却一点都不开心，相反，她心事重重，她现在不仅非常害怕羊刚强，更重要的是，她摆脱不了羊刚强的纠缠。

　　她和羊刚强的故事，是一个老套得不值得一提的故事了。事情得从前年的3月说起，有一天她下班以后闲着无事，就用微信"摇一摇"的功能无意中摇到了羊刚强，两人在微信中互动频繁，不到一个月的时间，两人已经成为无所不谈的朋友，4月初，两人便相约见面。

　　那天，两人约在文化广场见面，羊刚强长得虽然一般，但却很有股男子汉味道。羊刚强开着一辆轿车，出手大方，两人第一次见面聊得十分尽兴。羊刚强告诉刘丝雨，自己是琼西市短坡岗人，父母离异，有三个姐姐，都已出嫁。母亲在短坡岗集镇上做生意。而他自己则在大惩镇做生意。

　　刘丝雨也向羊刚强介绍了自己的情况，刘丝雨是南琼省琼中县的人，爸妈都是中学老师，她比羊刚强小五岁。

　　此后，两人频频约会，建立了恋爱关系。

　　去年年底的时候，两人一起吃饭，都喝了一点酒，刘丝雨是第一次喝酒，很快就醉了。饭后羊刚强把刘丝雨带回了自己租住的房子，强行和她发生了关系。事后，刘丝雨伤心不已，但她是一个懦弱的人，没有过分追究这事。

　　不久，在羊刚强的强势要求下，两人同居了。

　　刘丝雨没谈恋爱时，每个月都要回琼中的老家一次，看望父母。但自从和羊刚强谈恋爱以后，就很少回家了。

　　在羊刚强的逼迫下，刘丝雨妥协了，被迫在今天订婚。

　　订婚这么大的事，她没有告诉自己的父母，也没有告诉自己的同事，她自己一个人来到短坡岗羊刚强的家，参加订婚仪式。

　　琼西的订婚仪式并不复杂。无非是亲朋好友见个面认识一下，传统的男方给女方家送槟榔、猪肉、糖果什么的，在刘丝雨的坚持下也都免了，羊刚强给刘丝雨买了钻戒，羊刚强的母亲也给刘丝雨送了礼物。

　　刘丝雨什么也不想要，却又什么都不敢拒绝，她像木偶一样，听凭羊刚强的安排。

　　今天上午，她也看见了同事周越的车，她本想和周越打声招呼，可惜周越的车向另一个方向开走了。

| 第11章 |
蹦出个李鬼

吴义春开着车，过了洋浦大桥，沿着滨海大道往前走。

吴义春告诉王淑芳，海叶岛位于琼西市伏波镇，这里是一个海边小镇，流传着很多美丽的故事，传说汉代伏波将军在这里驻过军打过仗。

"哇，你看，这里怎么会有'双庆城'？"王淑芳突然指着路边的一个小区问。

"双庆城里住的基本上都是双庆人呢，看来我们琼西和你们双庆有缘啊。"吴义春说。

十来分钟后，两人就到了海叶岛营销展厅。

说起海叶岛的建设，也是一波三折。海叶岛是恒巨集团投资 1600 多个亿打造的一个集购物、旅游、会展、娱乐、影视等为一体的现代都市商业圈，因为海叶岛全部是填海而建，被中央环保督察组点名批评了，中间一度停建，后来恒巨集团斥巨资，对被破坏的生态环境进行保护性修复后才继续建设。

王淑芳在展厅里看，吴义春说："你慢慢看，我上一下洗手间再来。"

"嗯，你去吧。"王淑芳说。

吴义春来到厕所，又打了一个电话："阿波，刚才的事做得不错，等会再安排一出戏，我十二点钟左右会带她到伏波路的南国海鲜城吃中饭，对，就是那里，估计中午一点半左右结束，我会控制好时间的，你再安排两个人来，嗯，可以，骑电动车，对，抢她的包，一个咖啡色的 LV 包，悄悄地放一辆自行车在酒店门口，你让你的人抢到包后往滨海大道方向跑，我骑自行车抄小路去追，好，就这样，还是一个人二百五，我马上从微信上转五百元给你。"

吴义春打完电话，心情大好，他出来陪王淑芳在大厅里坐下休息，营销小姐给他们端来茶水和点心，两人一边吃着点心，一边喝着茶，一边聊着天。

吴义春说："海叶岛这一带的海边建设得也不错哦，要不要去海边转转？"

"好啊，我们去看海。"王淑芳高兴地说，她生活在内陆，平生少见海，对大海颇有向往之心。

王淑芳随吴义春来到海边，她走在花丛中的木板路上，看着一望无际的蔚蓝海洋，看着对面海叶岛上林立的高楼，心情激动地说："我要来南琼。"

吴义春笑着说："那我代表南琼人民欢迎你。"

"我说真的，南琼不是在建自贸区吗？现在不来，今后就高攀不起了。"

此时的吴义春已经被王淑芳的美貌迷住了，恨不得马上和她发展出一段超友谊的关系，可是毕竟是才见面的网友，所以也急不得。他说："你是研究生毕业，现在来南琼，会享受很多优惠政策的，有住房补贴，要不，就到琼西来，在海叶岛买套房子？"

王淑芳笑了，说："这是一个梦。"

两人沿着木板路走了一圈，吴义春说："等海叶岛建好了，我再带你到岛上看。"

"好，我期待着。"王淑芳说。

吴义春看看表，说："时间不早了，你累了吧，我们去吃中饭。这里的海鲜便宜，我带你去吃正宗的琼西海鲜。"

中午一点半左右，吴义春和王淑芳从南国海鲜城走出来。

"今天中饭吃得真开心，在我们双庆也有海鲜城，那里的海鲜根本没法和这里的比。"王淑芳说。

吴义春说："你要是喜欢，晚上我们回大恁镇后继续吃海鲜，琼西的海鲜都很新鲜。"

"不吃海鲜了，我想吃我们双庆的麻辣烫了。"王淑芳说，"这里的菜太清淡了，偶尔吃吃可以，老吃可受不了。"

两人在门口站了一会，吴义春四下里看了看，突然一辆摩托车从两人身边呼啸而过，坐在摩托车后面的那个人伸手抢走了王淑芳挎在肩头的包包。

王淑芳没想到大白天的会有人抢包，她没有任何心理防备。她一个趔趄，差点摔倒在地。

"我的包包。"王淑芳叫道。

吴义春见旁边有辆没锁的自行车，急忙推出车了。

看着吴义春风驰电掣地追去，王淑芳一脸感动。

吴义春追了一阵，没见到抢包者的影子，他在滨海大道张望了一阵，感觉剧情与他编导的不一致，就给阿波打电话。

"阿波，你那两个人抢包后怎么不见踪影了？"

阿波在电话中说："啊？不会吧，我打电话问问。"

吴义春等了一会，阿波回话说："哥，出了问题，那两个抢包的不是我的人，我安排的两个人还在酒店门口，他们刚才还在纳闷，说那个女的怎么没有带包。"

吴义春说："半路里怎么会蹦出个李鬼。现在怎么办？"

阿波想了一下说："报警吧。"

吴义春只好回到酒店门口，见王淑芳一脸焦虑，吴义春安慰道："放心，包我一定会帮你找回来，包里有重要东西吗？"

"钱包、证件、手机都在包里。"王淑芳说。

"有现金吗？"吴义春问。

"现金不多，可能有一千多块吧。钱是小事，关键是这个包包是我姑姑从英国给我带回来的，对我有特殊的意义，还有就是手机和证件。"

"放心，我一定给你找回来。"吴义春说着，见不远处有两个混混坐在一辆电动车上，瞄着他们，气不打一处来，心里骂道"你们这两头笨猪"，朝他们挥挥手，示意他俩滚蛋。

那两个混混看见吴义春的手势后，就骑着电动车走了。

王淑芳看见这一幕后，心里有些疑惑，但也没有多想。

吴义春并不知道王淑芳看见他和两个混混的交流，他掏出自己的手机，报警。

警察听说辖区内有人抢游客的包包，很重视，让他们迅速到派出所做笔录，同时安排人调出酒店附近的监控录像调查。

折腾了一个多小时，包终于找回来了，抢包的是镇上的两个小混混，多次在派出所里挂过号，在监控里看得一清二楚，所以也没费太多的周折。除了现金已经被花光了，其他的手机证件等一样不少地还回来了。

王淑芳谢过派出所，和吴义春离开了伏波镇，向东坡书院而去。

|第12章|
好人昌叔

周越一边开车，一边讲着昌叔的一些事迹。

刘冰欣对昌叔并不了解，去年评选第一届琼西好人时，她还没来琼西。

昌叔叫陈应昌，说起这位昌叔，那是真的不简单。信州镇是个老集镇，路窄人多车多，经常发生交通堵塞。年近七旬的陈应昌，十多年来，手拿自制的小红旗，头戴警盔，上身穿一件没有编码的警用制服，制服外面套着一件写有交警字样的反光衣，乐此不疲地提醒来往车辆慢行让行，成为信州镇的一名"编外交警"。

刘冰欣心想，一个人偶尔做件好事并不难，难的是他十多年一直默默坚守在这个路口，从不被认可的"疯子"，到现在人人信赖的"昌叔"，值得写的内容很多，刘冰欣想好好挖掘一番。

因为途经短坡岗集镇时，耽搁了一段时间，到达信州镇上时，已经过了十一点钟，快到吃中饭的时候了。

周越找个地方停好车，对刘冰欣说："你看，前面那个穿制服的就是昌叔。"

两人刚走到昌叔身边，就看到一个混混模样的年轻男子对昌叔叫道："昌叔，借我100块钱，我上午打麻将把钱输光了，没钱吃中饭了。"

"我没钱借给你。"昌叔说。

"你是琼西好人，向你借点钱都不干，你算什么琼西好人？"混混不高兴地说。

"我是琼西好人，不是琼西富人，就是没钱借。"昌叔红着脸说。

"死老头。"年轻人骂一声后，走了。

刘冰欣见这个年轻人这般轻浮，便想要和他理论几句，周越用眼神制止了她。

"昌叔你好，我们是南琼日报社的，想和您聊聊，您有时间吗？"周越问。

"我不接受采访。"昌叔看了几眼周越和刘冰欣后说。

"您是去年的琼西好人，我们想和您做一次访谈，了解您当选琼西好人后的生活情况。"周越说。

"还是和以前一样，没有什么好讲的。"昌叔说。

"听说您前不久救过一个横穿马路的小孩，如果不是您及时把他拉开，他就会被小汽车撞了，有这回事吗？"周越又问。

"怎么没有？只不过这样的事，谁见了都会帮一把。"昌叔说。

"您能把当时的情况讲一下吗？"刘冰欣问。

"就是一个小孩横穿马路，恰好一辆车开得快，我发现得早，把小孩拉开了。"昌叔说。

"当时您受伤了吗？"刘冰欣问。

"没有。"昌叔说。

"在那个危险的时候，您是怎么想的？您就没考虑自己的安全吗？"周越问。

昌叔说："我自己也不知道当时怎么想的，就是那么随手一拉，就把小男孩拉回来了。"

刘冰欣还想问，昌叔说："快十二点了，我还要回家吃饭，不陪你们闲扯了。"

昌叔说完，就离开了。

刘冰欣心想这样的采访没有什么意义，但昌叔明显对采访不感兴趣，看来，要想了解昌叔这一年的情况，只有找熟悉昌叔的人去询问了。

周越说："前面有家小饭店，我们去吃饭，顺便和老板聊聊，他们是附近的人，对昌叔应该比较了解。"

周越带刘冰欣走进前面那家小饭馆，坐下来后拿着菜单点了两荤两素一汤。

刘冰欣想到王淑芳，不知道她现在在哪里，就给她打了一个电话。王淑芳告诉她："我和朋友正在伏波镇的南国海鲜城吃海鲜呢。"

"你的朋友叫什么名字？靠得住吗？"刘冰欣问。

"暂时保密。你放心，是个帅哥，人可好了。"王淑芳说。

刘冰欣从电话里感受到了王淑芳的开心，也就没有多打扰。她挂断电话，和一个中年女服务员聊了起来。

周越问中年女服务员："你们对昌叔当义务交警一事是怎么看的？"

一个年轻的女服务员插话说："你问那个怪老头啊？这个人脑子有问题，都七老八十了，不在家里享福，天天在街道上指挥交通，真担心他一不小心被车撞死了。"

刘冰欣惊讶地说："你是这样看他的吗？"

中年女服务员对刘冰欣说："你别听她胡说，其实昌叔这个人很不错的，他在街道上指挥交通十多年了，没要过一分钱的报酬。要不是他，就我们信州镇这狭窄的街道，不知道每天都会堵成什么样子呢。现在车这么多，有的人又不遵守交通规则，这十字路口没有红绿灯，没人指挥肯定是不行的。"

年轻的女服务员不服气地说："他又不是交警，要是指挥错了怎么办？"

中年女服务员说："他不是交警，但是他比交警指挥得还专业。"

刘冰欣对两个服务员说："昌叔去年被评为第一届琼西好人后，他的生活有什么变化没有？他是不是还像以前一样每天在街道上指挥交通？"

"我们都知道他被评为琼西好人了，他的确算得上是一个好人。我们感觉他的生活还是老样子，没有什么变化呢，还是按时在这个十字路口上下班。"中年女服务员说完，听到厨房里有人喊，就走进厨房去端菜。

刘冰欣发现一个小女孩怯生生地走过来，刘冰欣以为小女孩是找她的，正准备问她，却见小女孩来到正在给他们上菜的中年女服务员身边，小声说："妈妈，给我校服钱，老师说今天要交的。"

中年女服务员不高兴地说："怎么又要买校服，你不是穿着校服吗？"

"这校服太小了，我长高了，要换。"

刘冰欣仔细打量了一下，果然这女孩穿的校服太小了，穿着有些滑稽，看模样，小女孩应该是读小学五六年级的样子，正长个头的时候。

"告诉老师，我们没钱。"中年女服务员不耐烦地吼道。

小女孩不敢再说话，低着头走出了饭馆。

刘冰欣对周越说："我出去一下。"

刘冰欣追上小女孩，拉着她的手问："小妹妹，校服要多少钱？"

"68元。"小女孩说。

刘冰欣从包里拿出一张百元钞票，递给小女孩说："姐姐给你钱，你拿去交给老师吧。"

小女孩摇摇头，不接钱。

"快拿上，我是你妈妈的朋友，你妈妈今后会还给我的。"刘冰欣说。

小女孩这才接过钱，说："谢谢大姐姐。"

"你吃饭没有？"刘冰欣问。

"在学校吃过了。"小女孩回答说。

"那你上学去吧。"刘冰欣说着摸摸小女孩的头，转身回到饭馆。

小女孩高高兴兴地一蹦一跳上学去了。

周越从窗口看到这一切，待刘冰欣坐下来以后，说："你要是看到什么人有困难都想帮一把，只怕你倾家荡产了也帮不完。"

刘冰欣笑笑，没说话。

周越摇摇头，也没有再说什么。

|第13章|
可怕的欺凌

吃完中饭，见时间还早，刘冰欣提议到伏波镇去看看。

周越说："到伏波镇看什么？"

刘冰欣说："伏波镇最近出了一个新闻人物，我听说一个普通的共产党员自己在手机上下载'学习强国'App后，特别爱学习，学习积分达到10000多分了。"

周越一听，这个也有新闻价值，因为前不久市委宣传部在全市共产党员中推广"学习强国"学习活动，一般人的学习积分估计能有两三千分就很不错了，周越本人学习积分还不到五百分呢。

等周越和刘冰欣开车来到伏波镇的时候，刘冰欣对周越说："我很少来伏波镇，你开车在镇上转一圈，让我了解一下我们琼西提出的'一市双城'是个什么模样了。"

为把琼西市打造成南琼省西部中心城市，琼西市委市政府提出了"一市双城"的发展战略，"双城"指的是大恁镇和伏波镇。这几年，伏波镇在海叶岛的带动下，发展很快。

伏波镇是一个海边小镇，原来并不发达，但在海叶岛的带动下，这个小镇也是高楼林立，道路变宽敞了，集镇变干净漂亮了，市场变热闹了，流动人口也越来越多，现在的繁华景象已经不逊于南琼省其他市县的县城。

周越开车在伏波镇街道上转了一圈，刘冰欣没有发现王淑芳他们。

采访结束时，已经是下午五点多钟了。刘冰欣给王淑芳打电话，问是否一起吃晚饭，王淑芳说："我知道你忙，你不用管我，我和朋友一起吃饭。"

刘冰欣想王淑芳也不是小孩子了，倒也放心，加上今晚回去还要写稿，确实没有时间陪王淑芳，就叮嘱了几句，让王淑芳注意安全，然后挂了电话。

周越家中有事，也要急着回去，便开车准备上高速回大恁镇。当车走到匝道时，刘冰欣叫道："停一下。"

"有事吗？"周越问。

"停车停车，旁边山上有几个女孩好像在打人。我们去看看。"刘冰欣说。

周越把车停靠在路边，两人走过一道田埂，来到一个小山头。在山上的桉树林里，果然有七八个女孩正在殴打一个女孩，看她们都穿着校服，应该是附近学校的学生，从年龄上看，应该是初中生。

"你们在做什么？为什么打人？"刘冰欣问道。

那些打人的女孩理也不理刘冰欣的问话，旁边还有一个短发女生在用手机录视频。

是可忍，孰不可忍。刘冰欣一把抓住一个正在打人的女孩，说道："住手，问你们话呢，你们为什么要欺负她？相不相信我报警让警察来抓你们？"

那个被打的女孩瑟瑟发抖，低着头蹲在地上一言不发。

另外一个女孩还要打人，被周越拦住了。

刘冰欣对几个打人的女孩说："打人是犯法的，你们要受到法律制裁的。"

"你吓唬谁呢？我们是未成年人，警察抓住我们了又能怎么样？"一个打人的女孩嚣张地说，同时对另外几个女孩说："你们给我打，继续打，要打得她今后看见我们就躲。"

刘冰欣护住那个被打女孩，自己也被踢了几脚。

周越见状，摇摇头，走开了一点，悄悄地打了110报警。十来分钟后，来了两个警察，周越原以为警察来了，她们会跑，谁知这些打人的小女孩一个个一脸漠然地站在那里，根本不把警察当回事。

警察要把这些打人的和被打的带回派出所询问，做笔录，正准备走的时候，刘冰欣对警察说："那个剪短发的女生录了视频，你们可以作为证据，但不要让它流入社会。一旦传到网上，会对被打女孩造成二次伤害，还可能会引发一些媒体关注，你们要注意删除这个视频。"

那个高个警察从短头发女生那里拿过手机，把这个视频发到自己手机上后，就把女生手机上的视频删除了。

看到警察把她们带走了，刘冰欣对周越说："这么小的年龄，打人却这么狠，今后长大了怎么得了？"

周越说："这几年校园暴力、校园欺凌现象不时见诸媒体，看来学校德育工作任重道远啊。"

刘冰欣说："这个也不仅仅是学校的问题，家庭和社会也有责任。我有一次和市九中的梅茨第校长聊过，梅校长告诉我，现在的问题学生背后往往有一个问题家庭。"

周越说："琼西的教育现状值得探讨，你什么时候有空，可以做一次深度调研。"

刘冰欣说："好，我也有这个想法，等这段时间忙过了，我就来做。"

|第14章|
捡了个麻烦包

从高速路口下来后，路过城东镇时，刘冰欣突然发现前面不远处路边有个女士包，就对周越说："靠边停车，前面有个女士包，去看看。"

周越对这种事一向不感兴趣，但刘冰欣不同，她总是爱管这些闲事。

周越只好停车，刘冰欣下车捡起一个深红色的小包，打开一看，里面有身份证、一张邮政储蓄银行卡和七百多元现金。

刘冰欣对周越说："丢包的是一个叫黄伶俐的女士，她现在肯定很着急，怎么办？"

周越问："包里有没有什么资料可以联系上失主？"

刘冰欣重新检查了一遍包里东西后说："身份证上姓名叫黄伶俐，名片上的姓名叫王红云，其他的什么资料也没有。"

周越拿过王红云的名片看，名片显示王红云是一家保险公司的营销经理，上面有联系电话，便对刘冰欣说："黄伶俐可能是王红云的熟人，你给王红云打电话试试看。"

刘冰欣按照名片上的电话拨打过去，电话接通后响起一连串的广告："您好！欢迎致电白色月光保险公司，您可以通过以下渠道购买保险……"

"这是什么鬼？"刘冰欣说。

好在电话很快接通了，对方是个女的，问："您好，请问您买保险吗？"

刘冰欣说："你好，请问你是王红云女士吗？"

"嗯，我就是，我愿意为您提供任何保险业务服务。"

"是这样的，我在路边捡了一个小包，里面有你的名片，我想通过你找到这个包的主人。"

"捡了一个包？包里有我的名片？寻找失主？哎呀，有我名片的人多着呢，我不一定都认识。"

"有一个叫黄伶俐的你认识吗？"

"黄伶俐？我对这个名字没印象，应该不认识吧。"

"哦，对不起，打扰你了。"刘冰欣说完挂了电话。

因为刘冰欣打电话时是开了免提的，所有对话周越都听见了，他说："找不到失主，你这是捡了一个麻烦包。"

"要不，我们把它交到城东派出所去吧。"刘冰欣说。

"也只有这样了。"周越说。

正在这时，刘冰欣的电话响了起来，她拿起电话一看，是王红云打过来的，就接了。

王红云说："拾金不昧的美女，你是一个好人，这样吧，包里要有黄伶俐照片的话，你加一下我的微信，我的微信就是我的电话号码，你加我微信后，拍照发过来，看我是否见过这个人。"

刘冰欣答应一声，挂了电话，加了王红云的微信，又用手机拍了黄伶俐的身份证相片，然后通过微信发了过去。

王红云马上发过来几条微信，刘冰欣一看，全是推销保险业务的广告，苦笑着摇了摇头。

好在王红云很快就打电话过来了，她说："美女你贵姓啊？姓刘，好的，我就叫你小刘，小刘，这个黄伶俐我认识，我们在一起打过麻将，但我和她并不是很熟，没有她的电话号码，嗯，我可以把她的一个朋友的电话发给你，她的朋友应该知道她的电话号码，好，好，我马上发给你。"

挂了电话后，刘冰欣很快收到王红云发来的一个电话号码，刘冰欣回了一个"谢谢"后，就拨打这个号码，手机提示的是对方已关机。

刘冰欣只好又给王红云打电话，告诉她提供的号码打不通。王红云想了一下，说："我这里还有她另一个朋友的电话，我再发给你，你再打打看。"

刘冰欣等了一会，就按王红云第二次提供的号码打过去，过了一会，对方接通了。

刘冰欣通过手机把自己捡了黄伶俐的包这事简单地叙述了一下，请求对方给她提供黄伶俐的联系方式。对方也是一个通情达理的人，她表扬了刘冰欣几句后，就挂了电话，然后以短信的方式把黄伶俐的电话号码发过来了。

刘冰欣便给黄伶俐打电话。

黄伶俐听说她丢失的包找到了，非常高兴，便让刘冰欣说个地方，她马上来取。

刘冰欣见前面有个邮政储蓄银行网点，便对黄伶俐说："我在城东邮储银行等你，你快点过来取东西。"

周越和刘冰欣在邮储银行网点大厅等了四十多分钟，才等来了黄伶俐。

刘冰欣一看这黄伶俐，心情就有些紧张，这女人穿着暴露，脸形尖削，薄薄的嘴唇涂着鲜艳的口红。一进大厅，这女人就高声大嗓地问："是谁拿了我的包？"

周越说："我们不是拿了你的包，我们是捡了一个包。"

"废话少说，把包还给我。"这个女人说。

周越说："在给你之前，我们必须核实一下信息才行。请问你叫什么名字？你是在什么地方丢失的包？你丢失的包里有些什么物品？身份证号码是多少？"

"看不出你还挺认真啊，我叫黄伶俐，我好像是在街道上丢失的包，包里有身份证、银行卡和两千多元现金。"黄伶俐说完，又报了身份证号码。

刘冰欣一听，这个女人的姓名和身份证号码是对的，包里的物品也差不多，心想这个包应该是这个女人的，只是丢包的地点和里面现金的数量不对。

"有这么多钱吗？"刘冰欣问。

"当然，只多不少。"黄伶俐说。

周越心里有些不舒服了，因为这女人所说包里的现金有两千多元，事实上才七百多元，明显不符，不明真相的人还以为是他们捡到包后拿了里面的现金呢。

周越再仔细一看，发现黄伶俐身份证上的头像与其本人不太相像，加上黄伶俐没有说对丢包的地点及包里的现金数额，周越便没有把包还给黄伶俐。

黄伶俐见周越不还包，有点着急地说："喂，我说你这个人是怎么回事？为什么不把包还给我？我还要赶回去打麻将呢，今天手气差，已经输了好几千了，快把包给我，我要赶时间回去打麻将翻本。"

周越说："你说的部分信息不准确，包不能给你。"

黄伶俐生气地瞟了周越一眼，像看小偷似的看着周越，周越心情更不爽了，心想，我们捡到你的包，辛辛苦苦地好心找到你，却被你冤枉偷拿现金，这个气是个人都受不了。

黄伶俐没好气地对周越说，"算了算了，包我不要了，钱也不要了，你把身份证和银行卡还给我。"

"你说的信息不对，我现在还不能给你。"周越说。

黄伶俐生气地说："你再不还包我就报警了。"

刘冰欣小声说："周哥，要不给她算了吧。"

周越摇摇头，固执地对黄伶俐说："你报警吧，在警察没来之前，我是不会给你包的。我叫周越，她叫刘冰欣，都是南琼日报社的记者。"

黄伶俐说："好，你们给我等着，我马上去城东派出所报警。"

望着黄伶俐远去的背影，周越对刘冰欣说："我们走，不等她了。"

刘冰欣说："我们还是等警察来处理这事吧，捡了东西不还，涉嫌违法侵占呢，我们不要好心办成坏事。"

周越说："生活有时就是这样，你付出的爱越多，受到的委曲也越多。我们走吧，我们回到大恁镇后，把包交到大恁镇东风派出所去，我们干嘛要在这里傻等？"

刘冰欣想想黄伶俐刚才的表现，心情也是很不爽，就同意了周越的提议。

等黄伶俐和两个民警来到城东邮储银行网点大厅的时候，周越和刘冰欣已经离开了，黄伶俐不由破口骂开了，她只好在银行挂失了银行卡，又到派出所挂失了身份证。

等办完这一切后，她给男朋友打了个电话："阿龙，我今天被人欺负了。"

那个叫阿龙的在电话中吼道："谁敢欺负你，瞎了他的狗眼，看我不打得他满地找牙。"

"我的包丢了，那个拿了我包的人就是不还给我。"

阿龙问："谁的胆子这么大？包里有什么重要东西？"

黄伶俐说："包里有身份证、银行卡和现金。丢失的身份证挂失了可重办，银行卡里也没存什么钱，现金大不了不要了，我就是咽不下这口气，你要帮我出气。"

阿龙问："拿你包的人叫什么名字？"

黄伶俐答道："那个男的叫周越，还有个女的好像叫刘冰欣。"

"刘冰欣？是不是一个漂亮的女记者？"阿龙问。

"我不知道她是不是记者，长的像模像样的，马马虎虎吧。"黄伶俐说。

阿龙说："好，我知道了，你放心，你的东西我会给你拿回来的。"

阿龙就是吴德龙，他心想，自己怎么老是碰上刘冰欣呢？是要找个机会教训一下这个女人了。

| 第15章 |
漂亮不是我的错

　　吴义春和王淑芳来到东坡书院。吴义春是常客，东坡书院的工作人员都认识他，没收门票，王淑芳在背诗处背了五首东坡诗词，也免了门票。

　　原来东坡书院为鼓励游客背诵东坡诗词，规定凡是游客能背诵五首东坡诗词的，一律免收门票。此举颇有创意，受到游客欢迎。

　　东坡书院并不大，但很雅致。吴义春来之前备了课，一路娓娓而谈，介绍苏东坡的生平事迹和奇闻轶事，特别是讲苏东坡为琼西文化和教育发展作出的贡献，更是让王淑芳刮目相看。

　　两人在东坡书院里看了人物塑像、碑刻、对联、文物史册、名人游览图片等，又到东坡井打井水洗了手，看了开得正好的狗仔花。每到一处，吴义春都能讲出一些故事，吴义春的表现一点也不比专业导游差，特别是关于东坡井的故事和狗仔花的故事，更是把王淑芳逗得咯咯直笑。

　　看完景点后，两人坐在树下喝着新砍的椰子，吹着凉爽的风，心情大好。

　　吴义春用手机给王淑芳拍了不少相片，王淑芳也配合，摆出各种造型，或活泼、或天真、或搞怪、或端庄，吴义春都有点神魂颠倒了。

　　回到大恳镇后，已经是吃晚饭的时间了。吴义春把王淑芳送到维斯酒店，王淑芳回房间简单洗漱了一下，就下楼随吴义春去吃晚饭。

　　因为中午吃海鲜了，晚上王淑芳提议吃点家常菜。吴义春找了一家熟悉的农家乐饭店，点了几个精致的小菜，又要了一瓶红酒。

　　饭店的客人不多，菜很快上来了，吴义春开了红酒，对王淑芳说："今天辛苦了一天，喝点红酒解解乏？"

"要得。"王淑芳大方地回应道。

两个人边喝边聊，一瓶红酒很快喝完了，吴义春想再要一瓶，王淑芳摇头拒绝了，吴义春也不强求。

两人吃了饭，吴义春见时间还早，就提议去KTV唱歌。王淑芳喜欢唱歌，昨天晚上就准备和刘冰欣一起去唱歌的，后来没唱成，心里还有些小小的遗憾呢，现在吴义春提议去唱歌，她自然是同意的。

来到歌厅，吴义春要了一个包间，又要了一些点心和一打啤酒，两个人开始唱歌喝酒，你唱一首歌，我便喝一杯，我唱一首歌，你也喝一杯。两个人唱歌是专业水平的，喝酒同样是专业水平的，很快一打啤酒就喝完了。

吴义春见王淑芳唱得开心，就又要了一打啤酒，两个人又接着唱接着喝。

中途，王淑芳出去上了一趟洗手间。

吴义春一个人又唱了两首歌，见王淑芳还没有回来，心想不会是喝多了迷路了吧。他起身走出包房，向卫生间走去。

刚到卫生间门口，就看见四个年轻男子围着一个女孩，吴义春一看，那女孩不是王淑芳又是谁？

吴义春咳嗽了一声，说："吴德龙、张进财，你们又在做什么坏事啊，我警告你们，不要纠缠我的客人。"

那个叫吴德龙的男子闻言向吴义春看来，说："我说吴大记者，怎么走到哪里都有你，今天这事与你无关，你要上厕所就去上厕所，这小妹是我们的朋友，你管不着。"

"这小妹是你们的朋友？"吴义春哈哈一笑，"你是睁眼说瞎话，我实话告诉你，她是我的客人。"

站在旁边一直不说话的黎新宽把吴义春拉到一边问："这美女真是你的朋友？"

吴义春不想和这帮人纠缠，他推开黎新宽，对吴德龙说："现在全国各地都在打黑除恶，要不要我明天在媒体上曝光一下你们的这种行为？"

"你与我们作对作上瘾了是不是？"吴德龙骂道，"我听说你小子上次还回村整我们哥几个的黑材料，我都还没找你算账。"

"你上次的案底还压在我那里呢。"吴义春说。

原来吴德龙是从事电信诈骗的，最近琼西市正在扫黑除恶，对各种违法犯罪现象实行零容忍，有一次吴义春和刘冰欣去暗访电信诈骗情况，刚好抓到了吴德龙等几个人从事电信诈骗的真材实料，只是还没有给他们曝光出去，如果真的曝光了，估计吴德龙这几个人要坐几年牢的。

吴德龙这四人今天在歌厅里唱歌，上厕所时发现了王淑芳这个极品美女，谁知半路上杀出个程咬金，跑出个吴义春来。关键是，吴义春手中掌握着吴德龙搞电信诈骗的证据。

"你想怎么样？"吴德龙问。

"你们都给我马上滚，要不然我给东风派出所的张所打电话，让他来请你们？"吴义春说。

吴德龙贪婪地看了王淑芳几眼，对另外三个男子说："好白菜都被猪拱了，我们走。"

郭蚁明显地不想走，他在王淑芳的屁股上摸了一把，说："美女，记住哥，哥叫阿蚁。"

王淑芳踢了阿蚁一脚骂道："你姑奶奶的便宜你也敢占？"

阿蚁被踢，几个男人哈哈大笑，阿蚁恼羞成怒，正想反击，吴德龙说："阿蚁算了，给吴大记者一个面子，我们走。"

几个人不甘心地离开了。

吴义春和王淑芳回到包房。

王淑芳给自己倒了一杯酒，一口喝下，说："你们琼西风气不行，走到哪里都有人纠缠我。"

吴义春笑道："其实琼西这地方好，琼西的人也不错，琼西的社会风气更不差，只是因为你长得太美了，难免会引起一些人的觊觎，正所谓好色之心，人皆有之。"

王淑芳嗔道："你这逻辑，难道今天这些是非都怪我长得太漂亮了？漂亮不是我的错。"

吴义春很不要脸地笑着说："漂亮不是你的错，但漂亮常常会引诱一些坏男人犯罪。"

王淑芳说："哼，男人就没有好东西。"

吴义春说："来来来，我们喝酒唱歌，不说这些扫兴的事了。"

王淑芳没心情再唱歌喝酒了，提议回酒店，吴义春本想多玩一会儿，让两人关系更进一步，没想到被吴德龙这一伙人搞砸了，只好送王淑芳回酒店。

回到酒店，吴义春见王淑芳有点醉意，想把王淑芳送到房间，王淑芳说："你回去吧，我自己上去，你不用管我了。"

吴春义坚持要送上去，但王淑芳反复说不用送她，他心里有点失望，又见王淑芳三分醒七分醉的样子，怕把事情搞砸了，知道自己不能急于求成，他和王淑芳约好明天到星雅石花水洞去玩后，就恋恋不舍地走了。

王淑芳看着吴义春失望的表情，脸上露出玩味的笑，心想：你还不知道我们双庆女人的酒量吧，说出来吓死你。

| 第16章 |
就你这样的最好了

次日早晨九点钟左右，吴义春开车来到维斯酒店。

王淑芳刚吃过早餐回到房间，简单收拾了一下就来到一楼大厅与吴义春会合。

吴义春看着一身休闲打扮的王淑芳，眼睛又是一亮。今天的王淑芳上身穿一件白色的T恤衫，下面穿一条牛仔裤，脚穿一双蓝色运动鞋，胸脯饱满，腰肢纤细，容貌清秀，活力四射。

吴义春知道自己这样盯着美女看，有点不太礼貌，他艰难地咽了一口口水，强作镇静地打个招呼："淑芳，早！"

王淑芳回应道："早啊，义春，你要是忙，就不用陪我了，我自己租个车随便去逛逛就行了。"

"我这两天刚好没什么重要的事，给你当专职导游。"吴义春笑道，"今天我们到星雅石花水洞去看看，据说那是全世界纬度最低的溶洞之一呢。"

王淑芳说："是吗？琼西还有这样神奇的地方？"

吴义春说："当然，琼西还有好多值得你去看的地方，比如丽村的银滩、峨善镇的龙门激浪，我们明天可以去看看哦。"

王淑芳说："明天我要陪闺蜜呢，后天就要走了，家里有事，打电话催我回去。琼西美景这次是看不完了，下次再来看吧。"

吴义春听说王淑芳后天就要离开琼西，心里颇有不舍之意。

吴义春看看表，说："我们早点出发吧，太晚了天气热。"

王淑芳答应了一声，随吴义春上了车。

吴义春一边开车一边问："要不要我给你科普一下有关石花水洞的知识？"

"可以啊，我洗耳恭听。"

为了给王淑芳留下一个好印象，吴义春来之前是做过功课的，他说："石花水洞位于我们琼西市国营星雅农场的雄伟岛山下，距离城区大恁镇约28公里，是南琼省难得的特色地质景观。石花水洞是在1998年星雅农场进行石灰石采掘时意外发现的。中国地质学会洞穴研究专家考察后认为，该溶洞形成于140万年以前，并当即建议将其命名为'石花水洞'，这是中国乃至世界上都十分罕见的石花溶洞。"

王淑芳问："为什么要叫'石花水洞'？是里面的石头开花了吗？"

吴义春说："因为石花水洞洞内的石壁上布满一种奇特的石花，这些石花形似珊瑚，在灯光的照射下熠熠生辉，非常漂亮，所以就叫'石花水洞'了。据专家研究，这些石花的形成与溶洞内的石笋、石竹、石瀑布等有所不同。后者多为滴水、流水和停滞水沉积而成，而石花则是由渗透水、飞溅水、毛细水沉积形成。最为令人称奇的是，洞内半空中横亘着一座石花形成的薄壁，恰似牛郎织女相会的鹊桥。"

"义春，你好博学哦！"王淑芳称赞道。

吴义春听了不由心花怒放，口里却谦虚道："在你这么优秀的人才面前，我哪里敢称博学啊。"

王淑芳笑道："你就不要谦虚了。"

由于道路平坦，交通方便，半个小时左右就到了石花水洞。

吴义春买了门票，就陪王淑芳开始游览。石花水洞由旱洞和水洞组成，旱洞长度约为1.5公里，目前仅开发230米。看着洞内的石钟乳、石笋、石竹、马牙石、石旗、石瀑布、石舌、卷曲石等景物，王淑芳惊奇不已，尤其又以卷曲石最具特色。

吴义春告诉王淑芳："石花水洞里的卷曲石是国宝级奇品，卷曲石是地质专家在洞内探测时意外发现的，位于旱洞中间的顶部，大约有1000多平方米。这种卷曲石是一种白玉色棒状、卷曲状或豆芽状的方解石结晶体，色泽柔和，单体长度可达44~66厘米。中国溶洞协会有关专家考察认定，这种卷曲石的成因还是一个谜，目前只在美国、罗马尼亚、中国等少数几个国家发现过。在我们琼西石花水洞发现的卷曲石，不管是从面积、形状等在中国都是首屈一指的，堪称一大奇迹。石花水洞卷曲石的发现，已引起国内外许多专家的高度关注，国家博物馆也已对这种石体进行了采样收藏和研究。"

王淑芳边看边听吴义春的解说，不断地啧啧称奇，对石花水洞有了更新的认识。洞内能观赏的路程并不长，但洞内景观造型奇特，有一巨大钟乳连接洞顶和洞底，有如海龙王的定海神针。不一会儿，两人来到洞中的地下河边，吴义春告诉王淑芳，地下河内有极为珍贵的国家级保护动物娃娃鱼，不过，两人并没看见。

不久，两人坐船从地下河走出。洞外怪石林立，有如春笋遍野，据说有些怪石上面附着一亿年前的古生物化石，极有科研价值。

湛蓝的天空飘着大朵大朵的白云，炽热的阳光炙烤着大地，满目的绿树郁郁葱葱，空气中一阵一阵的热浪席卷而来。

王淑芳撑着伞对吴义春说："南琼的太阳真的好厉害，我不介意我们共用一把伞。"

吴义春心中窃喜，表面上却不动声色地说："我们南琼人不怕晒。"

可惜在阳光下走的路并不长，前面的路有树荫，吴义春只好主动拉开了一些两人间的距离。

王淑芳想，这个男人还算个君子。

看完景点，两人来到停车处，王淑芳见时间还早，就提议在停车场处的大榕树下坐一坐，吴义春当然没意见，两人坐在树荫下聊天。

"你有男朋友吗？"吴义春问。

"暂时没有，"王淑芳说，"还不想找。"

"我现在也没有女朋友。"吴义春说。

王淑芳笑了，说："你不会对我有什么想法吧？"

吴义春清楚，在条件不成熟的时候不可冒进，他可不想把王淑芳吓走。他说："我这人是很自卑的，无论我多么喜欢一个人，都会把决定权交给对方。"

王淑芳说："你很有君子风度。"

"我能理解为你这是在夸我吗？"

"为你点一百个赞。"

"你今后想找一个什么样的人？"吴义春又问。

王淑芳说："没想过，随缘吧。"

"缘分是虚无缥缈的东西，很难抓住。"吴义春说。

王淑芳没有回答，却问："以你的条件，在琼西应该很好找女朋友吧？"

"我喜欢的人看不上我，喜欢我的人我又看不上，高不成低不就的，就拖下来了。"

"那你喜欢什么样的呢？"

"就你这样的最好了。"吴义春脱口而出。

王淑芳脸上微微一红，说："我有什么好？"

"你漂亮，又有智慧，知书达理。"吴义春恭维道。

"我哪有你说的这么好？"王淑芳感觉这个话题不宜再讨论下去，就说，"我们回去吧。"

"我们是在星雅农场吃中饭还是回大恁镇吃中饭？"吴义春征求王淑芳的意见。

"客随主便。"

吴义春心中已有计较,他说:"中午天气比较热,我们还是回大悡镇吃饭,下午好好休息一下,晚上再一起逛夜市。"

"逛夜市?逛什么夜市?"王淑芳问。

吴义春说:"在我们大悡城区的大悡路新开了一个夜市,刚好今晚开市,据说里面有很多特色小吃呢,你有口福了。"

"真的吗?我太期待了。"王淑芳开心地说。

|第17章|
好人雷丽

按照安排,今天刘冰欣准备去采访第一届琼西好人中一个叫雷丽的女孩。

周越说:"说起雷丽,她的故事也是挺感人的。"

刘冰欣对周越说:"那你讲讲吧。"

周越说:"雷丽在读高中时,学校举办了一场关于无偿献血的宣传活动,在得知无偿献血能帮助别人后,她就献了400毫升血液。献完血后,雷丽填写了加入中国造血干细胞捐献者资料库的志愿表。"

刘冰欣问:"中国造血干细胞捐献者资料库是不是就是中华骨髓库?"

周越说:"对,就是一回事,只是叫法不同。"

"看来学校做这样的工作很有意义啊。"刘冰欣说。

周越说:"是啊。加入中华骨髓库,对雷丽来说,是一份承诺。雷丽高中毕业后,考上了山西的一所大学,因为担心换手机号码后,万一有配型成功的情况，别人联系不上她，在读大学期间，她仍然保留着填表格时的手机号码，而且这个号码一直没有变过，为的就是坚守那份承诺。"

刘冰欣说："这个女孩不容易。"

周越说："谁说不是呢？大学毕业后，雷丽回到琼西市一个装修公司工作，5年后，她之前留的手机号码被南琼省红十字会打通了，她当年所留下的8毫升造血干细胞血样与一名远在河苏省的15岁的白血病女孩匹配成功，可以拯救她的生命。"

刘冰欣说："这也是缘分。"

周越继续介绍道："当雷丽的父母听说雷丽要捐献自己的造血干细胞以后，都不同意。"

刘冰欣问："这是为什么？"

周越说："她父母担心她的身体会受到影响，当时她还没嫁人呢，担心捐献造血干细胞后会影响到下一代的生长发育，也担心捐献以后她自己的体质会变差。这些担心也是做父母的人之常情。"

刘冰欣问："那雷丽是怎么处理的？"

周越说："雷丽把在网上查询到的造血干细胞捐献知识、流程和医生的解释等耐心地跟父母介绍，同时她对自己的父母讲，她既然加入了中华骨髓库，她就做好了准备，这时候不捐献就等于见死不救，她做不到。何况现在医学技术很发达，捐献采集技术成熟、安全，造血干细胞也恢复得很快，采集后两周血液就可以恢复到正常水平，捐献造血干细胞并不会对她的身体有影响。最终，雷丽父母答应了。2017年3月初，按照中华骨髓库的安排，雷丽被送往省人民医院干细胞采集室，捐献了225毫升造血干细胞血液。"

刘冰欣问："那个接受捐献的女孩后来怎么样了？"

周越说："结果和电影中的情节一样，那个15岁河苏省女孩患的是急性淋巴细胞白血病，她是独生女，没有亲缘配型相合的可能性，经中华骨髓库检索配型，只有雷丽与她配型相合。雷丽捐献的这225毫升造血干细胞血液就是一份'生命种子'，移植到患者体内，挽回了那个15岁女孩的生命。"

"真是个好女孩。"刘冰欣由衷地赞叹道。

周越说："咱琼西别的不多，就好人好事多，只要你肯用心，很多感人故事等你去写。"

刘冰欣想，关于雷丽的消息，媒体报道得比较多了，不如换个角度，去采访一下雷丽的父母，因为在一个好人的背后，往往有一个善良的家庭。好人成长的过程，就是父母向子女传递善的过程。

雷丽的父母住在星雅农场，刘冰欣把自己的想法和周越说了，周越也很认同，两人决定去采访雷丽的父母，了解一下雷丽的成长环境。

另外，刘冰欣还有一个想法，就是想在星雅农场会会王淑芳。王淑芳都来琼西两天了，她还没怎么陪她呢。昨晚和王淑芳通话，知道她今天到星雅石花水洞去玩，星雅石花水洞就这么大点地方，说不定就碰上了呢。

等刘冰欣采访完雷丽的父母后，给王淑芳打电话，王淑芳已经回大恁镇了。

刘冰欣正想回大恁镇，周越接到一个电话，报社领导要他到丰南镇去采访一个电信诈骗案投案自首者的情况。

前不久，南琼省公安厅开展打击电信网络诈骗犯罪的"蓝天行动"，琼西主战区集中收网行动也随之正式打响，短短几天时间就抓获电信网络诈骗犯罪嫌疑人 97 名，这其中绝大部分是自首的。

丰南镇就发生了一起一家三人集体自首的典型案例。琼西市公安局发布悬赏通告后，丰南镇的符晓乙夫妻俩以及符晓乙的哥哥符大甲都名列 110 名通缉涉诈在逃人员。

于是，符大甲便向警方发来投案"预约"视频，随后符大甲和符晓乙夫妻便决定一起投案，坦白交代争取宽大处理。

这件事周越是知道的，媒体上也披露过。符大甲和符晓乙夫妇都在东莞打工，家里的 3 个年轻人全都成了电信诈骗通缉犯，这让两个老人在村里抬不起头来。在投案自首后，他们一家子还四处借来了 5 万元退赃。

报社领导要周越去丰南镇采访这家人，写一篇深度报道，以告诫那些抱着侥幸心理的犯罪分子迅速投案自首。

| 第18章 |
非法拘禁

周越根据报社提供的电话号码,给符晓乙打电话,得知符晓乙在家,便和符晓乙互加了微信,再让符晓乙通过微信发了个定位过来。

刘冰欣对周越说:"丰南镇情况比较复杂,我陪你去吧,干脆到丰南镇吃中饭,然后去采访。"

周越没有异议,不久来到了丰南镇,因为符晓乙的家在街道后面,车开不进去,刘冰欣和周越只好下车步行。

刚下车没走多远,迎面碰到四个年轻男子,其中一个光头男子盯着刘冰欣看了一会,说:"这不是刘大记者吗?怎么跑到我们这穷乡僻壤来了?你是不是还不想放过我们啊?"

刘冰欣闻声看过去,只觉得说话的人有些面熟,但一时没想起来是谁。

另一个长发男子直接上来就推搡刘冰欣,骂道:"你这个女人还没完没了了啊,信不信老子打断你的腿?"

周越说:"喂喂,你们想干什么?再这样我就报警了。"

一个男子直接从周越手中夺过手机,扔到远处,说:"报警?休想。"

光头男子说:"把这两个不知死活的东西带回去。"

刘冰欣突然想起来了,这个光头男叫吴德龙,另外几个分别是张进财、郭蚁、黎新宽三人,她曾经以记者的身份和吴义春收集过吴德虎兄弟的诈骗材料,这份材料早就交给了吴义春,她原以为吴义春把材料交给公安机关了呢,哪知道吴义春根本就没有交,而是把材料压在他自己手中。

刘冰欣和周越被带到一栋三层楼的民房里，被限制了自由。

"吴德龙，你们这是非法限制我们的人身自由，你最好迅速把我们放了，否则你们逃不掉法律的制裁的。"

"哟嗬，这种时候你还跟我讲法律？"吴德龙说，"没想到你还记得我的名字，不错。你今天来是不是想继续挖我的黑材料的？"

"你们最好马上放了我们，不然的话，你们一定会被纳入扫黑除恶的对象，现在这形势你们也清楚。"周越说。

"你还敢威胁我们？胆子不小呢。"长头发张进财踢了周越一脚说。

"我们先去吃中饭，吃完饭再来收拾他们。"吴德龙说，"把门锁好，不要让他们跑了。"

他们检查过门窗后，把周越和刘冰欣反锁在一个房间里，就一起出去吃饭去了。

周越听了一会，周围没有动静了，估计吴德龙等人已经走远了，就对刘冰欣说："我们看看有什么办法可以逃走？"

两人检查了一番，无奈地摇摇头，窗户有防盗网，十分牢固，没有工具根本撬不开；门是反锁的，也没有能够开门的工具。

"真是崩溃，碰到这样一群法盲。"刘冰欣说。

周越说："对不起，是我连累了你。"

"这怎么能怪你？我们要想办法出去才行，可惜手机也被他们抢走了，和外界联系不上。"

"我来喊几声试试看。"周越说完，就高声叫道："有人吗？有人吗？救命啊，救命啊！"

周越高叫了一阵，没有任何回应。

正在两人垂头丧气的时候，门外传来一阵声响，过了一会，门就开了，一个男人对他们说："刘记者，你们快跑。"

刘冰欣看着这个救他们的男人有些熟悉，一时没想起来是谁，问道："你是谁？为什么要救我们？"

"我是阿旺，你忘记了吗？在城东镇。"

"你怎么在这里？你怎么知道我们被关在这里？"刘冰欣问。

"别问这么多了，你们一到这里我就看见你们了，吴德龙这帮人心狠手辣，你们快点离开这里。"阿旺说，"刘记者，这是你的手机。"

"那你怎么办？"刘冰欣问。

"我和吴德龙是亲戚，他不会把我怎么样的，这点你们不用担心。"阿旺说，"你们从南面的巷子离开，吴德龙他们就在前面镇上的餐馆吃饭。"

"谢谢你阿旺！"刘冰欣说完，就和周越悄悄从南面的巷子绕了过去，来到周越停放车子的地方。

两人刚上车，就看见吴德龙几个人正在跑过来。

周越迅速发动车子，向来路驶去。

不久，吴德龙一个同伙也开来一辆小汽车，他们上了车，向周越他们追来。

周越开车的水平还是不错的，很快就摆脱了吴德龙等人的追赶。

丰南镇离大悡镇并不远，吴德龙等人追了一会，见追不上了，也就不追了，他们要迅速回去，准备躲藏起来，他们知道，刘冰欣回到大悡镇后肯定要报警，不躲起来被警察逮住了麻烦就来了。

| 第19章 |
你是一个好人

刘冰欣和周越回到大悡镇的时候，刘冰欣对周越说："直接把车开到解放路派出所吧，我们去报警。"

还没到派出所，刘冰欣接到一个陌生电话。

"美女记者你好。"电话里传来一个男子的声音，有点耳熟。

"请问你是哪位？"刘冰欣问道。

"我叫吴德虎。"对方说。

刘冰欣有点惊讶，问："你怎么会有我的电话号码？"

"这个你不用管，我给你打电话，是要告诉你得饶人处且饶人。兔子被逼急了还咬人呢，何况我们都不是兔子。"

"你想说什么？"刘冰欣问。

"今天的事我劝你们不要报警。"吴德虎说。

"怎么，你们怕了？"刘冰欣问。

"我们不是怕了你，你已经多次挑战我们的底线，我们之所以不动你，是因为我们觉得你是真的和我们不一样，你不了解我们，但我们了解你，你是一个好人。"吴德虎说。

刘冰欣气极想笑，一个坏人居然评价她是一个好人。

吴德虎说："是，我们是坏人，但我们是明明白白的坏人，在这个社会上，有多少表面上是好人暗地里却是坏人的人？"

吴德虎继续说："上次你们在城东捡到的那个包是我弟弟女朋友的，她想讹诈你们，我后来知道，还狠狠教训了她。"

"你想说什么？"刘冰欣问。

"我要告诉你的是，我们是坏人，但也不是不讲原则的。"

"坏人也讲原则？在你们眼中，除了钱还有什么？"

"你错了，我建议你有时间看看古惑仔片，你看看里面的坏人，是不是也很讲江湖道义？"

刘冰欣有些无语，见过无耻的，没见过这样无耻的。

吴德虎继续说："我们为什么要当坏人？我们是要活下去，我7岁的时候，父亲就坐牢去了，我母亲独自一人拉扯我们四个孩子过生活，村里所有的人都欺负我们家，我们经常是在别人扔掉的垃圾中找食物充饥的。

"后来我们慢慢长大了，我们也想和别的孩子一样好好读书，可是我们兄妹四人，每个人都是小学毕业后就辍学了，因为我们家穷。"

刘冰欣没有说话，吴德龙问："刘记者，你在听吗？"

"嗯，我听着呢。"

吴德虎继续说："我的两个姐姐先后嫁人，我母亲只活了51岁就死了，我父亲从牢里出来后，只在外面待了一年半，就又犯事进去了，我和我弟弟没有任何技能，我们开始也是打正经工，可是根本挣不到钱，经常是饥一顿饱一顿，过的完全不是人过的日子。我们之所以走上这条路，也是被生活逼出来的。"

刘冰欣说："我很同情你们，但我不认同你们的做法，你们走的是一条不归路，总有一天会受到惩罚的。"

"我们知道自己走的是一条不归路，但是，我们不走这条路，也没有更好的路走。好了，不说这些乱事了，我从来没有对别人说过我的家事，因为说出来丢人。今天我之所以愿意告诉你，是因为我觉得你是一个真正的好人，而不是伪装的好人。"

"说说你给我打电话的目的吧。"刘冰欣说。

"我希望你不要报警，如果你把今天的事报警了，就把我们逼到绝路上去了，我们就成为仇人了，到时你也不会好过。你给我们留一条后路，我们会感激你的。"

"我这个人最不怕别人的威胁。"刘冰欣说。

"我不是想威胁你，只是想告诉你，我们虽然是坏人，但只要你不为难我们，我们也不会为难你。你没必要和我们斗。哦，我加你的微信，你通过一下，有些事我们还可以在微信上聊。"

吴德虎说完，就挂了电话。

手机传来"嘀"的一声，刘冰欣一看，是吴德虎发来的加微信好友请求，刘冰欣通过了。

周越问："谁打的电话？"

"吴德龙的哥哥吴德虎，他希望我们不要报警。"

刘冰欣微信响个不停，打开和吴德虎的对话框，无非就是各种央求他们不要报警，还说要赔偿周越手机费用。刘冰欣才想起来，周越的手机被给扔了。

刘冰欣定是不会收这笔钱的，一码归一码，过了24小时这笔转账自然会自动退回给吴德虎。

刘冰欣回复到:"吴德龙,你好自为之。"顺手屏蔽了吴德龙的对话框。握着手机,陷入沉思。

|第20章|
真相受不了

5月11日,刘冰欣本想陪王淑芳到琼西市的峨善镇去看海的,峨善镇的海与别处的海颇不同。在峨善镇海边,有座龙门山,最高点39米,山上怪石嶙峋,从北望南,延绵起伏,状似万里长城一段,雄伟壮观。龙门山东边有一瓮门,素称南天第一门,高30多米,宽20来米,中空通风,岩石呈拱形,北风掀浪,撞于石门,鸣声如鼓,回响10余里,故得名龙门激浪。龙门激浪附近的海岸,沙滩洁净,岸上巨石千姿百态,风景别致,站在岩石上观涛,心旷神怡,是南琼省有名的旅游景点,刘冰欣很想陪王淑芳去看看。

但是,站长王丹阳一大早就打来电话,要刘冰欣和刘丝雨两人一起去了解琼西市义务教育均衡发展的情况,因为5月20日前后,琼西义务教育均衡发展情况要迎接教育部的评估验收。

刘冰欣的母亲是老师,她对教育并不陌生。教育是最大的民生,让每个受教育的孩子享受公平而有质量的教育,不仅是每个家庭的愿望,也是党和政府的初心和使命。

刘冰欣曾经了解过,近几年来,琼西教育变化大,发展快,特别是义务教育近几年投入经费超过了20亿元,几乎所有学校都新增了实验室、功能室,建设了运动场,新增大量计算机和图书,配备了音体美器材、教育教学仪器设备和学生寄宿设施,实现了互联网的"校校通"和"班班通",

缩小了城乡学校的差距，促进了义务教育均衡发展。

毫不夸张地说，在琼西，现在最漂亮的房子是学校。

根据市教育局的安排，上午刘冰欣和同事刘丝雨看了几所学校，分别采访了两位校长、两位老师、两位家长和两个学生，忙得连中饭都没怎么吃，下午回城区后，向教育局办公室要了一些数据，然后就是回站赶稿，等两人把稿子发出去，已经接近下午六点钟了。

现在还不能休息，因为今晚在琼西市还有件大事，那就是大恁城区的大恁路夜市六点半开市，吃货的福利来了，这是必须报道的重大新闻。

大恁路夜市是琼西市委市政府为老百姓办的一件实事和好事。原来琼西市卖风味小吃的人推着小车到处转，一边加工一边卖，既不干净不卫生也影响城市的交通和市容，经常被市"一创两建"检查组的人到处赶。现在修建了夜市，把琼西的特色风味小吃集中起来经营，商贩高兴，吃货也高兴，人人拍手叫好。

刘冰欣和刘丝雨没吃晚饭，心想等会就在夜市里吃点东西算了。但因为中午都没吃好，现在有点饿，就到附近超市买了盒饼干先填了一下肚子。

报社离大恁路夜市不远，刘冰欣和刘丝雨两人是走过去的，也就花了不到二十分钟的时间。

两人六点半来到大恁路夜市时，美食街已经吸引了大量市民前来购物和品美食，整个夜市人头攒动，所到之处人声鼎沸，摩肩接踵，热闹非凡。

刘冰欣和刘丝雨穿行在夜市，只见大排档、烤鱿鱼、涮毛肚、烤冷面、臭豆腐等琳琅满目，人们穿梭在各摊位中挑选喜爱的美食，各个小吃摊摊主也忙得不亦乐乎。南琼省的特色美食应有尽有，什么铁板香豆腐、蒜香大生蚝、凤姨糟粕醋、陵水酸粉、紫薯芝麻花生馍、米烂、酸奶水果捞、清补凉、章鱼小丸子等，还能购买到各种生活百货、学习用品等。看夜景、购百货、品美食，刘冰欣想，大恁路夜市应该会很快成为市民游客休闲娱乐消费的好去处。

刘冰欣和刘丝雨来到一家章鱼小丸子的摊位前，看到摊主正在用竹签给丸子"翻身"。

"我们的章鱼小丸子，外酥里嫩，鲜香软糯。"章鱼小丸子摊主对刘冰欣说，"我这里刚开张不久就销售了几百份，你们要不要来一份？"

刘冰欣对刘丝雨说："我们一人来一份吧。"

刘丝雨说："好。"

在夜市的另一个方向，周越和老婆带着儿子正在一家"阿玲煎饼果子"摊前吃着煎饼果子，周越的老婆对周越说："你看见前面那家烤生蚝的摊子没有？在摊前吃东西的是不是吴义春？"

周越顺着老婆指的方向，发现吴义春正和一个年轻女子有说有笑地吃着烤生蚝。

"那个女的好像不是刘冰欣啊。"周越的老婆说。

周越看了一会儿，摇了摇头说了声"这个吴义春啊"，就不再说话。

"刘冰欣那个傻丫头，怎么会找这种人的。"周越的老婆愤愤不平地说。

"我们吃完了就走吧。"周越不愿意谈论别人的是非，他拉着儿子和老婆离开了。

没走多远，周越老婆对周越说："你看，刘冰欣在前面，她和刘丝雨在吃章鱼小丸子。"

刘冰欣也看见周越夫妇了，就喊道："周哥，嫂子，你们也在逛夜市啊，哦，还有小石头，阿姨给你买章鱼小丸子吃。"

刘冰欣又让摊主炸了三份章鱼小丸子。

"我们刚吃过煎饼果子了，吃不下了。"周越老婆说，"你怎么和丝雨在一起？吴义春怎么不陪你？"

刘冰欣说："嫂子，我还在工作哦，我现在正在体验这个大型夜市。这个大型夜市做得非常好，有吃的、玩的，还有服装鞋帽、日用百货，以后周末晚上我就来这儿玩了。"

"你这个人没心没肺，小心被别人骗了。"周越老婆说。

刘冰欣说："有嫂子你保护我，我才不怕呢。唉，周哥，你估计今晚有多少人光临夜市？"

周越说："我估计今晚的人流量不会低于5万人。"

刘冰欣惊叹道："啊？有这么多？琼西的吃货真多。"

周越说："只多不少，我数了一下，夜市有100来个小吃摊位，40多家杂货，生意都好得很，今晚的营业额不会少于 30 万元。"

刘冰欣说："周哥，你是怎么估算出来的？你也太厉害了吧，我和丝雨今晚回去就写稿，争取明天发出来。"

几个人说着话，三串章鱼小丸子已经炸好了，刘冰欣给周越一家三口一人一串。

周越的老婆到底藏不住话，她说："你到前面看看吧，吴义春好像也在前面。"

刘冰欣说："管他呢。"

周越暗暗叹了一口气，拉着儿子和老婆往前走，等离刘冰欣距离远一些后说："你为什么要对刘冰欣说这些话？今后别人的事你少掺和。"

周越老婆说："我就是为刘冰欣抱不平，她这么漂亮，人又好，吴义春凭什么这样对她？"

刘冰欣有几天没见到吴义春了，自从发现吴义春喝花酒以后，刘冰欣基本上就不再对吴义春抱希望，只是，在她内心里，还是希望吴义春能给她一个道歉。所以，听周越老婆说吴义春在前面后，她拉着刘丝雨便往前走。

往前走了不到 50 米，就看见吴义春和一个女孩在人群中走着，刘冰欣有点不敢相信自己的眼睛，她揉揉眼，才确定自己没有看错，和吴义春谈笑风生的女孩竟然是王淑芳。刘冰欣大脑一时有点短路，没有想明白是怎么回事。

此时，吴义春也发现了刘冰欣，他急忙牵着王淑芳的手向另一个方向逃离。王淑芳被吴义春拽着走了好一段路后，才一脸茫然地看着吴义春问："你干什么？"

吴义春说："好险，差点碰到我的领导了，我这几天请假了，如果领导看到我请假在陪美女，一时解释不清，还是回避一下为好。"

王淑芳释然，她能理解吴义春的做法，便随着吴义春向夜市的另一个方向走去。

刘冰欣还傻站在原地，夜市人多，吴义春和王淑芳很快从她的视线中消失，她也没有去追。

真相原来如此，她真的不想承认，自己竟然和这种人谈了一段时间的恋爱，幸亏发现得早。

刘冰欣总算想明白了，原来王淑芳说的网友就是吴义春。刘冰欣无心再逛夜市了，她轻松地对刘丝雨说："我们回去吧。"

刘丝雨也看见了吴义春拉着另外一个女孩落荒而逃的场景，她想安慰一下刘冰欣，却又不知道说什么好，她见刘冰欣一脸的轻松，就问："姐，你没事吧？"

"我能有什么事？我们回去吧。"

两人往回走，快到刘冰欣住的地方了，刘丝雨说："姐，你回家休息吧，我回站写稿。"

刘冰欣说："那就辛苦你了。"

吴义春此时和王淑芳坐在一个小摊前喝椰子，王淑芳说："义春，这几天辛苦你了，明天我想和闺蜜玩一天，后天我就回双庆了。"

吴义春故作深情地说："为什么要急着回去啊？多玩几天吧。"

王淑芳说："这次在琼西待的时间够长了，给你添了不少麻烦，下次你有机会到双庆了，我一定好好陪你。"

吴义春深情款款地说："那明天我再陪你一天吧，你这一走，还不知道下次见面是什么时候呢。"

王淑芳说："不行哦，我在琼西的这几天一直和你在一起，都没有和我闺蜜好好地聊一聊呢。"

吴义春问道："我一直想问没问，你闺蜜是谁？"

王淑芳说："她叫刘冰欣，也许你们认识，她在南琼日报社驻琼西站工作。"

吴义春心里吃惊，表面却不动声色地说："哦，怎么是她？"

王淑芳笑道："怎么了？看你的样子，你们很熟吧？"

吴义春连忙掩饰道："大家都是从事媒体工作的，自然认识。"

椰子喝完了，王淑芳说想回酒店休息，吴义春便陪王淑芳来到夜市的停车场，开车送王淑芳回到维斯酒店。

"义春，你也早点回去休息吧。"在酒店楼下王淑芳坐在车上对吴义春说。

"我能上去坐坐吗？"吴义春问。

"太晚了，你早点回去吧。"王淑芳说，打开副驾驶的门，就要下车。

"淑芳。"吴义春轻声叫了一声，拉住王淑芳的手说，"我不想离开你。"

"义春，我知道你的心思，我当你是我的好朋友，你早点回去休息吧，要不，咱们明天一起吃晚饭，我把刘冰欣也叫上。"

吴义春吓了一跳，急忙说："不，不，不，我只想和你单独吃饭，我不想有外人。你可能不知道，我和刘冰欣有误会，不适宜共进晚餐。"

"哦，那好吧，我虽然不知道你和刘冰欣之间有什么误会，但我希望你们能够成为朋友。那这样吧，中午我陪刘冰欣吃饭，晚上我们两人一起吃饭。"

"好，一言为定。"吴义春说。

王淑芳下了车，向车上的吴义春摇摇手，说了声"拜拜"就进了酒店，吴义春直到看不见王淑芳的身影后才开车离开。

吴义春回到家，心里很不爽。

他坐在沙发上，点燃一支烟，猛抽了几口。

他现在可以肯定的是，他和刘冰欣的情侣关系已经结束。

他知道，刘冰欣是眼里揉不下半点沙子的人，只怕在刘冰欣眼里，他吴义春早已经成了不靠谱的人。

明天王淑芳见到刘冰欣以后，会不会谈到他？

如果刘冰欣知道他和王淑芳的这种关系后，会有什么想法？她会和王淑芳说些什么？

如果王淑芳知道他和刘冰欣的关系后，还会不会出来和他吃晚饭？

王淑芳后天上午就要坐飞机回双庆了，如果明天还不能有进展的话，他就没有机会了。

吴义春抽完一支烟，又点燃了一支接着抽。

他头脑里渐渐有了清晰的想法，为了达到他的目的，他可以采取任何手段。

|第21章|
特别的晚餐

刘冰欣早晨是从噩梦中醒来的，醒来后，头还是晕晕的。

昨晚回来后，她本想给王淑芳打个电话的，问问她和吴义春的关系，问问她今后几天的安排，可是一回家，就觉得疲惫不堪，所以回家后就洗澡睡觉了。

虽然睡得早，但睡眠质量却不高，整个晚上刘冰欣几乎一直在做梦，梦里有人一直在追杀她，搞得她在梦中都是紧张兮兮的，一身是汗。

她有点头重脚轻的感觉，摸摸自己的头，有点烫，便用体温计给自己量了一下体温，37.6 度，有点发烧的症状。

她想躺在床上休息一天，可一想到还有好几篇稿子没有写，就不敢休息了。

她洗漱了一番后，给王淑芳打了一个电话。

电话一接通，王淑芳就问："刘冰欣，你今天忙不忙？我明天上午就要走了，你今天能陪我一天吗？"

"你明天上午就要走吗？我都还没陪你逛逛琼西呢。"刘冰欣说。

王淑芳说："你陪我逛琼西的事就算了，我的网友已经陪我逛了半个琼西了。你忙你的，没关系的，就是今天你能不能陪我？"

"好，我今天陪你逛逛城区的热带植物园吧，等会我到酒店来接你。"刘冰欣说。

"欧耶！"王淑芳欢快地叫了一声，挂了电话，正准备下楼去吃早餐，手机又响了，王淑芳一看，还是刘冰欣打来的，便接通电话说："小姐，还有什么事？"

刘冰欣问："你的网友叫什么名字？"

王淑芳说："他叫吴义春，一个大帅哥。"

果然是他，刘冰欣心里难过，同时对吴义春也有些痛恨和鄙视，她想了想对王淑芳说："你最好离这个人远一点。"

"为什么？"王淑芳问。

刘冰欣沉默了一会，说："等见面了我再和你细说吧。"

"OK！"王淑芳说完，挂了电话，到楼下去吃早餐。

刘冰欣收拾了一番后，正准备去维斯酒店接王淑芳，突然手机响了，她拿起手机一看，是站长王丹阳打过来的。

刘冰欣接通电话问："站长早上好，有什么事吗？"

王丹阳说："刘冰欣，你今天不要安排别的事了，今天报社总编要来琼西，一是来了解你的工作情况，二是要和市领导见面，商量第二届琼西好人的评选办法，总编说了，要你全程参加活动。"

"啊？我今天刚好有事，站长，我能不能不参加？"刘冰欣说。

王丹阳说："你傻呀？总编好不容易来一趟琼西，这么好的机会你都不珍惜，总编认识你赏识你了，说不定什么时候就能把你调回海椰市呢，海椰市毕竟是省会城市，比琼西强多了啊。"

"可是——"刘冰欣还要解释。

"没有可是，等会我让周越来接你，我们一起到高速路口去接总编。"站长说完就挂了电话，不给刘冰欣说话的机会。

刘冰欣原本身体就不舒服，现在心情也不好了。她发了一会呆，只好给王淑芳打电话。

王淑芳还在酒店一楼餐厅吃早餐，见刘冰欣又打来电话，就接了。

"淑芳，不好意思，今天有点特殊的事，不能陪你了。"刘冰欣在电话中解释。

"我不管，反正我明天就要走了，你自己看着办。"

"我的好淑芳，我的好姐妹，我是真的分不开身，这次你来琼西算我欠你的，下次你来了，我一定全程陪同。"刘冰欣央求道。

王淑芳知道刘冰欣肯定是身不由己，"好吧，看在过去你曾经给本小姐当牛做马的份上，就饶你这一回。说清楚，你明天上午送我到机场，否则百分百地翻脸了啊。"

"明天一定送你，否则天打雷劈。"刘冰欣信誓旦旦地说。

不说刘冰欣这一天带病忙得不可开交，且说王淑芳因为今天有自己支配的时间了，干脆在酒店里看电视玩手机刷微信，中午就在酒店里叫了一份外卖，倒也乐得轻松。

傍晚，吴义春开车来到维斯酒店，接王淑芳去吃晚饭。

王淑芳在酒店休息了一天，精神不错，她神采奕奕下了楼，坐上吴义春的车去饭店。

为这顿晚餐，吴义春可是精心筹划准备了一天。

晚餐订在龙凤饭店，这是琼西市一家比较上档次的饭店。吴义春征求王淑芳的意见后，点了一大桌，王淑芳说两个人吃不了这么多，不要太浪费。

吴义春说："这是我在琼西请你吃的最后一顿饭，明天你就要走了，今后再想请你吃顿饭就难了。"

王淑芳有点感动，说："我们初次见面，你这几天一直在陪我，浪费了你不少时间，我心里挺感动的，你也花了不少钱，我们 AA 吧，钱到时我用微信转给你，不管怎么说，你是优质网友！"

"搞什么 AA 制？你这样说就见外了。"吴义春说，"今晚可以放开喝点酒吧？"

"行，没问题。"王淑芳爽快地说。

在等菜的时候，吴义春从包里拿出一条紫水晶项链说："淑芳，按照惯例，你走之前，我要送你点礼物。我想，如果送太贵重的礼物，你肯定不会接受，所以我给你买了一条水晶项链，请你笑纳。"

王淑芳笑道："还惯例哟，你得告诉我，这条项链多少钱，否则我不会接收的。"

吴义春说："真的不贵，这是南琼的特产，很便宜，说出来怕你笑话，还是不说价钱吧。"

王淑芳用手机在网上搜了一下，发现不是什么特别贵重的礼品，所以就愉快地接收了，心想等自己回双庆了，再给他寄点等值的双庆特产来。礼尚往来嘛，如果不接收，也太不近人情了。

不久，菜就上来了，吴义春开了一瓶红酒，两人边喝边聊，一顿饭吃下来，两个人居然喝了四瓶红酒，两个人都是好酒量。

|第22章|
色胆包天

吃过晚饭，吴义春又提议去 KTV 唱歌，王淑芳想，在琼西的这几天都是麻烦吴义春在陪伴她，心里感激，加上今晚分别后，可能一时半会难得再见面，所以，对吴义春的提议也是热烈响应。

来到歌厅，吴义春从车的后备厢里拿出两瓶红酒。

走进包房，吴义春让服务生送来一些水果点心，然后就打开音响，请王淑芳唱歌。

趁王淑芳唱歌的时候，吴义春打开了红酒，给自己和王淑芳一人倒了一杯。

王淑芳说："今晚喝了不少了，不能再喝了呢。"

吴义春说："没事，红酒而已。反正不急，我们边喝边唱歌，慢慢酒就醒了。"

两个人唱着歌，喝着酒，很快一瓶红酒就见底了，吴义春又开了一瓶，给两人杯中倒上酒。

王淑芳又拿起了话筒开始唱歌，吴义春悄悄地从包里拿出一个小纸包，将一些白色粉末倒入了王淑芳的酒杯中。王淑芳浑然不觉，她已经有了五分醉意，仍然十分投入地唱着歌。

吴义春很不要脸地想，唱吧唱吧，等会我们再一起快活。他已下决心今晚在这里把王淑芳拿下，等生米做成熟饭后，他也不怕王淑芳一哭二闹三上吊，他也不是第一次这么做了，事后女人虽然不开心，但基本都是忍气吞声，不了了之，在这方面，吴义春有十拿九稳的把握。

一首歌唱完，吴义春鼓掌，说："来，祝贺我们相识在天涯海角，做一辈子的朋友！"

"干杯。"王淑芳和吴义春碰杯，将吴义春递过来的酒一饮而尽。

吴义春拿起话筒，也开始唱歌。王淑芳听着吴义春的歌，身体突然有些发热，一种异样的感觉在身体内流窜。

王淑芳是何其聪明的一个人啊，她虽然喝了不少酒，也马上感觉到不对，意识到危险了，她看了一眼吴义春，心情很复杂。她对吴义春说："我去一下洗手间。"

"好的，不要太久哦。"吴义春说，嘴角露出一丝不易觉察的笑。

来到洗手间，王淑芳用冷水洗了脸，想吐却吐不出来，她马上给刘冰欣打电话："刘冰欣，快来救我。"

"淑芳，你怎么啦？"刘冰欣今天身体不舒服，又累了一天，此时还没有下班，正在办公室赶稿子。

"刘冰欣，快来救我，我估计掉进别人挖的坑里了，我被下药了，我怕我抵抗不住，你快来，我在海鸥歌厅888房间。"

王淑芳电话还没打完，就听见吴义春在外面喊她的名字，王淑芳赶忙挂掉电话，从洗手间走出来。

"淑芳，你不要紧吧？上个洗手间怎么这么久？"吴义春关切地问。

"没事没事，可能喝多了，头有点晕。"王淑芳说，又随吴义春走进888包房。

进包房坐下来后，吴义春又倒了一杯酒递给王淑芳说："来，为我们的友谊再干一杯。"

王淑芳说："我不能喝了。"

吴义春故作煽情地说："再喝一杯吧淑芳，我们喝的不是酒，喝的是缘分，喝的是离别的愁绪啊。"

王淑芳只觉得头晕，身体难受。她摇摇头说："我真不能喝了。"

吴义春知道药性已发，便放下酒杯，坐到王淑芳身边说："淑芳，你真美！"

王淑芳已经感觉身体里面仿佛有团火，她说："义春，我们只是朋友。"

吴义春突然一把抱住王淑芳说："淑芳，我不想做普通朋友，我好喜欢你，你做我女朋友好不好？"

王淑芳想推开吴义春，可是一点力气也没有，她说："不要这样，义春，你不要这样，我们是朋友，不要破坏这种友谊。"

吴义春拥着王淑芳来到沙发上，他把王淑芳放倒在沙发上，就趴在她身上，亲着王淑芳。王淑芳抗拒着，可一点效果也没有，吴义春开始脱王淑芳的衣服了，王淑芳以仅存的一点意志力，狠狠地咬住了吴义春的肩膀。

"啊——"吴义春低叫了一声，王淑芳又一脚向吴义春的裆部踢去，虽然没有什么力气，可还是让吴义春再次惨叫了一声，弯腰喘着粗气。

好一阵后，吴义春才调整过来，他在心里暗骂了一声，再次扑向王淑芳，拼命地撕扯着王淑芳的衣服，王淑芳此时已经无力反抗，只好任吴义春胡作非为。

眼看吴义春就要得逞了，突然砰的一声，包房的门被人一脚踢开了。

吴义春心里一惊，抬头一看，居然是刘冰欣。一刹那间，房间的气氛非常尴尬。

"滚出去，我和你没有关系了，我警告你刘冰欣，不要打扰我和我女朋友的生活。"

刘冰欣冷冷地看着这个丑陋的男人，说："混蛋，放开她。"

吴义春看现在这情形，估计难得手了，就一边穿衣服一边说："你这个女人是怎么回事？老是阴魂不散。"

刘冰欣走到王淑芳的身边，见王淑芳衣衫凌乱，好在还没有被吴义春祸害。

刘冰欣帮王淑芳穿好衣服后，扶着王淑芳往外走。临走前，她回头对吴义春说:"你这是在犯罪,你知道吗?报应有时会迟到,但绝不会缺席。再不收手,你一定不会有什么好下场的。"

吴义春木着脸没理刘冰欣,看着刘冰欣扶着王淑芳一步一步地离开,心里燃起熊熊怒火。

吴义春眼看就要得手了,没想到刘冰欣半路上闯进来,坏了他的好事,如何不难受?就好像春天里辛苦播种,夏天里辛苦耕耘,好不容易等到秋天来收获时,却被人放了一把火把田地里的庄稼全烧毁了,白忙活了一场,这简直让吴义春抓狂。

吴义春此时心里怒火难熄,他要报复刘冰欣。

吴义春一向秉承的是"报仇不隔夜,打脸须及时"的原则。他记得手机里存有吴德龙的电话,翻出吴德龙的电话,给他拨过去,电话一通,他问:"吴德龙,你们在哪里?"

"什么事?"吴德龙问。

"我知道你们现在躲起来了,不过,我现在可以帮你,你来找我。"吴义春说。

"你帮我?太阳从西边出来了?你不是想把我帮进监狱里去吧?"吴德龙说。

"我真的可以帮你,你们的材料被刘冰欣从我这里拿走了,她准备明天就上交,所以,你们必须想办法把材料从她那里拿回来。"

"是吗?怎么才能拿回来?"吴德龙问。

"你现在在哪里?"吴义春问。

"你问这个做什么?"吴德龙警觉地问,自从上次非法拘禁刘冰欣和周越后,他们就逃到与琼西邻近的乡下躲起来了,他怀疑吴义春在套问他的地址,想对他不利。

"你放心,我不会害你的,不管你在哪里,只要离琼西不远,我建议你们今晚回大恁镇找刘冰欣把材料拿回去,放在她手中对你们十分不利,她随时都有可能把材料交到公安局去。"

"刘冰欣不是你女朋友吗?你去找她拿过来再给我们,上次我们已经给了你5万元了,你承诺给我们保密的,你要是不给我们拿回来,到时别怪我们不客气。"吴德龙威胁道,"我们给你的那些钱,可不是向你交的'智商税'。"

"我和那女人闹翻了,你们要想安全,最好回来干掉她,这样可以永绝后患。"吴义春建议道。

"我们可不想害人性命,你不要出这种馊主意。"吴德龙骂道。

"我把她住的地方发给你,你们自己看着办吧。我估计她会在这两天把你们的材料交给公安机关,你们最好今晚就把你们的材料偷回去。"吴义春说完就挂了电话。

吴义春相信吴德龙今晚必然会有所行动。刘冰欣那里并没有吴德龙这些人的材料,但吴德龙自然不会相信,到时候双方肯定会发生冲突。总之,刘冰欣不死也会脱层皮。想到这里,吴义春忍不住露出残忍的笑容。

| 第23章 |
深夜惊魂

刘冰欣把王淑芳送回酒店后,让王淑芳用冷水冲洗了一番,过了好半天,药劲才慢慢消退。

"吴义春这个畜生,居然做出这么下作的事。"刘冰欣骂道,她没有想到,他色胆这么大。

王淑芳也是伤心透顶,看起来文质彬彬的网友原来是个色狼,亏她一直这么信任他。

刘冰欣一边安慰王淑芳,一边帮王淑芳按摩头部。

"刘冰欣,你明天送我走吧,我要回家。"

刘冰欣能够理解王淑芳的心情，她说："行，你早点休息，明天我送你吧。"

刘冰欣离开维斯酒店回到家中的时候，已经是深夜十二点了，她洗了个澡，就上床睡觉，今天她太累了，何况身体也不舒服。

凌晨三点多钟的时候，刘冰欣被一阵奇怪的声音惊醒，她睁眼一看，只见几个人在她房间里好像在寻找什么东西。

刘冰欣租住的房子是一房一厅一厨一卫的格局，从卧室基本可以看见厅里的情形。此时，窗外有淡淡的月光，房间里并非漆黑一团，基本可以看见房间内的大致情况。

刘冰欣瞬时清醒了，她闭着眼睛继续装睡，却在思考如何应对。不知道这些人在找什么，如果找不到，肯定会弄醒她。她反复权衡了一下，如果她大声喊叫，应该可以引起邻居或者小区保安的注意；如果她一直装睡，可能后果更严重。

想了一会儿，她突然按下床头的卧室灯开关，房间一下子亮了。

几个男子都吓了一跳，他们一下子全部来到刘冰欣的卧室，虎视眈眈地盯着刘冰欣，只要刘冰欣大声喊叫，他们就会扑上去控制刘冰欣。

刘冰欣打量了一下，一共有五个年轻男子，她认识其中四个，分别是吴德龙、张进财、黎新宽、郭蚁。

只有一个男子他不认识。

刘冰欣知道此时处境危险，她镇静地看着他们说："你们在找什么？"

那个刘冰欣不认识的男子说："刘大记者，我们不劫财也不劫色，所以你不要害怕。"

吴德龙则奸笑着说："如果你要是不配合，面对你这么漂亮的女人，我们也不知道自己会做出什么来。"

"我警告你们，不要乱来，我要是高声叫喊，物业保安马上就会来，你们跑不掉的。"刘冰欣说。

"我们都是亡命之徒，你最好不要激怒我们。"张进财说。

"你们想做什么？"刘冰欣问。

"你把你和吴义春调查我们的材料交出来，我们也不伤害你，你给我们了我们马上走。"那个刘冰欣不认识的男子说，刘冰欣感觉这个人是这群人的头头。

"虎哥，和她废什么话。"黎新宽说。

那个被称为"虎哥"的人，也就是刘冰欣不认识的那个男子，踢了黎新宽一脚说："你给我收起那点心思。"

"我这里没有你们的材料。"刘冰欣对那个"虎哥"说。

"你不交出来是不是？"张进财说着，来到刘冰欣的床边淫笑道。

刘冰欣在开灯前虽然穿上了衣服，但毕竟是大热天，穿得并不多。她看到几个男人不怀好意的目光，心里也是怦怦乱跳，她知道自己不能激怒这几个男人。

"我的房间就这么大点地方，如果我有你们的材料也藏不住，你们可以找。"刘冰欣说。

吴德虎说："阿龙、阿宽、阿蚁、阿财你们四人再去找找看。"

四个男子找了一阵，还是一无所获。张进财看着刘冰欣色眯眯地说："虎哥，这么漂亮的妞……"

虎哥踢了张进财一脚说："你忘记我们发过的誓了？我们可以骗钱，但不能强奸杀人。"

刘冰欣看了虎哥一眼，说："我虽然调查了你们的问题，也只是从新闻的角度去挖掘诈骗现象，不是有意针对你们几个人的。我知道你们生活也很困难，没有一技之长养活自己，你们虽然靠诈骗为生，但还没有做出丧尽天良的事。"

"你不用给我们戴高帽子，我们从来没认为自己是好人。"虎哥说，"你把你调查的材料给我们，我们马上走。"

"我这里真的没有你们要的材料，当时调查你们的事情后，我确实写过一份材料，那份材料我给吴义春了。"刘冰欣说。

"吴义春说材料在你这里，你又说材料在吴义春那里，你们两个到底是玩哪样？"张进财突然一把拉开盖在刘冰欣身上的薄毯，刘冰欣洁白的大腿露了出来，几个男人看了眼睛发光。

刘冰欣急忙又用薄毯盖住身体。

虎哥对张进财说："我说过，今天谁也不能动她，你们谁要是再起歪心思，不要怪我不客气。"

"你把材料给我交出来。"郭蚁见虎哥护着刘冰欣，心里十分不爽，便对刘冰欣低声吼道。

"我这里没有你们想要的材料，材料在吴义春那里，我明天可以找他要过来再交给你们。"刘冰欣说。

"好，明天电话联系，希望你不要食言。"虎哥说，又对另外四个人说："我们走。"

走了几步，虎哥又回来对刘冰欣说："我叫吴德虎，上次给你打电话的是我。"

刘冰欣点点头说："我建议你们去公安机关自首吧。"

吴德龙说："自首个屁。"

五个人离开后，刘冰欣长长地舒了一口气，马上拿起电话报了警，向警方汇报了吴德虎一行人刚才入室恐吓的行为，这才缓了过来。她突然想到这肯定是吴义春的诡计，想借刀杀人。她忍不住给吴义春打电话，吴义春却关了机，气得刘冰欣把手机都摔了。

"贱男春，你这个混球，你就是个衣冠禽兽。"刘冰欣骂了一句脏话后，拼命稳住自己快要暴走的心情，强迫自己继续睡觉，只是哪里还睡得着？

|第24章|
再次遇见

第二天，刘冰欣早早地来到维斯酒店，陪王淑芳在酒店一楼吃了早餐，然后陪她到房间收拾行李。

刘冰欣通过手机软件叫了辆车，送王淑芳到海椰市的丽兰机场。

"冰欣，你要是忙，就不用陪我了，我一个人去机场就可以了。"王淑芳说。

"你来琼西的这几天我都没好好陪你，今天说什么我也要送你到机场。"刘冰欣说。

从琼西到丽兰机场，也就两个小时。上午十点半不到就到了机场，两人依依不舍地话别后，刘冰欣又准备赶回琼西。

刘冰欣从安检入口处往外走的时候，正打着电话与出租车司机联系，让司机把车开到出口处等她，因为她正低着头，不料和一个拖着行李箱的30岁左右的年轻男子相撞了。

刘冰欣知道是自己的错，还没有看对方，就习惯性地说了一句"对不起"。

当刘冰欣抬眼看向对方时，对方也同时看向了她。

"是你。"两个人同时说道。

"你这是第二次撞我了。"那个被撞的男子微笑着说。

刘冰欣也感到讶异，上次是接王淑芳时在琼西维斯酒店撞了这个男子，这次在送王淑芳走时又撞了这个男子，她忍不住说道："真巧啊。"

年轻男子问道："同志，听你刚才和朋友打电话，好像是说你要回琼西是吗？"

一声"同志"的称呼差点让刘冰欣木化，因为现在人们对女人的称呼多是"美女""小姐"之类的。刘冰欣这是第二次打量这个年轻男子了，斯文儒雅，一表人才，就点头说道："刚送走朋友，准备回琼西。"

"我也要回琼西，你能带我一起吗？"年轻男子问。

刘冰欣豪爽地说："没问题，我叫了车，你可以搭我的顺风车。"

年轻男子说："谢谢你，我们可以拼车，费用不用你一个人出。"

刘冰欣说："拼车就算了，算是交个朋友吧。"

年轻男子说："自我介绍一下，我叫白玉湖，请问你怎么称呼？"

其实白玉湖是从中海市自贸区来琼西挂职的副市长，因为他才来不久，所以刘冰欣还不认识他。

刘冰欣不是一个喜欢打听别人隐私的人，也没有问他在琼西什么地方上班，只是自我介绍道："我叫刘冰欣，在南琼日报驻琼西记者站工作。"

白玉湖说："哦，原来是无冕之王啊，失敬失敬。"

刘冰欣笑道："酸！"

白玉湖也笑了，说："其实我也不想酸，因为初次见面又是我主动搭讪，怕被你当作坏人，所以酸一点容易让你接受。"

刘冰欣说："看不出来你心眼还蛮多啊，亏我还以为你是个忠厚儒雅的人呢。难怪有人说，宁愿相信世上有鬼，也别相信什么什么人的破嘴。"

白玉湖放下行李箱，双手合十放在胸前说道："罪过罪过，女施主万勿妄语。"

刘冰欣笑道："你就装吧，继续装，装得好像不是红尘中的人一样。"

白玉湖严肃地说道："装亦非装，非装即装。"

"走吧，大和尚别和我咬文嚼字了。"

两人上了刘冰欣叫的车，一路向琼西驶去。

在车上，两人聊着一些琼西的风俗人情，刘冰欣发现，白玉湖十分健谈，颇有见识，忍不住好奇地问："你是学什么的？"

白玉湖说："国际贸易。"

刘冰欣说："现在南琼省正在建设自由贸易区，最需要你这样的专业人才了。"

白玉湖说："我是前不久才从中海市自贸区调到琼西来工作的。"

"哦，原来你是琼西引进的高端人才。"刘冰欣说着，打了个呵欠。

"你累了就休息一会吧。"白玉湖说。

刘冰欣说："不好意思，昨晚没休息好，我先在车上打个盹。"

车下高速路时，刘冰欣醒了，她拿出手机看看时间，已经是中午十二点了，刘冰欣对司机说："我们就在城东镇吃中饭吧。"

已经到了吃中饭的时候，司机也没有意见。

白玉湖说："你请我坐车，我请你们吃饭吧。"

"你刚来琼西，是客人，还是我请吧。"刘冰欣说，在路边找了一家小饭店。在等菜的时候，她给吴义春打电话，谁知却是忙音，刘冰欣情知吴义春把她拉进了黑名单，没办法，她只好给吴德虎打电话。

吴德虎问："刘大记者，材料拿到手了吗？"

刘冰欣说："我很抱歉，我联系不上吴义春，他把我拉黑了。"

吴德虎说："你不是在骗我们吧，你们不是男女朋友关系吗？听阿龙他们几个讲，前几天还见你们关系亲密，怎么现在他会把你拉黑？"

"我们分手了，如果你们想要材料，直接找吴义春去要。"刘冰欣说完就挂了电话。

刘冰欣放下电话后，菜也开始上来，刘冰欣对白玉湖和司机说："我们吃饭吧。"

在吃饭的过程中，刘冰欣突然听到外面有"站住，你给老子站住"的吼叫声，似乎有人在追赶什么人。

刘冰欣是记者，对事件有敏感性，她走出去一看，果然是三个大男人和一个女人在追赶另一个女人，前面那个女人明显跑不动了。当被追赶的女人气喘吁吁地路过刘冰欣身边时，一跤摔倒在地，刘冰欣急忙扶她起来，女人站起身喘着粗气，还想跑，刘冰欣说："你跑不过他们的，别跑了，不要怕他们。"

女人看着刘冰欣，眼睛一亮，刘冰欣此时也认出来了，这个女人正是前几天她帮助过的阿旺的老婆，那次还是刘冰欣给她解的围。

"求求你，救救我，他们要杀我。"阿旺的女人说。

刘冰欣把阿旺的女人拉进屋里，那三个男人和一个女人紧接着就追进来了。

"梅子，你个臭婆娘，怎么不跑了？"一个五大三粗的男人骂道。

"忠哥，你饶了我吧。"阿旺的女人，也就是被忠哥喊作梅子的女人说。

"饶你？你说得倒容易，除非你自己砍下一只手来，否则免谈。"忠哥恶狠狠地说。

刘冰欣闻言说道："朗朗乾坤，光天化日之下，岂能容你们为非作歹？"

"哟，怎么又是你？上次你害老娘跑到大悫镇去拿包，害得阿龙的哥哥打我，我都还没找你算账，你怎么又跑到这里来了？"追赶梅子的那个女人对刘冰欣说道。

刘冰欣一看，这女人不是黄伶俐又是谁？

"你滚开吧。"忠哥对刘冰欣说，同时把一把刀扔到梅子的脚边说，"是你自己剁手还是我帮你剁？"

刘冰欣从地上捡起刀，藏到身后。

"你是谁啊，敢来插手我们的事？"另一个男人骂刘冰欣。

"你们几个大男人欺负一个女人好意思吗？"刘冰欣斥责道。

"你懂个屁，是梅子自己作死。"黄伶俐说。

"到底是怎么回事？"刘冰欣问梅子。

梅子只是哭，不说话。

这时一个男人走到梅子面前，给了她两耳光，然后把梅子拉到面前吼道："这手你剁还是不剁？"

刘冰欣把梅子拉到自己身后，对打人者说："你一个大男人，这样打女人，你还有没有羞耻心？"

"你再唠唠叨叨，小心我连你一起打。"那个男人骂道。

"你来打，你试试看。"刘冰欣一点也不示弱。

黄伶俐说："梅子，规矩不能坏，今天你好歹要留下一只手。"

刘冰欣说："黄伶俐，你也是女人，为什么要为难梅子？还有你们几个大男人，你们有病啊，好端端地要别人砍一只手？"

黄伶俐说："你懂什么？梅子赌博欠了我们十多万了，她不仅不还钱，今天打麻将还偷牌换牌出老千，你说该不该剁手？"

刘冰欣想，前两天阿旺还帮助她逃脱了吴德龙他们的控制，今天说什么也要帮他的老婆一把，便说："我不管你们有什么恩怨，要想砍她的手，我绝不答应。"

"你要再多管闲事，把我惹火了，我把你的手也砍下来。"一个男人威胁道。

"我看你敢，真没有王法了吗？"刘冰欣说。

那个男人懒得多说，从身上抽出一把刀，向梅子砍去，刘冰欣见这个男人来势凶猛，赶忙把梅子推向一边，同时伸开双臂，想拦住这个行凶的男人。

这个男人本是砍向梅子的，梅子被刘冰欣推开了，他虽然来不及收手，但还是本能地偏了方向，收了力度，刀就从刘冰欣的锁骨处插了进去。

白玉湖一直坐着看事态的发展，他没有想到这伙人真的敢用刀砍人，等刘冰欣中刀后，他才大吃一惊，心里万分自责，早知如此他说什么也要保护刘冰欣的。

刘冰欣哼了一声，倒在了地上，鲜红的血液汩汩地往外流。

那几个男人一看刘冰欣受伤倒地，纷纷想跑，白玉湖阻止说："伤了人还想跑？哪有这么容易？"

白玉湖拳打脚踢，三两分钟就把几个混混打倒在地，然后抱起刘冰欣，对梅子说："快去旁边药店买纱布来帮她止血。"

白玉湖拿出手机，先拨打了120，接着又拨打110。处理完这一切后，关切地问刘冰欣："你现在感觉怎么样？"

刘冰欣说："疼！"

白玉湖看了看伤口，不是很严重，但流血比较多，他说："是我的问题，没注意保护你。"

梅子很快买来纱布，白玉湖用纱布帮助刘冰欣捂住伤口，说："坚持住，救护车马上就到。"

刘冰欣说："放心，我死不了。梅子呢，梅子不要紧吧。"

白玉湖说："你是一个勇敢的女孩！你真了不起！"

梅子握住刘冰欣的手，泣不成声。刘冰欣要不是为了救她也不会挨此一刀。

不一会儿，救护车就到了，医生给刘冰欣处理了一下伤口，就由白玉湖抱着刘冰欣上了救护车，向琼西市西部医院驶去。

|第25章|
贪蠢作死

5月15日半夜时分。

吴德虎、吴德龙、张进财、郭蚁、黎新宽五个人又翻进了吴义春的家。吴义春被吴德虎叫醒时,吓得差点尿床了。

"你们想干什么?"吴义春惊恐地问,他看见除吴德虎以外的四个人手中都拿着一把刀。

"把材料交出来。"吴德虎说。

"材料在刘冰欣那里。"吴义春说。

"装,继续装。"张进财说完,"啪"的一下打了吴义春一耳光,骂道,"你太不老实了,说,你们整的我们的材料到底在哪里?"

吴义春从床上跳下来,因为躺在床上太被动了,说:"材料在刘冰欣那里。"

吴义春站起来比张进财个头要高,张进财想再打吴义春的耳光就不方便了,只好踢了他一脚说:"你要是不交出材料,后果自负。"

吴义春现在镇定了一些,他说:"你们想要材料,至少要态度好一些。"

"你想怎么办?"吴德龙问。

"如果我把你们的材料交上去,以你们几个的诈骗行为,关个三两年不成问题吧。"吴义春说。

黎新宽一听就火了,他个头和吴义春差不多,抡起胳膊就向吴义春脸上抽去,吴义春把头一低,还是被黎新宽一掌打在头上。此时,吴义春也是十分火大,他正准备还击黎新宽,张进财和郭蚁两人已经用刀逼住了吴义春。

吴德龙说:"吴大记者,看在我们是一个村出来的份上,你最好配合一点,否则,大家脸上都不好看。"

"你们想威胁我,门都没有。"吴义春嘴硬地说。

"我们这不是来和你商量的吗?你把材料交给我们,我们相安无事。再说,上次我们还给了你5万元的封口费,你为什么还要把我们的材料留着?"吴德虎说。

"你们骗了别人那么多钱,5万元算什么?你们再给我5万元,我就把材料交给你们,并永远为你们保密。"

"你还真是狮子大开口啊。我一刀捅死你,看你还要不要钱。"黎新宽骂道。

"你捅死我,你们自己也活不了。我一条命换你们五条命,我怕什么。"吴义春说。

"老大,怎么办?"张进财问吴德虎道。

"阿蚁,你再去他房间找找看。"吴德虎对郭蚁说。

张进财和黎新宽用刀逼着吴义春,郭蚁去房间翻箱倒柜地去找材料,吴德虎则和吴义春对视着打心理战。

过了一阵子,郭蚁在外面房间喊:"找到了,老大。"

郭蚁拿着一叠 A4 纸递给吴德虎,吴德虎翻看了一会,果然都是关于他们从事诈骗的一些证据。吴德虎掏出打火机,把材料点燃,然后对张进财等人说:"我们走。"

"你们走得了吗?"吴义春说。

五个人正准备走,听吴义春这么一说,都回头看着他。

"你什么意思?"吴德虎问。

"你们不会傻了吧?你们也不想想,你把材料烧了,我电脑里还存着底稿,就是你们把电脑里的底稿删除了,我还可以再写,还可以再举报。"吴义春说。

"我们已经给了你5万元封口费,如果你把事情闹大了,你以为你脱得了干系?"吴德虎说。

吴义春冷笑着说："你们要想让我保密，再给我5万元，我说话算数。"

五个人你看看我，我看看你，吴德虎摇摇头，对吴义春说："你适可而止吧，大家都在大恁镇混，低头不见抬头见，你非要把路走绝，最后吃亏的肯定是你。"

吴义春见吴德虎口气变软了，气焰又涨了三分："我给你们三天时间，三天内我没收到钱，我就亲自到公安局去举报，你们知道，我公安局的朋友多。"

不得不说，自以为是的吴义春此时正走在作死的路上。

"我让你举报。"黎新宽脾气最暴，他冲过去就给了吴义春几拳外加几脚，吴义春不服气，两个人撕打起来。吴义春见他们人多，趁乱从黎新宽手中夺过刀，往黎新宽身上刺去，黎新宽急忙闪躲，刀子还是刺进了黎新宽的腹部。张进财一看，怒从心头起，恶向胆边生，从背后一刀就刺进了吴义春的身体内，然后抽出刀，一脚踹翻吴义春，又是连续几刀，刀刀刺在吴义春的致命处，眼看着吴义春不行了。

张进财动作太快，吴德虎都没来得及制止，吴义春已经一动不动了，身下一大摊血，估计救是救不活了。

"老大，现在怎么办？"郭蚁问。

"怎么办？跑路。"张进财吼道。

"我们跑路了，阿宽怎么办？我们现在要迅速把阿宽送到医院。"郭蚁说。

"我们先送阿宽到医院再说。"吴德虎说。

黎新宽很快进了手术室。

吴德虎和郭蚁、张进财、吴德龙在手术室外面等。

"老大，我们跑路吧。"张进财说。

吴德虎一直在纠结，跑路？往哪里跑？不管跑到哪里，估计最终都会被抓回来，与其如惊弓之鸟四处潜逃，还不如直接去自首。

"老大，你发话呀，不然时间就来不及了。"

吴德虎艰难地说："我们还是去自首吧。"

"老大，你吓傻了吗？"张进财说。

"天亮了，我们一起去自首。"吴德虎说。

| 第26章 |
不能免俗

省政协副主席刘雪山到琼西市城东镇来调研扶贫攻坚工作，他在琼西市政协主席的陪同下，跑了三个村十多家贫困户，了解脱贫工作进展，看了以后，对琼西的扶贫工作很满意。

中午回到城东镇政府机关食堂吃中饭的过程中，镇长讲了一个女记者见义勇为受伤的故事，刘雪山随口问了一句："这个记者叫什么名字？"

镇长说："好像叫刘冰欣，是南琼日报社的。"

"刘冰欣？"刘雪山一愣，没再问，继续吃饭。

吃过饭，按计划是回省会海椰市的，但刘雪山好像并没有马上离开的意思，他问镇长："那个受伤的女记者现在哪里？"

镇长说："听说她在西部医院住院，我马上打电话核实一下。"

镇长打了几个电话后对刘雪山说："那个受伤的女记者在西部医院住院治疗。"

"我们去看看吧。"刘雪山淡淡地对众人说。

大家自然没有意见。

刘雪山一行来到医院时，院长已经在门口等着了。

刘雪山带着众人走进刘冰欣病房的时候，刘冰欣睡着了。院长想叫醒她，刘雪山制止了，他看了一会刘冰欣，说了句"好孩子"，就带着众人离开了。

没有人发现，此时刘雪山的眼睛是湿润的。

经过一段时间的治疗，刘冰欣的伤势有了很大的好转。

白玉湖隔三岔五地来看刘冰欣。这天是周末，他又提着一袋水果来到病房，刘冰欣正躺在床上看书。她看见白玉湖后，微笑着说："你不用经常来看我的。"

白玉湖说："反正周末也没有什么事，所以过来看看你啊。说起来我很惭愧，要不是我大意，也不会让你受伤的。"

"这怎么能怪你呢？连我自己都没想到他们真的会动刀子。"

"我听说市里要给你颁发见义勇为奖呢。"

"这点小事还颁发见义勇为奖吗？不行不行，我不能要这个奖，我配不上这个奖。"

"为什么不要？我亲眼见证了整个过程，你是一个勇敢正直善良的人，如果你配不上这个奖，那见义勇为该如何定义？"

刘冰欣开玩笑地说："拜托，要是别人知道我获得了见义勇为奖，还以为我是个女汉子呢，这辈子我就不用嫁人了。"

"你有男朋友没有？"白玉湖问。

"没有。"刘冰欣赌气地说。

白玉湖听得眼睛一亮，刘冰欣见了说："你这是什么表情？我没有男朋友你开心什么？见不得别人好是不是？"

白玉湖正想说话，病房的门开了，护士说："白市长，我要给病人换药了，请您回避一下。"

白玉湖对护士点点头，站起身走到房外。

房间内，刘冰欣问："你刚才喊这个男人什么？"

护士一边给刘冰欣换药一边说："白市长呀。"

刘冰欣惊讶地问："市长？他是什么市长？"

护士说："他经常来看你，你还不知道吗？他是新来的副市长，听说是京城市大学毕业的博士呢。"

刘冰欣不再说话。

护士换好了药就走了，白玉湖又进来了。

刘冰欣问："你真是副市长？"

白玉湖说："挂职的。"

刘冰欣问："你为什么要瞒着我？居心何在？"

白玉湖说："因为你从来没问过我是做什么的，在哪里上班，难道要我主动在你面前炫耀吗？"

刘冰欣一想，自己还真没问过他这些情况，但问题是，你一个副市长从机场回琼西，怎么会没有人到机场接机，而是沦落到找我拼车？

刘冰欣说："我想市长大人您应该回去休息了，也请您今后别再来看我。您经常来对我的康复不利。"

白玉湖说："哟，友谊的小船说翻就翻啊，我来看望你怎么就对你康复不利了呢，你说个理由先。"

刘冰欣故意打个哈欠，说："病人要休息了，请您离开。"

白玉湖摇摇头，微笑道："看来我们的刘大记者也不能免俗啊。"

刘冰欣说："我怎么不能免俗了？"

"你懂的。"白玉湖意味深长地笑着说。

刘冰欣说："是，我不能免俗，我怕官，我对你敬而远之总可以吧？你可以走了，OK？"

"好吧，你累了，早点休息。过两天我再来看你。"白玉湖说完，对刘冰欣笑笑，摆摆手就走了。

刘冰欣看着白玉湖离开，心里有些难受，也有些失落，她对白玉湖是有好感的，现在却要失去这个朋友了。

|第27章|
琼西好人多

    第二天上午，刘冰欣躺在病床上，一边输液一边用电脑写着最近琼西发生的一些大事的相关报道。这时有人敲门，刘冰欣说了声"请进"，抬头就看见市九中的梅校长和在琼西做建筑工程的王总、张总、李总等几个江北省的老乡进来了，他们是听说刘冰欣受伤了，特地到西部医院来看望她的。

    刘冰欣看见梅校长，就想起九中去年曾经推荐过一个琼西好人的候选人，便问："梅校，你们学校去年推荐的那个琼西好人是一个姓李的老师吗？"

    "对，是李老师。"梅校长回答道。

    "他现在情况怎么样？"刘冰欣问。

    "还是十足的好人一个。"梅校长说。

    "你们不要一见面就谈工作好不好，小刘，告诉我们，你的伤好些没有？我听说你被人伤得很厉害，是不是真的？"老乡王总问。

    "王总你别打岔，我的伤没事了。我的写稿任务还没完成呢，正好梅校在，把你们李老师的情况告诉我，我为他写一篇报道，宣传一下好人好事。"刘冰欣说。

    梅校长说："说起这位李老师，那是真正的好人，他虽然没有做出什么惊天动地的大事，但他是一个值得尊敬的好人。我举个例子说明吧，现在学校老师们最烦的事之一就是评职称的问题，要准备大量的材料，我们的李老师帮助别人整理材料时，比那些评职称的老师本人还认真。有时候为了确保别人的材料不出纰漏，他可以熬通宵，他做的这些工作，都是义务劳动。"

"这样的人确实可敬，他们帮助别人不图回报。其实，琼西的好人还是挺多的。"张总说。

"琼西也有坏人，搞电信诈骗的就不少。这次捅伤冰欣的不也是坏人吗？"王总说。

"琼西是有坏人，但是好人更多。"梅校长说。

刘冰欣说："应该说，琼西的好人是越来越多，我最近在回访去年的琼西好人时，也发现了更多的新的琼西好人。"

梅校长说："只要我们有一双善于发现的眼睛，就会找到越来越多的琼西好人。其实，琼西好人各行各业都有，琼西有，外地也有琼西好人。"

刘冰欣问："这话怎么讲？"

梅校长沉吟了一会说："就拿我们九中来说吧，我们学校内只要有学生家庭出现意外变故，学校的团委学生会就会组织全校师生为困难学生募捐，每次募捐都能收到几万元钱。又比如，我们现在经常在微信朋友圈里遇到困难家庭搞募捐这样的事，每次碰到这样的事，大家都会自觉地捐三十五十的，虽然对个人来说是小事，但积少成多，也能帮困难家庭解决大问题。做出这些善行善举的人，难道不是琼西好人？还有，我要说的是，很多外地的琼西人，比如琼西商会的那些人，他们在外面创业，成为成功人士后，又慷慨回报家乡，为家乡的发展作贡献，他们也应该是琼西好人。"

"我想起来了，琼西商会的给你们九中捐过钱的。"刘冰欣说。

"是的，他们不仅给我们九中捐过钱，也给琼西的其他学校捐过钱和物。"

刘冰欣说："梅校，你提醒了我，我们今年推荐琼西好人评选对象时，也可以把生活在外地的琼西人纳入其中。"

梅校长又说："不仅在外地的琼西人中有不少的好人，就是在琼西生活的外地人中也有很多的好人，比如小刘你也是一个琼西好人。我想，无论是生活在琼西的本地人，还是生活在外地的琼西人，抑或是生活在琼西的外地人，只要有一颗善心，都可以称为琼西好人！"

刘冰欣听得心里一震，回想这一段日子，刘冰欣采访着，记录着，也在感动着，她越来越深刻地感受到，琼西好人不是一个人，也不是受表彰的那十个人，而是有千百个。他们是一个善的群体，他们总是在别人有困难的时候伸出援助之手，他们把自己无私的爱心奉献给社会和他人，只想让平凡的生活多点幸福的味道，因为他们拥有一个共同的名字——琼西好人！

|第28章|
被困遇险

5月31日，周五，刘冰欣觉得自己的伤口好得差不多了，没有必要再住院，就给刘丝雨打电话，让她来接自己出院。

刘丝雨上午十点不到就来到医院，和刘冰欣一起办理好出院的相关手续后，就把刘冰欣送回了家。

因为长时间没住人，刘丝雨又帮刘冰欣收拾房间，刘冰欣则只是做一些简单的活。

两人一边做事，一边聊天。

刘冰欣问："最近有什么新闻？"

刘丝雨说："你不提我倒忘记了，明天就有一件事值得关注。"

"什么事？"刘冰欣问。

刘丝雨说："是这样，前段时间短坡岗集镇上有几个年轻人到邻近的棠木镇去玩，被棠木镇的人打了，短坡岗的这几个年轻人不服气，回到短坡岗搬救兵，再到棠木镇去复仇，结果短坡岗的一个叫黎网雄的年轻人把棠木镇的一个中年人打死了，昨天这个黎网雄被执行枪决了。短坡岗的一批人明天给黎网雄开追悼会，听说有一万多人要参加这个追悼会。"

刘冰欣惊讶地说："哇，有这么多人参加吗？一个罪犯死了，闹出这么大的阵势，荒唐。"

刘丝雨说："是啊，这么多人参加一个罪犯的追悼会，讲出去可不好听。"

刘冰欣说："我虽然到琼西工作的时间不长，但也感受到这里的宗族观念很强，特别是村与村之间界限分明，一个村一个家族他们都很团结。"

刘丝雨说："不仅琼西如此，南琼省其他市县也差不多，这也是南琼省农村的一种文化现象吧。"

刘冰欣问："市委市政府知道这个事吗？"

刘丝雨说："这么大的事肯定知道了啊，听说市委市政府要求所有公职人员都不能参加，对通往短坡岗的所有路口都进行交通管制，没有特殊情况，无关人员明天一律不得到短坡岗。"

刘冰欣说："要不我们明天去现场看一看吧。"

刘丝雨说："算了吧，我们站长说了，任何人都不许去，去了不安全。再说，这两天羊刚强说要我陪他，我已经答应他了。"

刘冰欣"哦"了一声，想了一会儿又说："丝雨啊，那个羊刚强不是一个简单的人，你要多留一个心眼，提防着点。"

刘丝雨说："我知道，姐，你放心。"

刘丝雨帮刘冰欣把房间收拾好后，对刘冰欣说："你累了，休息一会吧，中午我叫份外卖给你送来。"

刘冰欣答应了。

第二天早晨天刚亮，刘冰欣给东风派出所一个叫方斌的副所长打电话，方斌也是湖北人，是刘冰欣在一次湖北老乡会中认识的。

"方所，你今天忙什么？"电话接通后，刘冰欣问。

"小刘你好，你伤势好些没有？"方斌问，刘冰欣住院期间，方斌去看望过的。

"我已经出院了。"刘冰欣说，"你今天有事吗？"

"你已经出院了吗？康复得这么快啊，恭喜恭喜。我今天没空哦，要到短坡岗去值勤，你有什么事吗？"

刘冰欣问："是为那个罪犯开追悼会的事吗？"

方斌说："是啊，听说今天参加追悼会的人不少，安全压力很大，市局要求我们所有派出所的民警都去维稳。"

刘冰欣说："你去的时候把我也捎上吧，我想去看看。"

方斌说："你去干什么？你刚出院，就待在家里休息吧。"

"方所，我等你叫我啊。"刘冰欣说，"你走的时候把车开到人民中路后打我电话。"

"那好吧，既然你执意要去，我七点半左右来接你。"

刘冰欣上穿一件洗得泛白的黄色T恤衫、一条旧的牛仔裤，然后戴上一顶旧太阳帽，尽量打扮得土气一点，然后到楼下吃了早餐，就等方斌来接她。

七点半，方斌穿着便装开着警车准时接到了刘冰欣，然后一起向短坡岗方向去。

"你是跟我们一起值勤吗？"方斌一边开车一边问刘冰欣。

"不，我想到追悼会的现场去看看。"刘冰欣说。

"不行不行，绝对不行，那样太危险了，如果他们发现你是新闻记者，一定不会放过你的，在那种氛围下，什么极端的情况都可能发生的。"

"你看我这个样，像个新闻记者吗？"刘冰欣调皮地笑道。

"你打扮得像个村姑，但你的气质一看就不是村姑，人家把你帽子一摘，你就原形毕露了。"方斌说。

"你放心，我不会有事的，我就不信朗朗乾坤下有人敢对我怎么样。你把我送到黎网雄家附近就行了。"刘冰欣说。

方斌是知道刘冰欣性格的，她决定了的事，谁也改变不了，争论一番后的结果是方斌让步了。

方斌开车来到城东镇和短坡岗交叉的十字路口时，往短坡岗方向的路已经封了，因为方斌开的是警车，他摇下车窗和值勤的人员打声招呼，值勤人员就放行了。

"你今天在哪里值勤？"刘冰欣问。

"我就在刚才的那个路口值勤，我把你送到后再返回来值勤。"方斌说。

"你知道黎网雄的家吗？"刘冰欣问。

"知道，就在短坡岗上，我昨天就来看过了。"

从城东镇路口到短坡岗，也就十来分钟的时间，方斌把刘冰欣送到附近，临走前，反复叮嘱刘冰欣："一有危险，马上打我电话。"

"知道了知道了，你放心吧。"

刘冰欣按方斌指点的路，一个人独自向黎网雄的家走去。

刘冰欣到达黎网雄的家时，那里已经是人头攒动了。刘冰欣粗略地估算了一下，至少有上千人了。

好在没有人注意刘冰欣，她找了一个相对偏僻的地方坐了下来，等追悼会正式开始。

根据市政府的安排，白玉湖今天要参加短坡岗黎网雄追悼会事件的维稳工作，他的工作任务是巡查各个路口的交通管制情况。

他和市政府办的两个工作人员坐车依次把通往短坡岗的几个主要路口看了一遍，各个路口管制都很严格，白玉湖很满意。他巡查的最后一个路口是城东镇与短坡岗的交叉十字路口。

他来到这个路口后，询问道路管制情况，方斌把这个路口的情况详细介绍了，白玉湖自然没意见。介绍完后，方斌无意中多说了一句："今天有个记者到追悼会现场去了。"

"记者？哪里的记者？不会又闹出什么幺蛾子吧？"白玉湖警觉地问，如果这事被媒体曝光就麻烦了。

"不是外地记者，是南琼日报社驻琼西站的记者，应该不会有问题。"方斌说。

"是哪个记者？要是被黎网雄的家人知道了，难保不会出事。"白玉湖担忧地说。

"是一个叫刘冰欣的女记者。"方斌说。

"刘冰欣？刘冰欣不是受伤了在住院吗？"

"她昨天出院了。"

白玉湖想了一下，说："我们去现场看看吧，如果刘冰欣遇到麻烦我们也好有个照应。"

方斌也担心刘冰欣的安全，好在他今天穿的是便装，就说："好，我陪白市长一起过去看看。"

"坐我的车去吧，警车太打眼了。"白玉湖说，让政府办的两个工作人员在路口等他，让司机开车送他和方斌去黎网雄家。

刘冰欣坐在黎网雄家门口的拐角处，今天来的人虽多，但并没有什么人来关注她。

就在刘冰欣坐在那里看手机时，一个鬼头鬼脑的人发现了她，这个人就是黄伶俐。上次周越和刘冰欣捡到黄伶俐的包而与黄伶俐闹得不欢而散，后来她的男朋友吴德龙犯事被抓也多多少少与刘冰欣有一定的关系，她恨死了刘冰欣。现在见刘冰欣居然出现在黎网雄的追悼会现场，她怀疑刘冰欣来这里是不怀好意，她自然不会放过刘冰欣。

黄伶俐叫了十几个年轻混混迅速围住了刘冰欣，然后纷纷喝问刘冰欣是来干什么的。

刘冰欣被众人你一言我一语地诘问，一时不知说什么好，也不知道先回答谁的话。几个混混见刘冰欣不说话，更生气了，他们推推搡搡地把刘冰欣推到黎网雄的灵位前，要刘冰欣上香，跪下磕头。

刘冰欣给黎网雄上了三支香，就准备往人群外走，无奈众人团团围住了她，她根本出不去。

有人叫："给雄哥跪下磕头。"

"磕头，磕头，磕头，磕头……"众人齐声喊道。

刘冰欣自然不会照做，虽说死者为大，但要她给一个罪犯跪下磕头，门都没有。

刘冰欣的伤口被一个混混推搡到了，有些疼，她皱皱眉，没有吱声。

局面一时十分混乱。

白玉湖和方斌坐车来到短坡岗，他让司机把车停在镇外等候，他和方斌向黎网雄家走去。

当白玉湖和方斌来到黎网雄家时，刘冰欣正在受围攻。

白玉湖见状就要挺身相救，被方斌拉住了。方斌悄悄地对白玉湖说："先看看，不到万不得已，我们不要出头，否则局面会更乱。"

"那现在怎么办？总不能看着刘冰欣被欺负吧。"白玉湖也悄悄地说。

"先看看再说。"方斌说。

"你们都给我住手。"正在刘冰欣无助的时候，一个中年妇女大喊一声，从人群中走了出来，众人纷纷为她让路。

中年妇女盯着刘冰欣看了一会，走到刘冰欣面前说："孩子，是你，是你，就是你，我一直在找你。"

刘冰欣惊讶地看着这个中年妇女，只是觉得有些面熟，但一时又想不起来她是谁。

"孩子，你不要怕，我是网雄的妈妈，有我在这里，谁也不敢对你怎么样。"

刘冰欣感激地看着黎网雄的妈妈。

"你还记得我吗？"黎网雄的妈妈问刘冰欣。

刘冰欣摇摇头。

黎网雄的妈妈说："5月9号那天，我高血压犯了，倒在路边，就是你把我送到医院抢救的啊，医药费都是你出的，你忘了？"

刘冰欣想起来了，说："阿姨，我想起来了。"

黎网雄的妈妈对一个年轻男子说："阿华，拿1000块钱来还给这位姑娘。"

那个叫阿华的男子从自己口袋里掏出1000块钱递给黎网雄的妈妈，黎网雄的妈妈把钱放到刘冰欣的手中说："这是你上次给我垫的医药费，我现在还给你。"

刘冰欣说："不用还了。"

"那怎么行，欠债还钱，天经地义，再说你还救了我的命，我都不知道怎么感谢你呢。"黎网雄的妈妈说。

刘冰欣只好收下钱。

"孩子，我不管你今天来做什么，但我知道你是一个好人，你现在走吧。阿华，用摩托车把这位姑娘送到路口，让她在路口搭车回去吧。"

因为黎网雄的母亲出面，没有人再为难刘冰欣。刘冰欣走出人群，坐在阿华的摩托车后面离开了。

直到众人都不再关注这事，方斌才悄悄对白玉湖说："我们也走吧。"

|第29章|
好友遇害

因为周六在黎网雄追悼会上被几个混混推搡，刘冰欣的伤口有点红肿发炎，星期一早晨，刘冰欣到西部医院去看医生，医生给她消炎处理了一下，说没有什么大碍，嘱咐她要多休息。

刘冰欣是个闲不住的人，只在家休息了一天，星期二就上班了。

刘冰欣到办公室的时候，一个中年妇女正在办公室里哭泣，站长王丹阳正在一旁安慰。

"她是谁？为什么在这里哭？"刘冰欣悄悄问周越。

周越说："她是丝雨的妈妈，丝雨失踪两天了。"

刘冰欣大吃一惊说："什么？你说丝雨失踪了？这怎么可能？什么时候的事？"

周越说："星期天就联系不上了，今天已经是第三天了。"

刘冰欣问："报警了没有？"

周越说："已经报警了，但是还没有消息。"

刘冰欣问："她男朋友知道吗？"

周越说："都问过了，那个羊刚强说他也不知道，听说他也在到处找人。"

刘冰欣又问："丝雨具体是什么时候失踪的？"

周越回想了一下说："应该是6月2日，那天是星期天。"

刘冰欣回想了一下，5月31日也就是上周五的时候，刘丝雨还到医院接她出院，后来帮她收拾房间，情绪也很正常，怎么会突然失踪呢？

刘冰欣想，刘丝雨到琼西来生活时间并不长，朋友也不多，自己可以说是刘丝雨唯一的知心朋友，如果她要到别的地方去，一定会和她商量的，刘丝雨的失踪很可能是发生了什么意外。

难道有人报复刘丝雨？刘冰欣想应该没有这个可能，因为刘丝雨从没有得罪过什么人，她胆子小，平时一般的负面新闻报道都是刘冰欣和周越去做的，所以应该不会有人报复刘丝雨。

以刘冰欣的了解，给刘丝雨生活带来烦恼的就只有羊刚强一人。对，问题多半出在羊刚强身上。

刘冰欣走出办公室，来到一个僻静处给羊刚强打电话，电话通后，刘冰欣问："羊刚强，丝雨人在哪里？"

羊刚强说："我怎么知道她在哪里？我也在到处找她呢。"

"你是她男朋友，怎么会不知道她在哪里？"

"她这么大一个人，到哪里去还要我天天跟着吗？"

刘冰欣问："你最后一次见到她是什么时候？"

羊刚强火了："你不要管我们的闲事了，管管你自己的事吧。你知不知道，你的男朋友吴义春已经死了。"

刘冰欣问："你说什么？你说谁死了？"

"吴义春死了，都半个多月了，你不要告诉我你还不知道。"羊刚强冷笑着说完，就挂了电话。

刘冰欣愣住了。

"吴义春死了？吴义春竟然死了？"刘冰欣发了一会呆，回到办公室问周越："周哥，吴义春怎么了？"

周越说："你一直在住院，我们都没有告诉你，怕影响你情绪，吴义春因为敲诈几个电信诈骗犯，被诈骗犯杀死了。"

刘冰欣好像明白了什么，问："是不是吴德龙他们几个？"

周越说："就是他们，具体情况你可以到派出所去问问，吴德龙他们自首以后，都交代得很清楚。"

刘冰欣心里有点乱，她安慰了一会刘丝雨的母亲，劝刘丝雨的母亲再到别的地方找找看。送走刘丝雨的母亲后，刘冰欣对王丹阳说："站长，我今天想请个假，有点累，可能是伤口还没有完全愈合的原因。"

王丹阳说："没事，你回去休息吧，养伤要紧。"

刘冰欣和周越打过招呼后就回家了。回到家后，躺在沙发上，想到吴义春终于自食恶果，想到刘丝雨又不明不白地失踪，一时间百感交集。

生活中有很多事情，我们可以猜中开始，却没办法猜中结局。慢慢地刘冰欣想不动了，就在沙发上睡着了。

也不知过了多久，她看到了刘丝雨，刘丝雨流着泪叫着："姐，姐，我好苦啊，我好冤啊，你要给我申冤啊。"

刘冰欣说："丝雨，丝雨，真的是你吗？你跑到哪里去了？我们都在找你，你终于回来了。"

刘丝雨说："羊刚强，羊刚强。"

羊刚强突然挡在刘丝雨的面前，对着刘冰欣狞笑，刘冰欣一下子就惊醒了，发现是一场梦。

刘冰欣从沙发上坐起来，如痴似呆。

接下来的几天，依然没有刘丝雨的消息。刘冰欣通过各种渠道打听，几乎问遍了所有认识刘丝雨的人，都没有任何消息。

时间一晃就到了全国高等学校招生考试的日子。高考关系到学生的命运，也关系到许多家庭，所以一直很受重视。

6月5日，几个高三的学生家长在高考前到蓝湖镇的莲花寺给孩子祈福，回来时，几个人到山上撒尿，一个人眼尖，发现前面水泥管道里藏着什么东西，他还以为自己运气来了会捡到什么宝贝呢，兴冲冲地跑到水泥管道口，却闻到了一股异味。他把手伸进去掏摸，使劲拉出来一个袋子，袋口已经裂开，明明白白的是一具女尸，吓得他大叫一声，瘫倒在地。

其他几个人闻声过来，见到女尸后，也是一个个大惊失色，其中一个胆大的，马上拨打110报了警。

警察很快来把尸体带走了。

三天后，警方通过亲属指认和DNA比对，确定尸体就是刘丝雨。

经法医检验，初步断定刘丝雨系他杀。

刘冰欣听到消息后，和周越、王丹阳一起去殡仪馆看了刘丝雨，刘丝雨的妈妈哭得死去活来，几个帮忙的亲戚也是一脸悲戚。刘冰欣暗暗发誓，一定要把杀害刘丝雨的凶手找出来。

刘冰欣想起自己做的那个梦，又想到刘丝雨曾经告诉刘冰欣，说羊刚强可能从事不法活动，刘冰欣凭女人的直觉感到羊刚强有问题，更何况，以刘冰欣对刘丝雨的了解，这世界上还没有谁会恨刘丝雨恨到要杀害她的地步。思前想后，刘冰欣决定去报警。

刘冰欣给方斌打电话，方斌让她去市公安局刑警大队找一个姓郭的副大队长。

刘冰欣把自己对羊刚强的怀疑对郭副大队长讲了。

郭副大队长对刘冰欣说："你的怀疑我们也曾经有过，但后来有人证明，刘丝雨出事的那天晚上，羊刚强没有和刘丝雨在一起，羊刚强在外面和别人一直喝酒到天亮。"

刘冰欣问："羊刚强有没有在杀害刘丝雨后再出去和朋友喝酒的可能？"

说实在的，郭副大队长也曾经怀疑过，但根据法医推断的死亡时间，羊刚强有案发时不在现场的证明，他的两个狐朋狗友证明和羊刚强一起喝酒到天亮，所以羊刚强最终被排除了嫌疑，导致案情一时间失去了线索。

现在刘冰欣对郭副大队长讲述了刘丝雨死亡前的一些事情，引起了郭副大队长的高度重视。郭副大队长又重新把羊刚强列为重大嫌疑人。

6月27日，郭副大队长带队将正在进行毒品交易的羊刚强抓获，抵不过审讯人员的审讯，羊刚强最终心理崩溃，交代了杀害刘丝雨的经过。

羊刚强为什么要杀死刘丝雨？根据羊刚强的交代，郭副所长还原了羊刚强杀人藏尸的经过：

6月1日那天是星期六，刘丝雨深夜十二点多钟的时候起来上洗手间，发现羊刚强还没有睡觉，正坐在电脑前盯着看。刘丝雨悄悄走近一看，见羊刚强正在微信上和别人聊天，说的都是毒品交易的事。

刘丝雨说："刚强，我求求你别做这种生意了吧。"

羊刚强正在聚精会神地和别人聊事，没有发现刘丝雨来到他身边。刘丝雨突然发话，把他吓了一跳。

羊刚强不高兴地说："我不做这种生意，拿什么养活你？"

"你可以去做正当生意啊，为什么非要做这种犯法的事？"

"你说得简单，我能做别的什么生意？"

"我宁愿你到街上捡破烂卖也不愿意你做犯法的事。"

"你放屁，我给你买的东西都是用犯法得来的钱买的，包括今天给你买的那个包包。"

"我不要你给我买东西，你给我买的东西我都还给你。"刘丝雨说着跑到房间把羊刚强给她买的东西一样一样地拿出来，全部扔到了羊刚强面前，"这都是你买给我的东西，我一样都没有用，你都拿回去吧，我不要用赃款买的东西。"

羊刚强说："深更半夜的，你发什么神经？把东西都收好。"

"羊刚强，我们分手吧。"刘丝雨绝望地说。

"分手？分手了你是不是就要告发我？"羊刚强问。

刘丝雨说："你这样下去，就是不分手我也要去警局告发你的。"

"你胡说什么？不分手你也要告发我？"羊刚强一下子怒了，"你要去告发我，那你还想不想活了？"

"如果你不住手，我就是要去告发你，难道你还想杀人灭口不成？"

羊刚强怒视刘丝雨说："你有种再说一遍？"

刘丝雨说："我不想和一个毒品贩子生活在一起。"

羊刚强站起来，一把掐住刘丝雨的脖子，发狂地吼道："你想告发我，我先掐死你。"

羊刚强用力过猛，刘丝雨的身子很快就软了，羊刚强也是一时冲动，他见刘丝雨一动不动了，赶紧试了试刘丝雨的鼻孔，发现她已经没了气息。

羊刚强愣了好久，清醒过来后又后悔又害怕，他想了一阵，将刘丝雨的尸体装入一个大袋子，趁半夜无人看见之时，开车到蓝湖镇附近的一座山上，将尸体藏在一根水泥管道里，然后惶惶如丧家之犬地回了家。

回到家后，羊刚强想自己必须掩人耳目，制造假象，逃脱杀人的罪责，他想来想去，打电话请了两个狐朋狗友一起出来消夜，三个人一起喝啤酒吃烧烤，一直闹到天亮。

等待羊刚强的将是法律的严惩。

虽然抓到了凶手，但刘冰欣一点也高兴不起来，刘丝雨那么善良温和的一个漂亮女孩，竟然稀里糊涂地死在男朋友的手上，这是何等冤枉、何等不值啊！

| 第30章 |
请你帮个忙

7月初，琼西市委市政府选派了二十名年轻干部组团到中海市去学习自贸区建设经验。

带队的是白玉湖副市长，他本就是从中海市自贸区过来挂职锻炼的。

刘冰欣和琼西电视台的刘璐作为新闻记者随行，跟踪报道此次年轻干部们的学习过程。

中海市自贸区包括洋山保税港区、外高桥保税区及浦东机场综合保税区，实施的是"一线逐步彻底放开、二线安全高效管住、区内货物自由流动"的监管服务模式，对南琼自贸区的建设有很强的借鉴意义。

白玉湖原来在洋山保税港区工作，他原来是洋山保税港区管委会里面的一位处长，对里面的情况自然十分熟悉，所以洋山保税港区管委会对琼西学习团接待十分热情。

琼西干部团每天半天听经验介绍、进行理论培训，半天到附近企业参观考察。学习和参观内容安排得十分丰富，学习时间也安排得很紧。

白玉湖回中海市都快一周了，还没有回家看望父母呢。很快到了周末，有两天没有安排学习内容，干部团的学员们准备利用周六周日到中海市各处去逛逛。

星期五下午讲座结束后，干部团学员们都三三两两地分头行动了，刘璐和另外几个男女学员一起去玩去了，刘冰欣因为要编辑新闻，就谢绝了其他一些学员的邀约。

刘冰欣正准备回住的酒店，接到了白玉湖的电话。

"白市长，请问你有什么指示？"刘冰欣问。

白玉湖说："你别搞这么严肃，我哪有什么指示，只是想请你帮个忙。"

刘冰欣说："我能帮你什么忙？如果是公事的话，你尽管吩咐；如果是私事的话，免开尊口。"

白玉湖说："你有必要这样拒人于千里之外吗？就是普通的朋友也不能这么冷漠吧。"

"对不起，我和你不是朋友，你是我的领导，如果你没别的事，我挂了。"刘冰欣说完，直接挂了电话。

刚挂电话，手机又响了，刘冰欣一看来电显示，又是白玉湖，便直接按了拒听键。刚按了拒听键不久，白玉湖的电话又来了，刘冰欣直接关了机，回到酒店房间，打开笔记本电脑，准备写稿。

"砰砰，砰砰，砰砰砰。"有人敲门。

刘冰欣打开门，不是白玉湖是谁？刘冰欣说："这是女士房间，男士请止步。"

白玉湖笑道："刘大记者，我一直没弄明白我是什么时候得罪你了的，好歹我也算个挂职的副市长，你是一点面子也不给啊。"

刘冰欣只好让白玉湖进房间来。

"说吧，找我有什么事。"刘冰欣缓和了一下口气说。

"想请你帮个忙。"白玉湖说。

"公事还是私事？"刘冰欣问。

"公事有人去处理，我找你帮忙自然是私事。"

"不帮。"刘冰欣直接拒绝道。

白玉湖说："你都没问是什么事，就直接拒绝了，你就这么怕和我发生关系吗？"

刘冰欣白了白玉湖一眼，心想你这话说的，我听了怎么这么别扭呢？

白玉湖也觉察出自己这话说得有问题，尴尬地笑笑说："这样，我和你打个赌，你赢了就不帮，我赢了你好歹就帮我一回。"

刘冰欣看了白玉湖一眼，心想不管你闹什么幺蛾子出来，我就是不接招。

"赌不赌？"白玉湖问。

"不赌。"刘冰欣说。

白玉湖摊开双手说："你看，我手中什么都没有吧。"

刘冰欣看着白玉湖不说话。

白玉湖双手一拍，掌中多了一个一元的硬币。

刘冰欣惊讶地看着白玉湖。

白玉湖见引起了刘冰欣的好奇心，在刘冰欣面前转了一圈后，又拍了两下掌，手中多了一枝玫瑰花，他把花献给刘冰欣，刘冰欣惊讶地接受了。

"你还会变魔术？"刘冰欣问。

"我这不是魔术，是特异功能，不管你要什么，我都可以给你变出来。"白玉湖说。

"切，吹牛。说吧，你想请我帮你做什么？"刘冰欣说。

白玉湖一听刘冰欣松口了，便高兴地说："我就知道你不是不近人情的人。"

"你到底想要我帮什么？"刘冰欣问。

"第一，不是违法乱纪的事；第二，不是损人利己有违社会公德的事，所以你不要担心我坑你。但是，为避免出现能帮而不帮的情况，我觉得我们还是以打赌来决定你帮还是不帮。"

刘冰欣正想说话，手机响了，她拿起来一看，是好友王淑芳打过来的，便对白玉湖轻轻"嘘"了一下，作了个噤声的手势。

"冰欣，你在哪里？"王淑芳在电话里问。

刘冰欣一听王淑芳风风火火的声音，就知道她这个闺蜜又要搞事了。

果然，不等刘冰欣回答，王淑芳又说："我明天要到琼西来找你。"

刘冰欣问："你又到南琼省了？这次又想到哪里旅游？"

"本小姐这次不是来旅游的，是来南琼省定居的。"王淑芳说。

"等等，你说什么？来南琼定居，你这话几个意思？"刘冰欣一时没反应过来。

"本小姐的意思是,我考上南琼省委组织部的公务员了,从下个月起就在海椰上班了。"

"真的吗?祝贺你淑芳。"刘冰欣高兴地说。

"命里注定我们两人要在一起。"王淑芳说。

|第31章|
愿赌要服输

刘冰欣接完电话,心情大好,她问白玉湖:"你想赌什么?"

白玉湖说:"赌你最擅长的事,无论你想和我赌什么,我都奉陪。我输了,立马走人,你若输了,必须无条件地帮我做一件事。"

刘冰欣好歹也是个才女,白玉湖把话说得这么满,她还真有点不服气,问:"你是说无论赌什么?"

白玉湖说:"对,无论赌什么都可以,琴棋书画、煎炒烹炸任你选。"

刘冰欣心想,煎炒烹炸不是自己的强项,但琴棋书画自己应该不会输给他吧。刘冰欣来琼西后一直在研究苏东坡,最近背诵了不少苏东坡的诗词,于是对白玉湖说:"我们比赛看谁背的苏东坡的诗词多。"

白玉湖摇摇头说:"这样浪费时间,不如你点题我来背,只要有一首你背得出来而我背不出来,就算我输。"

"你也太狂了吧,那我点题了啊。"刘冰欣说着,把最近背诵的东坡诗词逐一点出,白玉湖竟然真的都可以背出来,还很流利。眼看东坡诗词难不住他,就又穿插点李白、杜甫、白居易、李贺、辛弃疾、李清照的诗词,总之，凡是刘冰欣能想起来的都胡乱地点了一番，但白玉湖一样可以背出来。有些诗词刘冰欣只知道题目，诗词则是背不出来的，但白玉湖都可以背出来。她都有点怀疑白玉湖的大脑里面是不是安装了一块芯片，储藏着大量的古诗词。

刘冰欣说："你不是说你是学国际贸易的吗？我怎么觉得你是研究古诗词的？"

白玉湖笑道："背古诗词不是我的强项，我们也可以比比别的什么啊，不一定非要比背古诗词。"

刘冰欣心想，你都这样能背了还不是你的强项，这太变态了吧。

"你的强项是什么？"刘冰欣好奇地问。

白玉湖笑道："我目前好像还没有强项，我的钢琴是名师教的，我的围棋是业余六段，我的烹调水平连我爸妈都服我。"

刘冰欣拿起一本笔记本和一支铅笔递给白玉湖说："画一张画给我看看。"

白玉湖接过刘冰欣递过来的本子和笔，不到一分钟就完成了任务。

刘冰欣拿过来一看，是一幅简笔画，寥寥几笔，居然是自己的肖像，刘冰欣不得不承认画得很好，很传神。

这个妖孽！刘冰欣说："你有这一身本事，何苦跑到琼西去当什么副市长？"

白玉湖说："为人民服务。"

噗！刘冰欣差点喷出一口老血。

白玉湖转守为攻地问："你是学新闻的，我问你一个问题，美国历史上第一位获普利策新闻奖的黑人是谁？"

刘冰欣犹豫了一下说："好像是伊尔·布拉格。"

白玉湖笑道："能回答出这个问题，你还是不错，有点实力。"

刘冰欣突然觉得在白玉湖面前有些底气不足，说："要不我们去比喝酒？"

"比喝酒？"白玉湖笑了，"我不和女人比喝酒，胜之不武。"

刘冰欣也觉得自己一个女孩子主动提出要和男人比喝酒有点不太好，她是个豪爽人，对白玉湖说："你赢了，我答应帮忙，现在你可以告诉我需要我帮什么忙了吧？"

白玉湖大喜，说："愿赌服输，爽快！今天我要回家看我爸妈，我每次回去他们都要啰唆，逼我去相亲，我实在是烦了，所以，我想请你假扮我女朋友陪我回家一趟。"

刘冰欣瞪大眼睛，不可思议地看着白玉湖。

"你这是什么眼神？我是外星人？"白玉湖问。

刘冰欣说："你多大了？你没有女朋友？我还以为你结婚了呢。"

"你住院时我看过你的病历，我大你六岁。"白玉湖说，"以前是不想结婚，最近想法有所改变了。"

"抱歉，这个忙我帮不了。"刘冰欣说。

"怎么，你想赖账？我们刚才说过的，愿赌服输哦。"白玉湖说。

刘冰欣说："我不是想赖账，是你这个忙有点强人所难，今后你有别的事需要我帮忙，我一定不会拒绝。"

"别的事我还真没有什么需要你帮忙的。这样吧，这个忙我也不会让你白帮，我租你，1000 块钱一个小时。"

刘冰欣摇头说："本小姐不出租。"

白玉湖说："2000 块钱一个小时行不行？不行？3000 行不行？不行？5000 行不行？还不行？1 万块钱一个小时行不行？"

刘冰欣笑着说："打住，打住，1 万块钱一个小时，听起来有点意思了，你说说看，都需要我做些什么？"

"果然没有钱搞不定的事。"白玉湖说。

"你再说这种话，我又要涨价了啊，本小姐的时间虽然不值钱，但本小姐的尊严和面子可值钱了。"

白玉湖赶忙说："好好，我不说了，是我嘴贱。你今天以我女朋友的身份陪我回家，要带点礼物，给我爸买盒茶叶就行了，给我妈买套化妆品，还要给我小姨买点什么？我想想看，对，给我小姨买支口红就行了。这些钱当然是由我来出，但你要陪我去买。"

刘冰欣说："行，我从现在开始计时了，现在是下午五点四十三分，我送你 17 分钟，从六点开始计费，结账时要精确到分钟，我算算看，一小时

1万块，1万除以六十，我用手机算算看，嗯，一分钟大约166块钱，四舍五入，一分钟170块，好像比上班强一点。"

"绝对比上班强啊，请问你需要化妆打扮一下吗？"白玉湖问。

刘冰欣笑道："化妆打扮太耗时间，我怕你心疼钱，本小姐今天大发慈悲，就不化妆了。再说我美也好丑也罢无所谓，反正又不是你的真女朋友，他们满不满意和我有什么关系？"

"你这么说就有点不负责任了啊，你今天最重要的任务就是哄我父母和小姨开心。"

"哄你父母开心可以，为什么还要哄你小姨开心？"

"我小姨自己没有小孩，所以把我当她的儿子看的。"

"好吧，哄一个人是哄，哄一群人也是哄，我答应了。"

"那你还是化个妆吧。"

"你觉得本小姐需要化妆吗？"

白玉湖认真打量了一番，刘冰欣天生丽质，肤色白嫩，嘴唇红润，面庞精致，还真不需要化妆，化妆了反而给人有些做作的感觉，就说："你这模样，不化妆更好看。"

"就是嘛，我们走。"刘冰欣说。

"你就穿这身衣服去吗？"

"这衣服很好啊，运动服穿在身上很舒服啊。你要是嫌差，你也可以给我买一套好的，反正是见你父母，穿得再好也是让他们看得舒服，你要给我买衣服，孝敬的是你父母，受益的不是我，我自己无所谓的。"

白玉湖说："我晕！"

"你就别晕了，走吧，副市长大人，再磨蹭你的钱就要像流水一样流到我这里来了。"

|第32章|
优秀假女友

在超市里买了一盒茶叶、一盒化妆品、一支口红后，白玉湖就要带刘冰欣去买衣服。

刘冰欣说："算了，你就别花这份冤枉钱了。"

白玉湖说："那怎么行？我父母倒还好，我小姨很挑的，你必须穿好一点的衣服。"

刘冰欣笑道："那好吧，你要买就买。你放心，这衣服我只穿一次，明天就还给你，等你今后真有女朋友了，你还可以给她穿。"

白玉湖白了刘冰欣一眼，就带着她来到卖服装的楼层，挑了一套外观朴实不艳但质地不错的套裙。刘冰欣穿在身上，一下子把优雅的气质衬托出来了，白玉湖看得有些呆了。

刘冰欣也觉得这套裙子不错，没想到白玉湖对女人的衣服还有研究，看来这男人还是蛮有品位的。

"你发什么呆呢？老盯着我看什么？"刘冰欣推了白玉湖一把。

"你真美！"白玉湖说。

"你现在明白了，一个小时一万块的租金不亏吧。"刘冰欣说。

"不亏不亏，绝对值。"白玉湖说。

两人回到家，白玉湖把他妈妈和刘冰欣相互介绍了。

白玉湖的母亲正坐在沙发上看书，刘冰欣一下子对这个中年妇女产生了好感，她主动地喊："阿姨您好！您看的什么书呢？"

白玉湖的妈妈打量了一下刘冰欣，心里有些惊讶，她竟然对刘冰欣有些似曾相识的感觉，感觉她很像自己生命中的某个人，但一时又想不起来像谁。她见刘冰欣一身的书香气质，且面容姣美，颇有福相，对刘冰欣的第一印象很好，现在见她关心自己读的书，便想考她一下。

白玉湖的妈妈说："闲来无事，买了一本《西蒙娜·德·波伏瓦传》，随便翻翻。"

"啊！阿姨看关于波伏娃的书啊，我也喜欢看她的书，她写的《第二性》《女宾》《名士风流》我都看过的，波伏娃是二十世纪法国最有影响的女性之一，阿姨，您真的好有品位呢。"

白玉湖的妈妈没想到刘冰欣对波伏娃很熟悉，加上刘冰欣嘴甜，心里一高兴就说："我儿子的眼光可以啊，给我找了一个有内涵有品位的儿媳。"

刘冰欣说："其实法国还有一个叫杜拉斯的女作家，她写的书也不错，像《中国北方的情人》《广岛之恋》等。1984年她还以70岁高龄创作了《情人》，描写了一幕疯狂而绝望的爱情悲剧，轰动当时文坛。下次我买几本让玉湖给您带回来。"

"好孩子，不用买了，这些书我都已经买回来了。"白玉湖的妈妈说，又对白玉湖说："玉湖，你找的这个女朋友不错，我这一关过了。"

"啊？你们这才讲了几句话，你就认同了她？这也太快了吧。"白玉湖惊讶地说。

白玉湖的妈妈说："你懂什么？一个女人的品位都在她读的书中。这孩子不仅人长得漂亮，气质好，书也读得多，差不了，配得上你。"

"看来，阿姨年轻的时候是个文青呢。"刘冰欣说。

"是啊，我读大学的时候写诗歌、写散文，还写过小说，可惜后来阴差阳错，走上了经商之路，把文学荒废了。现在闲下来的时候，还是喜欢读一些文学作品。"

"阿姨，你好了不起，能文能武啊，经商也是儒商啊。我妈妈是老师，可是她回家就很少看书，哪像您生活这么有情调有品位啊。"

白玉湖的妈妈听刘冰欣说她是儒商，更开心了，说："乖孩子，你真的了解阿姨啊，来，把手伸出来。"

刘冰欣不知道白玉湖的妈妈要做什么，但还是听话地把手伸给了她。白玉湖的妈妈从自己手腕上褪下一个晶莹剔透的翡翠手镯，给刘冰欣戴上。

白玉湖的妈妈说："咦，真是奇了，这手镯和你有缘，瞧，你戴上多好。"

刘冰欣一看，这手镯绝对是贵重物品，她可不敢要，一边从手腕上褪手镯一边说："不行不行，这个太贵重了，我不能要。"

可是，不管怎么弄，这手镯就是褪不下来，刘冰欣把手腕都弄红了弄疼了，可还是没褪下来，急得脸上全是汗。

白玉湖的妈妈笑了说："这是白家祖传之物，戴上了就褪不下来了，你就别白费劲把手弄疼了。"

"您刚才怎么褪下来了？"刘冰欣问。

"这是个秘密，今后再告诉你。"白玉湖的妈妈说。

这时门锁在响，一个女人打开门，一进门鞋子都没来得及换就直叫唤："我儿媳呢？我儿媳在哪里？"

刘冰欣见进来的女人和白玉湖的妈妈长得很像，就知道是他的小姨，便主动地招呼道："小姨您好！"

"你就是玉湖找的女朋友？嗯，不错，很漂亮，玉湖这孩子挑女朋友倒很有眼光。"

"谢谢小姨夸奖，小姨也很漂亮啊！"刘冰欣乖巧地说。

"咦，姐，你把白家祖传的手镯都给她了？看样子你是同意了？"白玉湖的小姨大呼小叫地说。

白玉湖的妈妈说："这手镯和小欣有缘，你瞧她戴着多好看。"

白玉湖的小姨拉过刘冰欣的手说："我们以前带着玉湖相过三次亲，玉湖的妈妈曾经试着给相亲的三个女孩子戴过这手镯，你说怪不怪，三次都没戴上去。那些女孩子眼馋这手镯，偏偏戴不上，急得跟什么似的，你怎么一下子就戴上了呢，看来玉湖的缘分真的来了。"

刘冰欣急红了脸，想把手镯还给白玉湖的妈妈，她这个假女朋友可不想占人家这个便宜，何况还是祖传之物。再说，这个玩笑开得似乎有点大了，她便想坦白。

刘冰欣看了白玉湖一眼，说："其实，我不是……"

白玉湖看出了刘冰欣的意思，他"哼"了一声，用唇语说："愿赌服输。"

刘冰欣只好把话憋回去了。

"你们俩眉来眼去的在做什么？"白玉湖的小姨眼尖，见白玉湖和刘冰欣在打暗语，便问白玉湖。

"没什么，我夸她呢。"白玉湖说。

几个人说着话，没多久，白玉湖的爸爸回来了，刘冰欣马上上前打招呼道："白叔叔好！"

"你好，你就是玉湖说的刘冰欣吧？"

"嗯，我是刘冰欣，我做得不对表现不好时，请白叔叔多教育。"刘冰欣谦虚地说。

"小欣，你别怕这个老古板。"白玉湖的小姨见刘冰欣一副谨慎受教的样子就过来解围。

白玉湖的妈妈对保姆阿姨说："人都回来了，上菜吧。"

一顿饭吃得其乐融融。席间，白玉湖的妈妈和小姨不停地给刘冰欣夹菜，刘冰欣也不时地给白玉湖的爸爸妈妈和小姨夹菜，看得出来，这些人都很喜欢刘冰欣。

吃完饭，大家到茶室喝茶，白玉湖的爸爸问刘冰欣："我听玉湖说，你为了救别人被歹徒砍过一刀，现在伤口没问题了吧。"

"谢谢叔叔关心，早没事了。"刘冰欣说。

"是怎么回事，讲给我听听。"白玉湖的小姨说。

白玉湖便把当时的过程详细地讲了一遍，几个人都对刘冰欣夸奖不已，这年代见义勇为的年轻人不多了。

刘冰欣见时候不早了，就提出回酒店。

"回什么酒店，就在家里住。"白玉湖的小姨说。

"小姨，我知道您是心疼我，怕我跑来跑去的辛苦，可是我回去还要赶稿子，今晚要把稿子发回琼西去。"刘冰欣解释道。

白玉湖的爸爸妈妈也劝刘冰欣留下来，但刘冰欣说什么也不肯留下来，白玉湖的小姨便让白玉湖开车送刘冰欣回酒店。

刘冰欣一一和白玉湖的爸爸妈妈、小姨告别后，随白玉湖来到楼下。

　　白玉湖从车库里开出了一辆轿车，刘冰欣刚想到后排去坐，白玉湖说："他们都在楼上看着呢，你坐副驾驶位置吧。"

　　在车上刘冰欣问："你爸爸是做什么的？"

　　"他是中海市一个区的副区长。"

　　"你这样的官二代加富二代怎么会到琼西去挂职？"刘冰欣不解地问道。

　　"我说过的，为人民服务。"

　　"你就胡扯吧。"刘冰欣根本不信。

　　"你看出来没有，我的家人都很喜欢你。"白玉湖说，"干脆做我女朋友吧。"

　　"不好意思，我对你们这样的家庭没感觉，我对灰姑娘和王子的故事从来就不感兴趣。"

　　白玉湖沉默了一会儿说："其实我也很喜欢你，要不，我们试着交往一段时间？合则聚不合则分呗。"

　　"想都别想，我不是你的菜。"刘冰欣果断拒绝道。

　　白玉湖重重地叹了一口气说："好吧，我祝你早日找到自己的如意郎君。"

　　刘冰欣说："这个不用你操心，我回去后想办法把这个手镯褪下来再还给你。"

　　"你褪不下来的。"白玉湖说。

　　"为什么？"刘冰欣问。

　　"这是我们家族的秘密。"

　　"什么秘密搞得神秘兮兮的，能告诉我吗？"

　　"你最好不要知道，知道了只怕你心理压力更大。"

　　"我承受得住，你说吧。"

　　"好吧。我们家这个翡翠手镯极有灵性，一旦戴上后就取不下来了，只有当你为白家生下子女后才能取下来。我妈妈今天能给你戴上它，是对你的极大认可。"

　　"胡扯，鬼才信你。"刘冰欣说，"我把它砸断，看它还有没有灵性。"

　　白玉湖急忙说："万万使不得。这样，你先戴着吧，慢慢想办法，总会有办法褪下来的，不要急。"

不久，车就开到了酒店处，白玉湖说："我们加个微信吧，我把今天的租金转给你。我算了一下，截止到此时此刻，刚好是五个半小时，我转 5.5 万块钱给你。"

"你还真以为我会要你的钱？放心，我不会要的，今天算是友情赞助，不过，你要想办法把这个手镯给我弄下来，否则时间长了我真会砸掉它的，你知道我的性格的。"

"不要钱那你不亏了？你在帮我们家做好事。"

"切，你要做好事可以资助我们琼西的贫困学生读书啊，到时我给你提供贫困学生名单。"

"这个可以有。"白玉湖说。

刘冰欣说："我走了啊，你开车回去小心点。"

"加个微信吧。"

"不加。"刘冰欣说完，打开车门说了声"拜拜"就走了，头也没回。

| 第33章 |
就是不愿意

从中海市回来后，刘冰欣忙了一阵子，把在中海市自贸区的所见所闻做了一个系列报道，在《琼西日报》上发表了，引起了较大的反响。刘冰欣渐渐成为大家所熟知的人物了，大家都知道南琼日报社有个美丽的才女，还是个见义勇为的英雄。

刘冰欣做完中海市之行的报道任务后，又开始着手琼西好人的相关宣传工作。此时，海选出来的第二届琼西好人有 100 多人，经过第一轮初选后，留下了 20 个人。这 20 个人分为助人为乐好人、见义勇为好人、诚实守信好人、敬业奉献好人四类，刘冰欣也被推荐为见义勇为好人评选对象。

目前事迹寻访阶段已经基本完成，刘冰欣因为前段时间住院，后来又随琼西干部团到中海市学习一段时间，所以事迹寻访阶段的工作她做的并不是很多，现在琼西好人的评选已经进入网络投票阶段。南琼网、"这里是琼西"等微信公众号已开设"琼西好人"平台，提供网上投票窗口，接受广大群众投票。网络投票结束后，组委会将组织开展"琼西好人"综合评选工作，最终确定"琼西好人"前十名名单并通过媒体进行公示。

7 月 19 日这天是周五，刘冰欣忙完了一天的工作，心想这次可以过一个相对轻松的周末了。下午六点钟左右的时候，刘冰欣准备下班，手机响了起来，她一看，是白玉湖的电话。自从从中海市回来后，两人还没有联系过，也没有见过面。

刘冰欣不想接他的电话，所以就任手机响着，过了一会儿自然就停了。刘冰欣本以为事情过去了，谁知过了一会儿，电话又响起来，刘冰欣一看，还是白玉湖打来的，她只好接听。

白玉湖说："英雄记者好像很忙呀，电话都不接了。"

刘冰欣说："不要叫我英雄，我不是英雄，你有什么事，请快点说，我现在很忙。"

白玉湖说："我想请你吃晚饭，能赏个脸吗？"

"对不起，我没有时间。"

"不要这么直接拒绝啊，一起吃个饭，我有事给你说。"

"有事就在电话中说。"

"电话里说不清楚，见面说比较好一些，这样吧，我们订个地方，边吃边聊。"

刘冰欣想白玉湖上次说要以资助贫困学生的方式感谢她，目前各大学的录取通知书正在陆陆续续地下发，刘冰欣手中有一批贫困学生名单，今天正好交给白玉湖。想到这里，便说："那好吧，你说个地方，我等会就过去。"

白玉湖说："我们到夏天广场去吃吧，那里的菜比较干净也比较便宜。"

刘冰欣说："行，我半小时左右到那里。"

　　刘冰欣到达夏天广场时，白玉湖已经在楼下等了，两人找了一家干净饭店，要了一个小包厢。

　　"你想吃什么？"白玉湖问。

　　刘冰欣说："简单点吧，晚上吃少点比较好。"

　　"那你点菜吧。"白玉湖把菜单递给刘冰欣，刘冰欣做主点了两荤两素一个汤，白玉湖又加了两个。

　　"这是一些贫困学生的名单，上面有家庭住址和联系电话。他们都是今年考上大学的，家庭贫困，学费都没办法缴清。你不是想做善事吗，现在给你机会了。"刘冰欣说完，把一份 A4 纸打印的名单递给白玉湖。

　　白玉湖接过名单看了一会说："没问题，我让人去落实。"

　　刘冰欣有点不高兴地问："你什么意思？为什么要让别人去落实？你不会拿公款去做善事吧？"

　　白玉湖说："你想到哪里去了？我是想这些人东边一个，西边一个，到哪里去找他们，我是想把钱交给秘书，让秘书帮我去落实。"

　　"做什么都要让秘书去办，自己没有手脚吗？"刘冰欣说到这里，突然想起什么，嘿嘿地笑了起来。

　　"你笑什么？"白玉湖莫名其妙地问。

　　"我突然想到，你们谈恋爱结婚入洞房会不会也让秘书去代替。"

　　白玉湖翻了个白眼说："你别这么恶心人好不好？行，我接受你的批评，自己去做。"

　　刘冰欣说："说吧，你叫我出来有什么事？"

　　"我妈妈和小姨要过来看我们。"白玉湖说。

　　"她们要过来看你吗？"

　　"不是看我，是看我们两人。"

　　"啊？你不会要我继续扮你的女朋友吧，我跟你说啊，你趁早打消这个念头。"

　　"你不帮忙那怎么办？"

　　"怎么办？凉拌。"刘冰欣说，"你说一个谎言，就要用十个谎言去圆，我建议你实话实说，告诉她们，你其实并没有女朋友。"

"我要是这么说了，我妈和小姨肯定都不会放过我的。"

"我真是信了你的邪！反正我不管，我是不会再帮你了，帮了你一次，你还赖上我了。"

"你告诉我，我究竟有什么不好你这么不愿意做我女朋友的？"

"不愿意就是不愿意，哪有这么多理由？"

白玉湖和刘冰欣在饭店吃饭的同时，在中海市白玉湖家里，白玉湖的妈妈和小姨正在客厅里聊天。

"姐，你对玉湖的女朋友印象怎样？"白玉湖的小姨问。

"很好的一个女孩，人长得漂亮，又知书达礼。"白玉湖的妈妈说。

"我也觉得她是一个有修养的女孩，人品也不错，面对歹徒居然敢救人。"白玉湖的小姨说。

"玉湖能娶到她，也算是玉湖的福气了。"白玉湖的妈妈说。

"可是我就是觉得有些不对劲。"白玉湖的小姨说。

"不对劲？有什么不对劲？"白玉湖的妈妈问。

"我觉得那天刘冰欣表现得太完美了，一个人如果表现得太完美，要么是事前做足了功课，要么就是在演戏。"

白玉湖的妈妈闻言一呆，心想是啊，那天刘冰欣几乎对所有的人都热情主动，一点不像一个初进门的儿媳，倒有点像宾馆前台的服务员。

白玉湖的妈妈问："你有什么看法？"

白玉湖的小姨说："那天我问了几次刘冰欣的家庭情况，她都巧妙地岔开了话题，不愿意说。姐你想，她为什么不愿意说？"

"为什么？"白玉湖的妈问。

"因为她不愿意让我们知道啊，从刘冰欣的表现来看，她绝对出自书香门第。一个出身并不卑微的女孩却刻意对我们隐瞒自己的身世，只能说明一个问题，那就是她不想和我们发生亲密关系。我怀疑，刘冰欣根本就不是玉湖的女朋友。"

"啊？不会吧。"刘冰欣的妈妈说。

"姐，你多个心眼吧，不信你现在可以打电话问问玉湖。"

白玉湖的妈妈想了一会，说："玉湖这么做的目的是什么？"

"可能是他每次回家我们都逼他相亲，他烦了，所以就找个女朋友来搪塞我们一下吧。现在的年轻人一个个都鬼得很，媒体不是经常报道过年的时候有些单身男子租女朋友回家过年的事吗？"

"你的意思是刘冰欣是玉湖'租'来的，所以刘冰欣才表现得这么热情的？"

"我想就是这样，所谓拿人钱财，替人消灾。玉湖'租'她的目的就是哄我们开心的。"

"可是，我怎么感觉到玉湖很喜欢刘冰欣？"

"装的，绝对是装的。"

"不不不，我自己的儿子我懂，玉湖对刘冰欣的喜欢绝对不是装出来的。"

"也许是弄假成真了吧。"

白玉湖的妈妈陷入了沉思。

白玉湖的小姨问："姐，你喜不喜欢刘冰欣？"

"当然喜欢。"

"如果你真心喜欢她，那我们就帮玉湖一把。"

"怎么帮？这些事我们想帮也插不上手啊。"

"我有办法。最近生意也不忙，我看不如趁有时间，到南琼省琼西市走一趟，撮合他们两人。"

"你是说我们到琼西去？我们用什么办法撮合他们？"

"我们也装作不知道他们是假男女朋友，让他们以为我们是相信他们的，我们过去，和他们商量订婚的事情。"

"然后呢？"

"之后见机而行，反正待在中海市也没什么大事，不如到琼西市去散散心，顺便帮玉湖一把。"

"也行，你订机票吧，订好后通知玉湖。"

"我前两天就通知玉湖了，告诉他我们要过去了。"

|第34章|
缘来是你

白玉湖和刘冰欣在包厢里聊着如何资助贫困学生的事。

不久，服务员开始上菜了，白玉湖说："你上次不是说要和我赌喝酒的吗？今天我们来赌一场行不行？"

刘冰欣说："我上次是开玩笑的，我不喝酒。"

白玉湖说："今天周末，也没什么公务，要不我们再赌一次？"

刘冰欣说："你想怎么赌？"

白玉湖说："你也知道，我爸妈和小姨都喜欢你，我也喜欢你，但你就是不愿意接受我的追求。这样吧，我们今天来做个了断，如果我输了，我从此不再纠缠你，如果你输了，你就答应做我女朋友。"

刘冰欣说："切，你上次不是说不和女人比赛喝酒的吗，还说什么胜之不武。再说，我一个女孩子和你一个大男人比喝酒，你觉得公平吗？如果这事传出去了，那不是一个笑话吗？"

白玉湖说："我是男人，你每喝一杯我喝两杯，谁先倒下谁输，这样公平吧？"

刘冰欣看着白玉湖，露出了意味深长的笑容，要知道她是可以喝一斤白酒的人，如果按二比一喝的话，白玉湖至少要喝两斤，她不相信白玉湖有两斤白酒的量。

刘冰欣故作谦虚地说："我不会喝酒，肯定喝不过你呀。"

白玉湖说："试试看呗，也许你能喝呢，其实我也不能喝酒，平时喝多一点就会醉的。"

刘冰欣勉为其难地说:"那好吧,我每喝一杯你就喝两杯,可不准耍赖。我们一言为定,我赢了,你再不许提要我做你女朋友的事,也不能请我帮忙扮你的女朋友,你妈和你小姨那里也由你自己去摆平,我可不管了。"

"如果你输了,你可要做我的女朋友,再不许推三阻四。"

"我不会输的,你放心。"

"那万一你要是输了呢?"

"输了我就做你的女朋友。"

"好,君子一言,驷马难追,我已经把我们刚才的对话用手机录音了。"

刘冰欣笑道:"你倒是蛮精明的。"

"还不是被你逼出来的?"

白玉湖说:"我去前台拿两瓶酒。"

"行,你去吧,我估计一瓶就够了,不要拿太多浪费了。"

白玉湖偷偷笑了,这刘冰欣演戏还是一把好手,要不是在此之前他已经把刘冰欣的酒量问清楚了,今天还真是会走麦城呢。

白玉湖知道刘冰欣能喝酒,而且酒量在一斤以上,白玉湖平时的酒量也不小,喝个两斤酒没问题。他悄悄地从口袋里掏出两粒解酒药放到嘴里吞了下去,有这两颗药,估计喝个两斤酒应该没有什么大问题的,虽说这么做有点不地道,但为了娶个好老婆,也顾不得了。

白玉湖从前台拿了四瓶酒回到包厢,刘冰欣见白玉湖提这么多酒进来,面有难色地说:"你真的想灌醉我吗?我醉了出丑你可不能笑话我。"

白玉湖谦虚地说:"我也不能喝酒的,到时恐怕出丑的是我啊,你也不要笑话我。"

刘冰欣心里却在发狠,心想今天非让你吃点苦头不可,我让你纠缠我,今天把你弄趴下了今后就老实了。她对服务员说:"这两个杯子太小,请帮我们换三个大杯子来。"

服务员看了一眼刘冰欣,心想两个人喝酒为什么要三个大杯子呢?但还是按照刘冰欣的吩咐拿来三个大杯子,刘冰欣一看,心里暗喜,这杯子容量大约是三两三的那种,刘冰欣主动开了酒,倒了满满的三杯后,刘冰欣看看瓶子，已经空了，心里很满意。

"白市长，你是我的领导，来，我敬你一杯。"

白玉湖看着刘冰欣的表演，等刘冰欣开始敬酒时才说："先吃点菜吧，空腹喝酒容易醉。"

"没事，先喝两杯感情酒再吃菜。"刘冰欣说完，像喝水一样一口就把满满的一杯酒喝光了，喝完后把酒杯倒过来给白玉湖看，果然是一滴不剩。

"该你了，白市长。"刘冰欣微笑着说。

"你厉害！"白玉湖说着端起面前的一杯酒一饮而尽，同时倒过杯子，自然也是一滴不剩。

"你还有一杯。"刘冰欣微笑道。

"我能吃口菜再喝吗？"白玉湖故意皱着眉头说。

刘冰欣摇摇头说："等会我们一起动筷子。喝酒女士优先了，吃菜也应该女士优先啊。"

"刘冰欣，你这是为难我啊，看不出来你这天使的外表下，竟然有一颗恶魔般的心呢。"

"愿赌服输，你说过的。"

"好吧，为了娶个好老婆，我今天也是拼了。"白玉湖说完，又一口喝完第二杯酒，喝完后故意咳嗽了几声。

刘冰欣观察了一下白玉湖，好像没有什么反应。她干脆又开了一瓶酒，再次倒了三杯后，第二瓶酒又空了。

"白市长，这第二杯酒我要感谢你的爸妈和小姨，承蒙他们看得起我，还送我一个贵重的手镯，来，我再敬你一杯。"

刘冰欣说完，也不等白玉湖说话，又一口干掉了杯中酒，照样倒过杯子给白玉湖看，仍然是滴酒不剩。

"刘冰欣，你够狠。"白玉湖说。

"喝吧，副市长大人。"

白玉湖端起酒杯，端详了一会儿，一口一杯，连喝两杯，喝完后把杯子亮给刘冰欣看。

刘冰欣有点无语了，白玉湖好像并没有醉的意思。

她又开了第三瓶酒，再次倒了三杯。

白玉湖见刘冰欣又想喝，赶忙拦住她说："且慢，刘冰欣，你确定你这杯喝下去后不会醉？"

刘冰欣有点犹豫，如果这杯喝下去，她估计不醉也差不多了。但是，如果不拼一把，输给了白玉湖她可是不甘心。

白玉湖仿佛看穿了刘冰欣的心思，这个女人他是看准了的，是一定要娶做老婆的，如果眼看着她喝醉，他可是很心疼很舍不得的。他有责任保护她，为了让她输得心服口服，白玉湖把三杯酒都拿到自己面前说："刘冰欣，你先吃点菜，你的这杯酒我给你代了。"

"你说什么？你要帮我喝这杯酒？"刘冰欣有点不相信自己的耳朵，白玉湖已经喝了至少一斤二两了，这三杯酒一喝下去，就有两斤左右了，白玉湖真有这么好的酒量吗？

白玉湖露出洁白的牙齿，人畜无害地对刘冰欣一笑，把面前的三杯酒依次干掉了，依然是波澜不惊的样子，看不出有半分醉意。

"你的酒喝到哪里去了？怎么一点反应都没有？"刘冰欣问。

"你再开一瓶酒，从现在开始，以前喝的酒归零，我们慢慢喝，边吃菜边喝，看谁先倒下。规则还是二比一，你一杯喝完时，我两杯也喝完。"

"看你这架势，你是吃定我了？"刘冰欣问。

"对，你这个老婆我娶定了。"白玉湖说。

刘冰欣说："我呸呸呸！本小姐今天就不让你得逞。"

白玉湖说："来来来，你先吃点菜，我们边吃边喝，反正时间还长，今天不放倒一个绝不罢休。"

两个人这才开始吃菜。

刘冰欣和白玉湖聊天，发现白玉湖头脑清醒得很，说话逻辑清楚，表达简洁，一点也不啰唆，没有半点喝醉的症状。

边吃边聊，不久第四瓶酒又喝完了。白玉湖对服务员说："服务员，帮忙再拿两瓶酒来。"

刘冰欣知道这次打赌自己又要输了，她已经有了几分醉意，再喝下去绝对会醉，反观白玉湖，酒好像都喝到狗肚子里去了，估计再喝个一瓶两瓶也不会有事。

"你究竟能喝多少？"刘冰欣问。

"不知道，反正我从来没醉过，所以我自己也不知道自己的酒量。"

刘冰欣闻言也是醉了，居然有人不知道自己的酒量，她后悔和这个人打赌了。

服务员拿来了酒，白玉湖问："我们继续喝？"

刘冰欣绝望了，说："不喝了，我认输。"

白玉湖哈哈大笑，说："我终于有女朋友了。"

刘冰欣闻言，眼前一黑，趴在桌上装睡，不再理睬得意忘形的白玉湖。

|第35章|
我捡到宝了

白玉湖去前台结了账，扶着刘冰欣来到楼下，叫了一辆出租车，准备先送刘冰欣回家。

"你住什么地方？"白玉湖问。

"人民中路绣春园小区。"刘冰欣迷迷糊糊地答道。

白玉湖对司机说了地址，不一会儿，车就到了绣春园小区，白玉湖付了车费，扶着刘冰欣走进小区。

"你家在哪幢楼？"白玉湖问。

"你不用管我了，我自己回去吧。"刘冰欣想挣脱白玉湖的搀扶，却差点摔倒。

"告诉我位置，我扶你回家。"白玉湖重新扶着刘冰欣说。

"D幢一单元503。"刘冰欣说。

白玉湖看了小区里面的平面示意图，很容易找到了位置。

白玉湖把刘冰欣放到沙发上，参观了一下，房间收拾得非常干净整齐，房间内有淡淡的花香，家具不多，最醒目的是有一个书柜，书柜里满满的全是书。

白玉湖见刘冰欣倒在沙发上睡着了，就把她抱到了床上，然后痴痴地看了一会刘冰欣，说："丫头，你真美呀，我一定要你当我的老婆。"

白玉湖烧了壶开水后，来到书桌前，拿起笔在纸上写道："刘冰欣，你醉了我本应留在这里照顾你的，但又觉得不便，所以我先回去了。如果难受，醒后就喝点蜂蜜水。明天早晨我给你送早餐来，等我。"

白玉湖做完这一切就离开了。

白玉湖刚走，刘冰欣就从床上坐了起来。从进家门的那一刻，她就醒了，一直在装醉观察白玉湖，只要白玉湖稍有不轨之举，她就会给他一个大大的耳刮子，然后把他轰出去，再也不理他。谁知道白玉湖君子得很，还对她照顾有加。

刘冰欣来到书桌前，拿起白玉湖写的纸条，看了后有些呆了。

刘冰欣洗漱过后，就上床睡了，因为喝得有点多，所以很快就睡着了。

一夜无梦。

第二天早晨七点钟左右，刘冰欣才醒，起床洗漱后，就开始洗昨天换下来的衣服。

"砰砰，砰砰"，有人敲门。

刘冰欣打开门，见是白玉湖，一句话也不说，就让他进来了。

"昨天喝那么多，现在感觉好些没有？"白玉湖问。

"不要你关心。"刘冰欣说着，继续洗衣服。

"我给你带来了豆浆和米烂，你先去吃早餐，我来帮你洗吧。"白玉湖边说边把刘冰欣往外推，然后自己去洗衣服。

刘冰欣突然意识到什么，"啊"的大叫一声说，"别碰我衣服，那是我内衣。"

白玉湖尴尬地站在原地，不知所措。

"你出去吧,我自己洗。"刘冰欣把白玉湖推出卫生间。

刘冰欣把衣服洗完晾挂好后才来到客厅,两个人一起吃早餐。

白玉湖问:"你今天怎么安排的?"

刘冰欣没好气地说:"没什么安排。"

白玉湖说:"不要像吃了枪药的好不好?既然和我打赌,就要有承担后果的觉悟。"

刘冰欣不说话了,白玉湖也不知道说什么好了,两个人默默地吃完早餐,白玉湖又收拾了一番后,坐到刘冰欣的身边说:"一诺千金,输了就要认账。"

"是,打赌是我输了,可我就是不想认账。我又不是男子汉大丈夫,我为什么要认账?我现在正式告诉你,我是不会认账的。"

"你说什么?你不认账?有种你再说一遍。"

"我不认账,我偏不认账,我就是不认账,你能把我怎么样?哼!"

白玉湖此时一把把刘冰欣拉入怀中,低下头就吻住了刘冰欣红润的嘴唇。刘冰欣拼命地挣扎,哪里挣得脱白玉湖的控制?

也不知道过了多久,刘冰欣不再挣扎了,白玉湖也不再使用蛮力,他温柔地轻吻着刘冰欣,刘冰欣不再拒绝。

"刘冰欣,我爱你!答应我,嫁给我。"白玉湖捧着刘冰欣美丽的脸庞轻轻地说。

刘冰欣说:"不知道我上辈子作了什么孽才认识了你这个坏蛋的?我现在也不知道怎么办了,我想我妈妈不会同意的。"

"为什么?"白玉湖问。

刘冰欣摇摇头,不说话。

"先不考虑你妈妈的意见,你只说你愿意嫁给我吗?"

刘冰欣只好点点头,她知道自己心里其实早已经有了白玉湖的位置,只是不愿意承认而已。

白玉湖大喜,又把刘冰欣拉入怀中,轻柔地吻她,刘冰欣笨拙地回应着。

白玉湖感觉到了刘冰欣的生涩,问:"这是你的初吻吗?"

"当然。"刘冰欣应道。

白玉湖不由欣喜若狂，他从沙发上站起身，拉着刘冰欣说："我捡到宝了，我捡到宝了啊。"

"什么你捡到宝了啊？"刘冰欣莫名其妙地问。

"你就是我的宝啊！"白玉湖紧紧地抱着刘冰欣，生怕她跑了似的。

"今天你有什么安排？"刘冰欣问。

"今天哪里也不去，就和你待在一起。"

"要不我陪你去把资助贫困学生的事办了吧，他们上大学急等着呢。"

白玉湖想了想说："也好。这样，我去借一辆车，我们开车去。"

刘冰欣说："不用借车啊，路边停着一些共享汽车，扫码就可以使用，方便得很。"

这一天，刘冰欣和白玉湖冒着烈日跑了三个乡镇十二个贫困学生家里，对特别贫困的家庭，刘冰欣又做了登记，承诺等他们上大学后每个月按时给他们寄生活费。

累了一天，晚上回到大悲镇的时候，两个人在路边找了一家小饭店吃饭，白玉湖问刘冰欣："喝点酒吗？"

刘冰欣白了白玉湖一眼，问："你的酒量怎么这么大？"

"我以前不是告诉过你吗？我有特异功能。"白玉湖笑道，他自然不会把昨天的秘密告诉她，说着，他把双手一拍，一枚硬币又出现在他手掌中。

"你怎么做到的？"刘冰欣好奇地问。

白玉湖把嘴凑到刘冰欣的耳边说："等我们入洞房的那天，我才能告诉你这个秘密，这是我们白家祖传的绝活。"

刘冰欣撇撇嘴说："骗子，不说算了。"

两人吃饭的时候，白玉湖接到小姨的电话，小姨告诉他，后天到琼西来看他和刘冰欣，商量给他们订婚的事。

|第36章|
怕妈妈伤心

　　两人吃完饭就回到刘冰欣的家，坐在沙发上聊天，白玉湖说："我妈和小姨要来琼西商量我们订婚的事。"

　　刘冰欣说："不行不行，太早了。"

　　"早吗？我们两人都不小了，也需要成家了，我妈老念叨着要早些抱孙子呢。"

　　"可是我一点思想准备也没有啊，再说，我妈妈那里怎么办？她肯定不会同意我们两人结婚的。"

　　"你妈妈为什么不会同意，她都没见过我，怎么会不同意呢？"

　　"唉，这也是我们家的秘密。"刘冰欣叹了一口气说。

　　白玉湖把刘冰欣拉进自己的怀中，抱着她说："我想知道这个秘密，因为这关系到我们两人的幸福。"

　　刘冰欣说："好吧，我要讲的这个故事其实是个悲剧，我生活在一个离异家庭，我的父亲年轻的时候和你现在一样，也是年少得志。你今年35岁，当上了副市长，而我的父亲也是在35岁那年当上一个地级市的副市长的，后来他又当了副省长，现在，他退居二线了。他在很久以前就抛弃了我的妈妈和我，和另一个女人结婚了，还生了一个儿子。"

　　白玉湖说："所以，你母亲怕你走和她一样的路，就反对我们两人结婚。"

　　刘冰欣点点头说："我妈妈曾经对我说，我想找什么样的人结婚她都不会干预，唯独不能和当官的人结婚。"

白玉湖说："其实这跟当不当官也没什么关系，我发誓，我白玉湖一辈子只爱刘冰欣一人，若违此誓……"

刘冰欣用自己的手掩住白玉湖的口说："今后不准发这种毒誓。"

"你和你的父亲还有联系吗？"白玉湖问。

"我们很少联系，他工作忙，我妈妈又不让我主动找他，所以大学毕业后我和他就没有见过面了。我最后一次见他还是在京城市读大学的时候，他到京城市开会，顺便到学校看我一次。"

"那你妈妈后来另外组建了家庭没有？"

"没有，她离婚后一直带着我生活，她怕我受委屈，所以一直不愿意再婚。"

"真是一位伟大的母亲。"

"我妈妈很固执，如果她不同意我们两人的婚事，我恐怕会让你失望，因为我不想让妈妈伤心，我最怕妈妈伤心！"

"你妈妈的工作我来做，精诚所至，金石为开，你放心，我会求到她同意为止，我今生非你不娶。"

刘冰欣说："其实，我倒想到了一个办法，不知道你是否会同意。"

"什么办法？"

"你不当这个副市长了，辞去公职，以你的才华和能力，做什么都会成功。"

白玉湖想起了几句歌词："血染江山的画，怎敌你眉间一点朱砂，覆了天下也罢，始终不过一场繁华。"为了刘冰欣，他当然愿意放弃在仕途上发展，只是多少还是有点不甘心。

想了想，他对刘冰欣说："我喜欢政治，我想靠自己的实力发展，这就是我从中海市来到琼西的原因。当然，如果为了你，我愿意改变自己，弃政从商。"

"傻瓜，不要因为爱情而放弃自我，那样我也不会快乐的。我支持你做你自己喜欢做的事，你不要为我去委屈自己或者改变自己。"

"你真好！我爱你冰欣！"白玉湖感动得一塌糊涂。

刘冰欣说："其实我妈妈给我订过一门亲的。"

"是吗？对方是什么人，说给我听听。"

"我也不知道是对方什么人，只知道是我妈妈同学的儿子。因为后来我爸爸和妈妈离婚，我妈妈伤心欲绝，就断了和所有朋友的联系，所以也不知道她那位女同学的儿子现在在哪里在做什么，反正就是二十多年没有任何联系了，估计大家把当初的那门亲事都当作一个玩笑罢了。"

"幸亏她们没有联系了，否则我怎么会遇到这么好的你！"白玉湖动情地说。

第37章
小姨的点子

七月下旬，白玉湖的妈妈和小姨来到琼西，两人在维斯酒店住下来以后，白玉湖就带着刘冰欣过来看她们。

白玉湖的小姨见两人手牵手的亲热状，她和白玉湖的妈妈对视一眼，心想：这两人分明就是一对情侣，难道两人之前的分析是错的？

白玉湖的小姨问刘冰欣："你们，你们真的在谈恋爱？"

"小姨你是过来人，难道看不出来？"刘冰欣笑着问。

"确定不是装的？"白玉湖的小姨不甘心地问。

"小姨希望我们装吗？"刘冰欣笑着问。

"我怎么感觉你们现在的关系和上次见面时有点不一样呢。"白玉湖的小姨嘀咕道。

"我发现这世界上就小姨你最精了。"刘冰欣挽着白玉湖小姨的胳膊说。

"哼，刘冰欣我跟你说，你们要是骗我，小心我让玉湖对你……"白玉湖的小姨在刘冰欣的耳边悄悄地说了几句话。

"啊！你这个坏小姨，亏你想得出来。"刘冰欣听了面红耳赤地说。

一家人在一起吃了晚饭，刘冰欣和白玉湖陪两位长辈散步，说到订婚的事，刘冰欣说她还没有征求妈妈的意见。

小姨说："小欣，你打电话让你妈妈来琼西，大家一起商量一下，我和玉湖妈妈的意思，是想让你们在元旦这天结婚的。"

"这么急啊？"刘冰欣说，"我没有任何准备呢。"

"你什么都不用准备，一切由小姨帮你们，你只安心等着当你的新娘子就可以了。"小姨说。

"小姨你真好。"白玉湖说。

"你们住在什么地方，带我们去看看吧。"白玉湖的妈妈说。

"我住在市委招待所，冰欣在一个小区租的房子住，离这里有点远，明天我再带你们去看看吧。"白玉湖说。

"你们居然没住在一起？"小姨故意用怪怪的眼光看着两个年轻人。

白玉湖说："小姨，我们很纯洁的好不好？"

"你这个臭小子没本事。"小姨恨铁不成钢地说，"我限你一个星期内给我拿下小欣。"

刘冰欣拉着小姨的手撒娇地说："喂喂，坏小姨，你说什么呢？有你这么教育晚辈的吗？"

大家闲扯了一阵后，白玉湖把妈妈和小姨送回酒店，就和刘冰欣回去了。

一回到刘冰欣的家，白玉湖就抱着刘冰欣亲吻起来，刘冰欣回应着，两人跌跌撞撞地来到卧室，倒在床上。

白玉湖悄悄解着刘冰欣的衣扣，刘冰欣拉住白玉湖的手说："不要。"

"小姨让我一个星期内拿下你的，我现在就要拿下你。"白玉湖一边说一边亲吻着。

刘冰欣感觉到自己也有点快把持不住了，眼看自己的衣服一件一件地被白玉湖脱了下来，自己和白玉湖已是几近全裸地抱在一起了，她喘着气说："玉湖，玉湖，等等，不要这样，不要这样。"

白玉湖哪里还能等？

刘冰欣突然一口咬住白玉湖的肩头，白玉湖轻轻哼了一声，停下了动作。

刘冰欣说："玉湖，你听我说，如果你爱我，让我把这份心思保存到新婚之夜，等我们结婚那天，我一定把一个完整的身体交给你。"

白玉湖听了刘冰欣的话，慢慢地冷静了下来，他内心里不由对刘冰欣肃然起敬，这真是一个好女孩，他心里更爱这个美丽的女孩了。

"你先回家吧，我等会就给我妈妈打电话，我让她尽快过来，和你妈妈小姨一起商量我们结婚的事，我也想早点嫁给你了。"

等白玉湖离开后，刘冰欣给母亲打电话。

刘冰欣说："妈妈，你们学校放暑假了吗？"

"都放半个月了，你在那边还好吗？怎么这么晚了还给我打电话？"

刘冰欣和妈妈聊了一会家乡的天气以及妈妈的身体后，对妈妈说："哦，妈妈，我想订婚了，想请你来一趟琼西。"

刘冰欣的妈妈一听很高兴，她一直担心自己的女儿会生活在自己失败婚姻的阴影之中而拒绝婚姻，现在听说要订婚了，心中仿佛有一块石头落了地，她说："妈妈尽快赶过来。"

"男方的妈妈和小姨已经过来了，她们说要等你来了再商量。"

"哦，那妈妈明天简单收拾一下，就订后天的机票吧。男方是做什么的？"刘冰欣的妈妈问。

刘冰欣犹豫了一下，说："你来了再说吧。"

刘冰欣的妈妈马上警惕起来："小欣，我跟你说，我不管你找什么样的人结婚，我的底线是对方不能在官场，其他的我也没有什么要求，妈妈就只有这一条，希望你不要让妈妈失望。"

刘冰欣说："嗯，我知道了，你来了再说吧。"

| 第38章 |
宿命难违

刘冰欣和白玉湖到机场去接刘冰欣的妈妈。

下午四点左右的时候，刘冰欣的妈妈从机场出来了，她一眼就看见了刘冰欣和她身边高瘦的年轻男子。刘冰欣也发现了妈妈，拉着白玉湖快步走向妈妈。

"妈妈。"刘冰欣叫道，同时介绍道，"他是白玉湖，你叫他玉湖吧。"

"阿姨好，阿姨辛苦了。"白玉湖说着，从刘冰欣妈妈手中接过行李箱。刘冰欣的妈妈美丽端庄贤淑，一看就是知识女性，果然是有其母方有其女，一个优秀的女儿后面一定有个优秀的母亲。

"玉湖好。"刘冰欣的妈妈回应了一声，不露痕迹地打量了一下白玉湖，小伙子一米八左右的个头，长得白白净净，有股书生气，印象还是不错的。

在回琼西的路上，母女俩叽叽喳喳地聊着生活和工作，几乎都是刘冰欣在讲，她妈妈只是偶尔插话问一些事情。

白玉湖没怎么说话，他安心地开着车。当经过一家名叫"福山特色咖啡"的休息点时，白玉湖提议去喝点咖啡，刘冰欣同意了。

来到"福山特色咖啡"的小憩长廊，白玉湖找了一个相对安静的位置，点了三杯现磨的咖啡。三人喝着咖啡，吃着点心，轻松惬意。

"玉湖，你是哪里人？"刘冰欣的妈妈一边喝着咖啡一边随意地问。

"我是中海市人，原在中海市工作，调到琼西工作还不到半年。"白玉湖回答道。

"哦，家里都有些什么人？"

"我们家有爸爸、妈妈和我三人，还有奶奶是跟着叔叔生活的。"

"你现在是做什么工作的？"刘冰欣的妈妈看似随意地问着。

"我在政府部门工作。"白玉湖回答道，在来接刘冰欣的妈妈之前，他和刘冰欣就商量过怎么回答这个问题，最后决定还是实话实说。

"哦？在政府部门工作？这么说你是公务员了？"刘冰欣的妈妈语气明显有了变化。

"是的，我是从中海市过来的，在琼西挂职副市长。"

刘冰欣的妈妈皱着眉头，狠狠地看了一眼刘冰欣后，对白玉湖说："玉湖，不是阿姨对你有成见，实在是我们家的冰欣配不上你，我不同意你们订婚。"

白玉湖说："阿姨，我知道您对我的职业有看法，但是我希望您对我这个人了解后再作决定好吗？职业是可以改变的，但爱情是不会变的，我爱冰欣，我这辈子非冰欣不娶。"

刘冰欣的妈妈眉头稍微舒展了一下说："职业是可以改变的？你的意思是说，你愿意为冰欣改变自己现在的职业？"

"为了冰欣，我什么都愿意做。"

"那好，如果能这样，我也不会反对你们，但是，在你没有辞去公职之前，我是不会同意你们订婚的。"

白玉湖不想和刘冰欣的妈妈为这事闹不愉快，他决定把这个矛盾交给自己的母亲和小姨去解决，他犯不着为这事和自己未来的丈母娘发生冲突。

到达琼西维斯酒店的时候，已经是下午六点半了，刘冰欣原本是想让妈妈到自己租的房子里去住的，但考虑到白玉湖的妈妈和小姨都在酒店住，就让妈妈也到维斯酒店来住了。

刘冰欣在酒店的前台帮妈妈办好入住的手续后，就陪着妈妈到房间里去简单梳洗了一下。

白玉湖的妈妈和小姨都在一楼等着了。

白玉湖的妈妈怔怔地看着刘冰欣的妈妈，刘冰欣的妈妈也发现了白玉湖的妈妈，两人互相瞪着，都不说话。

"张茜？张茜，真的是你吗？"白玉湖的妈妈看着刘冰欣的妈妈叫道。

"王小曼？你是王小曼？"刘冰欣的妈妈喃喃地说。

两个人抱在了一起。

"张茜，你这些年躲到哪里去了，我一直在找你，向别人打听你，可就是找不到你的人。"白玉湖的妈妈王小曼说。

白玉湖、刘冰欣和小姨看得莫名其妙，不知道她们两人为何认识。

"玉湖是你的儿子？"刘冰欣的妈妈张茜问。

"是啊，是我的儿子。刘冰欣是你的女儿吧，这真是天意。"王小曼说。

"嗯，真是天意，是宿命。"刘冰欣的妈妈张茜也说。

"你们怎么会认识的？"小姨问。

王小曼一手拉着白玉湖，一手拉着刘冰欣对大家解释道："我和小欣的妈妈是大学同班同学，我们是最好的姐妹。当年我们大学毕业的时候，我分在了中海市，小欣的妈妈分到了 W 市，我们分开时约定，如果我们两人今后结婚生的都是儿子，就结为兄弟，如果都是女儿，就结为姐妹，如果我们两人今后生的是一儿一女，就结为夫妻。可是后来，我和小欣的妈妈失去了联系，这个约定也只能埋在心底了。谁知道你们两个孩子还是走到一起了，你们说这是不是天意？"

"这也太神奇了吧，天意，绝对是天意。"白玉湖的小姨说。

刘冰欣的妈妈原来给刘冰欣讲过这件事，所以她是知道的，但王小曼却从来没有对白玉湖讲这事，因为这种事毕竟有点儿戏，是中国古典小说看多了才闹出来的。

王小曼和张茜当年在大学读的都是汉语言文学专业，饱受中国古典文学熏陶的她们，搞出这样的约定也不稀罕。

白玉湖悄悄地对刘冰欣说："宿命不可违，原来你早就注定是我的老婆了。"

刘冰欣轻声说："看把你美的。"她心里也是又惊讶又甜蜜，她想妈妈应该不会再反对她和白玉湖的婚姻了吧。

"走，我们先去吃饭。时间还长，我们慢慢聊。"白玉湖的妈妈提议道。

吃饭的过程中，不知两个妈妈说了什么，王小曼骂了一句："有眼无珠的刘雪山，下次见到他，非要把他骂个狗血淋头不可。"

"时过境迁，算了算了，每个人都有自己的路，再说，我和小欣过得也很好，现在有了玉湖，也算我的半个儿子，我这也算守得云开了。"

这时，白玉湖接到一个电话，是市政府办秘书打来电话，通知他晚上九点参加一个紧急会议。白玉湖看时间已经八点半了，就对刘冰欣的妈妈说："阿姨，我有一个会议，先撤了，您慢慢吃。"

然后又来到刘冰欣身边在她耳边悄悄说："开完会后我去找你，等我。"

张茜皱了皱眉，没有说话。

刘冰欣见白玉湖要走，也站起身说："我也走，还要回去赶稿，妈妈你和王阿姨和小姨慢慢聊。"

看着两人往外走的身影，王小曼对张茜说："他们俩可真是一对金童玉女。"

张茜却叹了一口气，心事重重的样子。

王小曼若有所悟，她问张茜："我听玉湖说你不是很愿意他在仕途上发展，有这事吗？"王小曼问。

张茜说："是的，想当初刘雪山……我不想小欣的下场和我一样。"

王小曼说："这个你尽管放心，我不仅把小欣当我儿媳，也当我女儿，玉湖要是敢对不起她，我第一个放不过他。"

白玉湖的小姨也说："小欣这么好的女孩，玉湖要是敢欺负她，我也不会答应的。"

张茜叹息一声："好吧，我也不干预他们了，只要他们开心幸福，就让他们走自己选择的路吧。"

| 第39章 |
花好月圆

白玉湖开完会回到刘冰欣的住处时,刘冰欣正在洗澡。

白玉湖便坐在沙发上看一份文件,等刘冰欣洗完澡出来时,才发现白玉湖来了,便问:"在看什么?"

"市里关于'不忘初心牢记使命'主题教育活动的一份工作简报。"

"哦,这么晚了,你早点回去休息吧,明天还要上班呢。"刘冰欣下了逐客令。

白玉湖放下手中的文件,说:"累了一天,我先洗个澡再说。"

白玉湖洗完澡来到卧室的时候,刘冰欣正躺在床上看书,白玉湖问:"看什么书呢?"

刘冰欣说:"时候不早了,你要早点回去啊,明天还要上班呢。"

"我请假了,明天不上班。"

刘冰欣偎到白玉湖的怀里问:"你请假了?为什么请假?"

白玉湖凝视着刘冰欣说:"我们明天去领结婚证。"

"啊?明天去领结婚证?为什么这么急?"

"刚才小姨给我打电话了,你妈妈同意我们结婚了,而且她说不反对我在仕途上发展了。"

"真的?"刘冰欣开心地问。

"当然,不信你现在可以给你妈妈打电话问清楚。"

第二天,刘冰欣和白玉湖一起来到维斯酒店陪两个长辈吃早餐,白玉湖告诉她们说今天要和刘冰欣去领结婚证。

大家自然不会反对，毕竟白玉湖和刘冰欣年龄都不小了。

小姨说："你们是不是应该找人算一下，挑个日子？"

白玉湖说："今天就是好日子啊，只要两个人相爱，天天都是好日子。"

"哎哟喂，你肉不肉麻呀？"小姨一脸鄙夷地说。

"我愿意，怎么样小姨？"白玉湖一脸臭屁的样子，把几个女人都逗得哈哈大笑，特别是刘冰欣，更是一脸的幸福。

两个妈妈和小姨一起陪白玉湖和刘冰欣领了结婚证后，回到酒店，大家便坐在一起商量，什么时候去照结婚照，什么时候举行婚礼……

结这样的婚当然很爽，反正什么都不要他们操心，小姨说，他们唯一的任务就是负责早点生一个胖小子。

接下来一个星期两位妈妈和一个小姨组团去看房看车，办理相关购房购车手续，白玉湖和刘冰欣都在正常上班。

转眼到了元旦这天，白玉湖和刘冰欣举办婚礼的日子。

婚礼是在中海市举办的，因为白玉湖和他父亲身份都比较特殊，所以婚礼比较简单，没有大宴宾客，只请了双方至亲好友三十余人。大家在一起吃了一顿饭，相互认识了一下，这段婚姻基本就尘埃落定。

新婚之夜是甜蜜而又略感生涩的一夜，双方虽然缠绵过无数次，但直到今天，两人才真正把自己完整地交给对方。

白玉湖哭了，他知道妻子承担的是什么，他把对妻子的感激化为浓浓的爱意，他在心里暗暗发誓，此生此世永远珍爱珍惜自己的妻子。两个人嘀嘀咕咕地讲了半夜的情话，然后满足地相拥而眠。

两个人都没有请婚假，1月2日就回琼西上班了。

元月上旬，第二届琼西好人网络投票阶段已经结束，刘冰欣的得票超过了20万张，票数名列第三。不久组委会组织开展"琼西好人"综合评选工作，确定了"琼西好人"前十名名单并通过媒体进行了公示，刘冰欣顺利当选为第二届"琼西好人"。

刘冰欣并不在乎自己能否当选，她只是觉得，生活对她太仁慈了，把白玉湖送到了她的生活中，她已经很满足了，她只想尽自己的能力帮助更多的人，积德惜福。

年前，刘冰欣在采访琼西市乡村人居环境整治大行动时，路过巨成镇，突然想起5月份曾到巨成镇黄皮村采访过的乡村振兴工作队队员刘华，刘华也当选了第二届"琼西好人"，刘冰欣从手机里翻到刘华的电话，给刘华打过去。

"刘记者你好。"刘华接通电话后说。

"刘科长你好，我想请你帮个忙。"刘冰欣开门见山地说。

"没问题，尽管吩咐。"刘华爽快地说。

"谢谢，是这样，有几个企业家想在年前资助一些贫困户，想看看巨成镇有没有符合条件的。"

"这是好事啊，我明天就可以给你落实。另外，我现在就可以给你提供一个特别需要资助的家庭。"

"是吗？是什么情况？"刘冰欣问。

"我们巨成镇有个家庭，夫妻双方都是普通老师，他们的儿子得了白血病，需要筹措30万元的医疗费，目前他们通过社会募捐的方式已募集到了14万多元了，还差16万元，如果你有时间，我可以带你去看一看。"

"好的，你把他们的情况通过微信发给我，我再和你联系。"刘冰欣说完挂了电话。

回到家，刘冰欣把刘华告诉她的这个病例讲给白玉湖听，并表达了明天想去他们家看看并资助他们的想法。

"你说的这个事我知道，患者叫赵天宇，前几天我和市总工会主席去他家看过了，当时我还捐助了1000块钱的。"

"我们能再捐助他们一点吗？"刘冰欣问。

"你想捐助多少？"白玉湖问。

"玉湖，我想帮他们把不足的医药费凑齐，你看可以吗？"刘冰欣说。

"当然可以，我们家永远是你说的算。"白玉湖说。

第二天，白玉湖开车和刘冰欣来到赵天宇家，赵天宇家有五六个人，白玉湖一看就知道也是一些来送温暖的人，大多数琼西人就是这样急公好义，一家有难，八方支援。

"冰欣，你怎么来了？"突然有人叫刘冰欣。

刘冰欣循声看去，叫她的居然是她的父亲刘雪山，这让她太过意外和惊讶，她低声欢呼道："啊！爸爸，爸爸，真是你啊。"

白玉湖听刘冰欣叫"爸爸"，心里吃惊，他闻声看过去，一个领导模样的男人正站在刘冰欣面前和刘冰欣说话，白玉湖觉得这个人有些面熟，回忆了一下，想起来了，这人曾几次来琼西搞扶贫攻坚检查，他包的点在城东镇。

难道他就是传说中刘冰欣的爸爸？

"玉湖过来。"刘冰欣把爸爸拉到房间外面人少的地方，对白玉湖叫道，"这是我爸爸，你认识一下。"

"他是谁？"刘雪山问刘冰欣。

刘冰欣说："他是我丈夫。"

"你说什么？你结婚了吗？是什么时候的事？为什么不告诉我？"刘雪山说。

"你工作这么忙，我们结婚这样的小事怎么好意思麻烦您老人家。"白玉湖讥讽道。

"小子，你给我住口。"刘雪山对白玉湖吼道，又对刘冰欣说："这家伙是做什么的，不知道天高地厚。"

白玉湖懒得理刘雪山了，他去找赵天宇的父母办捐款转账。

办完手续后，他回来看见刘冰欣还在和她的爸爸说着什么，他拉着刘冰欣的手说："小欣，我们走。"

刘冰欣只好跟着白玉湖走了，把刘雪山气得七窍冒烟。

"混账小子，你不要嘚瑟，我有收拾你的时候。"刘雪山骂道，从屋里追出来，白玉湖已经和刘冰欣上了车，绝尘而去。

刘雪山望着远去的车影，突然一阵晕眩。

| 第40章 |
馨香重

白玉湖开车回到大恁市区时，已经是下午六点多钟了。

天气晴朗，虽是冬天，但气温并不低。

路过琼西二中的时候，白玉湖见二中校园的围墙上，张贴着第一届和第二届"琼西好人"的大幅宣传图片及事迹简介，便对刘冰欣说："你看，你天天站在人家的围墙上晒太阳呢。"

刘冰欣说："以前我经常会到二中转转，自从我的相片张贴在这里以后，我都不敢到二中来了。"

白玉湖转移话题说："我听说二中这几年变化很大。"

刘冰欣说："这个我最熟悉了，二中的校门扩建、操场修建和食堂重建都是有故事的。"刘冰欣说。

两人聊着，很快回到家。

白玉湖洗了一把脸，就接到一个电话，在电话里谈起了工作。

刘冰欣来到阳台上，看着夕阳西下，满天的彩霞醉人心魄。她搬了一把椅子，坐在阳台上看远处的风景和晚霞。

大恁市区是一个小小的盆地，周围都是连绵的山脉，南琼是没有冬天的，到处是郁郁葱葱的树木，天蓝云白，山清水秀，刘冰欣欣赏着这美丽的南国风光。

白玉湖接完电话，来到阳台上，只见自己的老婆静坐在沐浴着夕阳余晖的阳台上，从侧面看去，白嫩的肌肤，宁静的表情，显得格外美丽端庄。

白玉湖悄悄地看着，有些痴了，这个美丽善良的女人就是他的老婆啊！他悄悄地用手机拍下了刘冰欣的玉照。

白玉湖拍照的声音把刘冰欣从沉思中唤醒，她回过头微笑着对白玉湖说："老公，过来陪我看云。"

"看云？"白玉湖问。

"是啊，你看这晚霞多漂亮，我走了这么多地方，觉得只有我们大惹的云最漂亮，我一直想写一篇关于大惹的云的文章，可惜一直没能静下心来写。"

小女孩的情怀！白玉湖想。

刘冰欣说："不知你观察过大惹的云没有，在一年四季中，冬天的云最漂亮，云是一团一团的，白得亮眼。"

白玉湖也知道南琼的云好看，至于大惹的云有什么特别之处，他倒没有仔细观察过。南琼省的生态环境好，琼西市的空气质量又属南琼之冠，云彩自然漂亮了。

刘冰欣说："大惹的云，春天的淡，夏天的猛，秋天的浓，冬天的净。这些云，晴天和雨天不同，上午和下午不同，白天和晚上不同。"

白玉湖哑然失笑，说："云是流动的气体，随时都会有变化。"

刘冰欣说："你没有理解我说的不同是什么意思，我的意思是，云的形状千变万化，有时如奔马，有时如苍狗，有时似天狼，有时又如凤如龙，如山峰楼阁，真是气象万千。而云的色彩又是另外一种不同，有时洁白如雪，有时黑如泼墨，有时又是七彩祥云，有时与山融为一体呈黛青色，而现在呢，你看，残阳如血，满天的红霞给人的又是另一种享受和震撼。"

白玉湖沉吟着说："其实，琼西不仅有大惹的美云，还有很多美景，如松涛水库、兰洋温泉、星雅石花水洞、龙门激浪……"

"打住，打住，你的话激发了我的灵感，我突然想到，如果我们要开发琼西的旅游资源，是不是可以把云、水、泉、浪什么的提炼一下？"

白玉湖听得眼睛一亮，说："云南大理有下关风、上关花、苍山雪、洱海月，也就是人们常说的'风花雪月'，你的意思是说，我们也像他们一样，打造几个琼西品牌景点？"

"聪明。"刘冰欣夸了白玉湖一句后说,"我们也来一个琼西五景:大恁的云、松涛水库的水、龙门激浪的浪、星雅石花水洞的洞、兰洋温泉的泉,简称'云水浪洞泉'。"

白玉湖说:"能不能把古盐田、东坡书院、海叶岛、玉蕊花、琼西调声等琼西特色元素也融进去,凑个琼西十景出来?"

刘冰欣说:"花有玉蕊花,琼西还有连绵数百亩的玫瑰花园也是一景。田是千年古盐田,声是琼西调声,岛是海叶岛,院是东坡书院,凑起来就是'花田声岛院'。"

白玉湖笑着说:"各位游客,欢迎大家来到美丽的南国琼西,'云水浪洞泉,花田岛声院',琼西十景美,欢迎玩个遍。来吧来吧,请到天涯琼西来。"

刘冰欣被白玉湖逗笑了,她说:"是否有必要给十景排个序?"

白玉湖稍稍想了一下说:"十景各有千秋,都是美不胜收,随机就好。我想,琼西调声是非物质文化遗产,不是景点,排在里面是否合适?另外,我觉得还是不要把云放到里面了,如果旅客来琼西旅游时正好碰到阴雨天,天上没有美丽的云朵怎么办?"

"不,不能把琼西调声排除,调声是琼西最鲜明的特色,可以在景点安排人员表演。还有,云是琼西优良生态环境的象征,是要告诉游客琼西空气质量好,拥有最理想的人居环境,那是万万不可缺的。难道大理的下关天天有风,上关天天有花,苍山天天有雪,洱海天天有月?"

白玉湖想想也有道理,说:"关于琼西旅游业的发展,市文旅局一直找不到突破的办法,你可以就如何打造琼西十景写个提案或者建议什么的,应该会受到重视。"

"好,这两天我就来写。"刘冰欣说,"其实在琼西还有古树可看,有植物园可观赏,丽村的银滩也很美,当然还有各种风味小吃,这些都是很好的旅游资源。"

白玉湖点头说道:"琼西旅游现在最缺的就是特色,缺的是旅游产品开发,我们就旅游搞旅游是没有前途的,要做到吃、游、娱、购一条龙服务。"

刘冰欣附和道:"要用系统思维的方式来推动旅游业的发展,我们琼西缺的不是美景,而是人才。"

白玉湖说："现在南琼省正在建设自贸港，各行各业都缺人才，琼西作为南琼省西部中心城市，更是人才匮乏，看来琼西的发展之路还任重道远啊！"

刘冰欣说："别扯这些，云霞快消失了，让我们静静地再欣赏一下这苍山暮色吧。"

白玉湖说："你这么喜欢云霞，听过一首《云在飞》的歌吗？"

刘冰欣说："自然听过。"刘冰欣说着，哼唱起来：

"水在地上流，云在天上飞。水是流淌的云，云是飞翔的水。水是云的爱，云是水的魂，水是前世的云，云是来生的水。云在天上飞，水在地上流。前世今生美丽，美丽的轮回。你是水在流，我是云在飞。约定三生无悔，无悔的等待……"

白玉湖动情地说："你就是我的云，我是你的水。"

刘冰欣说："百变云霞，多美呀，我怎么能和云比？"

白玉湖说："不管多美的云，也没我老婆漂亮。"

"呆子，你又说胡话了。"刘冰欣娇羞地轻拍了一下白玉湖的手臂。

白玉湖捧着刘冰欣美丽精致的脸庞说："老婆，你这么美丽善良，正直而有爱心，我想只有三个字才配得上你。"

"哪三个字？"刘冰欣吐气如兰，悄声问。

"馨香重！"白玉湖说着，紧紧地抱住刘冰欣，再也不愿放开。

生死选择

|第1章|
救美惹出来的事

　　下午四点钟左右，林青山在球馆打完羽毛球后，骑着一辆旧自行车前往海椰市"山水奇探险旅行社"报名参加探险旅游。他到的时候，里面有一对大约五十岁的夫妻正在填表登记。

　　山水奇探险旅行社是刚刚成立的一家融探险和旅游为一体的旅行社，价格实惠。

　　等这对夫妇填表登记完离开以后，林青山来到窗口咨询，接待他的是一个皮肤白皙、面容清秀的女孩，女孩穿一件红色 T 袖衫，脸上始终带着微笑。

　　女孩一一回答林青山提出的问题，本次探险之旅目的地在海林省中部的五指山市，行程共是三天，费用 3000 元，吃住交通等费用全部含在里面，旅客不再缴纳其他任何费用。本次探险之旅只招收 8 名游客，目前已经有 7 人报名，林青山如果参加，将是最后一个。

　　林青山毫不犹豫地报了名，交完费用后，女孩嘱咐他，三天后上午九点准时从旅行社门口出发，出发前要准备好行李及必备的探险物品，到时候旅行社的老板汪娟娟将亲自担任本次探险活动的导游。

　　林青山今年三十六岁，是海椰市一所武术学校的校长，自从老婆和儿子前年在一次车祸中丧生以后，林青山就成了孤身一人，每逢寒暑假他都会去登山，或去闯海，四处旅游探险。往年他都是到岛外的名山深林去探险的，今年因为时间紧，安排不过来，便选择在海林岛内行走。恰逢朋友介绍，山水奇探险旅行社在组织人员去五指山探险，便报名参加了。

林青山到超市购买了必备的物品、药品、防身器材和探险工具后，便骑车从龙昆北路转至滨海大道往假日海滩方向而去。

当他骑着自行车路过万绿园公园的时候，发现在公园入口处有几个男的正在拉扯一个女孩子，他用双脚停住自行车，问道："喂，你们在做什么？"

"没你的事，滚开。"一个染黄发的男子对他吼道。

"李大哥，你终于来了，我一直在这里等你。"那个女孩子对林青山说道。

李大哥？林青山愣了一下，马上就明白了女孩的用意，说："我有点事来迟了，对不起啊。"

那几个混混见林青山和这个女孩是熟人，又见林青山长得人高马大，一副孔武有力的样子，一边骂骂咧咧的，一边扫兴地散去。

女孩子对林青山说："谢谢大哥。"

林青山看着这个女孩，粉面桃腮，柳叶弯眉，吹弹可破的粉嫩脸蛋上，精致的五官让人百看不厌，是难得一见的美人。这女人的眉眼竟和他逝去的老婆竟有几分相似，心里便产生了一种莫名的亲近感。

"你不是海林人吧？"林青山问，"一听你的口音就知道，估计是四川双庆一带的对不对？"

"我是四川人。"女孩子答道，"是来海林旅游的。"

"川妹子！"林青山由衷地说，"你叫什么名字？"

"谢谢大哥今天仗义相助，我有事先走了。"女孩子的态度突然来了一个 180 度的大转弯，面色冷冷地说道，心想这又是一个好色之徒。

林青山原本指望这个女孩子像谢谢雷锋叔叔一样谢他一声的，谁知道竟给了他一个冷脸。看着女孩子的背影，林青山嘀咕道："走就走，干什么给脸色我看？"

就在不远处，有个小混混一直不甘心地在监视着林青山和那个川妹子，他根本就不相信林青山和川妹子是熟人。果然，不久那个川妹子独自一人打车走了，那个骑辆破自行车的家伙还在原地发呆，他马上把这一情况告诉了他的同伙，那几个同伙一听，大怒，为头的是那个染黄发的混混，同伙都叫他黄毛哥。

黄毛哥说:"居然有人敢坏我们的好事,这家伙胆子很肥呀,我们去会会他。"

这一伙8个人骑着电动车很快追上了骑自行车的林青山。

"小子,站住。"黄毛哥的一个同伙叫道。

林青山一看是刚才那帮混混,懒得理他们,骑车继续往前走。

"想跑,没那么容易。"黄毛哥吆喝一声,8个人就团团把林青山围住了,林青山只好从自行车上下来。

这时一个个子不高但长得还算壮实的家伙走了出来。

林青山见这个叫阿斌的混混气势汹汹地逼上前来,苦笑着摇摇头,心说哥们不想惹事,可也不能怕事啊。

林青山是学过功夫的人,在大学读书时曾获得过全国大学生武术比赛散打第六名,他看着冲过来的阿斌,抬腿就是一脚,踢在阿斌的腹部,阿斌倒飞了出去,半天爬不起来。

黄毛哥一看形势不妙,叫一声大伙一起上,剩下的7个人便一拥而上,不到三分钟,8个混混全趴在地上了。真是奇了,8个打不过一个?今天怎么碰到一个这么能打的人,黄毛哥一脸蒙地想。

林青山问:"怎么样?还打不打呢?"

"不打了,不打了,是我们瞎了狗眼,冒犯了大哥,我们再也不敢了。"

林青山摇摇头,拿起自己的背包,骑上那辆破自行车离开了。

|第2章|
踏上探险之旅

三天后，林青山到达山水奇探险旅行社门口时，已经过了九点半了，他是最后一个到的，倒不是他有意迟到，主要是路上遇到一起车祸，堵车延误了四十多分钟。

林青山登上旅行社准备的那辆半旧不新的中巴车，解释了一番，大家也能理解，没有人说什么，坐在第一排的一个胖子说了句："你耽搁的可是大家的时间。"

坐在第一排的另一个戴眼镜的年轻男子附和了一句："就是，人要有公德心。"

林青山只好又抱拳道歉，然后才寻找自己的座位。这辆车除了驾驶室和副驾驶位置外，车内有三排座位，可以容纳12个人，第一排坐满了4个人，第二排过道的左边坐着两个人，过道右边的位置放着大家的行李，只有最后那一排有空位了。最后一排坐着一个年轻的女孩，林青山一看，眼睛一亮，竟然是自己之前在万绿园碰到的那个四川妹子。他微笑着和她点头打招呼，坐在了女孩的旁边，轻声说了句："这么巧啊，又见面了。"

这个女孩也有点惊讶，惊讶过后漠然地看了他一眼，没有理他。

等林青山坐好以后，一个四十岁左右颇有风韵的中年女人开口说道："欢迎各位加入我们的探险之旅，我是本次探险之旅的导游，名叫汪娟娟，年纪小的可以叫我汪姐，年龄比我大的可以叫我小汪。这次我们探险之旅一共是10个人，我是导游，司机姓吴，大家叫他吴师傅或者吴哥都行。现在，吴哥开车出发，我们边坐车边依次自我介绍一下，从第一排开始吧。"

坐在第一排左边的那个胖子说："我叫汪建国，和我们美丽的导游五百年前是一家，我现在在海椰搞房地产开发，你们叫我汪总吧。"汪总说完，又指着身边的一个年轻漂亮女孩说，"这是我女朋友，名叫吕燕娥，双口吕，一只艳丽的'蛾子'，你们今后就叫她娥子吧。"

那个叫吕燕娥的漂亮女孩从座位上站起来弯了下腰说："请大家多多关照。"

林青山微笑着打量这两个人，汪建国年龄应该在四十岁以上，吕燕娥却是二十来岁的模样。林青山发现汪娟娟的嘴角泛出一丝冷笑，鄙视之意未免太明显了一些，林青山也没有多想。

坐在第一排右边的那个戴眼镜的年轻男子站起来说道："我叫史乔忠，是大四的学生。"说完，又指着身边的秀气女孩说，"她叫黎雅玲，是我同班同学，也是我女朋友。"

黎雅玲站起身弯了一下腰笑着说："小女子请大家多加关照。"

林山打量了一下这两人，男的看着文质彬彬，那个女孩微笑始终挂在脸上，美而秀，虽然不及自己身边的这个女孩漂亮有气质，但胜在活泼爱笑。自己身边的这个女孩虽然漂亮，但太冷，而黎雅玲的美则如春风一样柔和，让人看了更愿意舒服更愿意亲近。

接着是林青山上次到旅行社登记时碰到的那对中年夫妇自我介绍，那男的站起身说："我叫符定之，是画画的，这是我夫人朱丹阳，我们都是中学教师，大家可以叫我们符老师和朱老师。"

接着是林青山旁边的这个女孩站起身说道："我叫杨春。"说完便坐下了，一副拒人于千里之外的模样。

最后是林青山作自我介绍："我叫林青山，是海椰市一所武术学校的校长，大家叫我林校长或者林老师都行。"

接着导游说话了："各位朋友，我们都相互认识了，从现在开始，就是一个团队了，探险之旅正式开始。"

"按照计划，这三天的行程是这样安排的，现在我们从海椰出发，走中线，全程大约 220 公里，途经屯昌枫木鹿场和琼中百花岭瀑布等景点，经过的时候我们都会作短暂的停留，中午在琼中县城吃中饭，下午到达五指山市的水满乡，晚上在水满乡吃晚饭，住在水满乡。明天上午在五指山大峡谷漂流，下午休息，仍然住水满乡。后天爬山探险，住宿地方未定。大后天早晨从五指山返回海椰。大家对我们的安排有意见没有？"

"这样安排很好。"

"没有意见。"

众人纷纷表态。

汪娟娟又问："大家带了探险需要的药品和基本器材没有？"

汪建国说："除了几件换洗的衣服，我们什么都没带。"

史乔忠说："我们是第一次参加探险，哪里知道要带什么东西，汪姐，要不你帮我们买吧，钱我们自己出。"

马上有人附和道："是啊，汪姐，你是导游，熟悉情况，知道需要添置什么东西，你就帮我们买吧，钱我们自己出。"

导游汪姐笑着说："没带也没有关系，没有必要花冤枉钱买了，反正只有三天的时间，除了换洗的衣服，也不需要什么东西。"

车匀速地往前走着，大家闲扯了一会，为了调节气氛，汪姐唱了两首民歌，然后提议，每个人都表演一到两个节目。

汪建国说："我先说个段子吧，算是抛砖引玉。这个段子是讲 Wi-Fi 和人的感情关系。有人问，喜欢一个人是什么感觉呢？就像是他身上有 Wi-Fi。那么暗恋一个人是什么感觉呢？就像搜到了 Wi-Fi 却不知道密码。那么失恋是什么感觉呢？就像本来能自动连接的 Wi-Fi，突然有一天连不上了。那么异地恋是什么感觉呢？就是知道密码距离太远还是连不上。"

大家都笑了，说汪总体会深刻。

汪娟娟说："林校长迟到了，你先表演一个节目吧，这是对你的奖赏。"

林青山笑着说："好，我唱一首歌，我们海林黎族有一首歌，叫《久久不见久久见》，我用黎族话给大家唱一遍吧。"

这首歌的韵律很美，加上林青山的歌又唱得不错，所以大家都给予了热烈的掌声。

接下来有人唱歌，也有人讲笑话，经过这么一闹，彼此间熟悉了不少，没有了刚开始时的生分。

|第3章|
会算命的"骗子"

中午是最困的时候，所以大家闲聊了几句后，都不再说话。

林青山从后面看去，坐在第一排左边的汪建国和吕燕娥两人在卿卿我我，坐在第一排右边的那个女孩把头靠在男朋友的肩头在睡觉，坐在他前面的两个中年人也各自歪着头在睡觉。坐在他旁边的杨春则在看手机。

林青山轻声对杨春说："坐车看手机容易晕车。"

杨春没理他。

"聊聊天呗，旅途漫漫，太无聊了。"

杨春仍然没理他。

林青山又说："玩个游戏呗，请听题：小明爬10层的楼，爬了5楼却到顶了，为什么？"

杨春不理他。

"我会看相，你信不信？"林青山逗杨春道。

杨春还是不理他，继续看她的手机。

"我看你面熟，有似曾相识的感觉。"林青山继续说。

"是不是我长得和你初恋的女朋友很像？"杨春讥讽道，"不要以为你之前帮我了，我就会感恩戴德，你这种套路早过时了。你就不会有所创新吗？"

"现在不是流行一句话吗？自古深情留不住，唯有套路得人心。"林青山讪笑道。

杨春又不理他了。

"你属兔的吧？"林青山问道。

杨春抬头看了一眼林青山，又低头看手机。

"你六月出生的人吧？"

"你怎么晓得？"杨春惊讶地问。

"我说过，我会看相。"

"你就骗我吧，你是不是偷看过我的资料？"

"我们才认识，我有机会偷看你的什么资料吗？你给我看了吗？我还知道你应该有个哥哥或者姐姐，你在家中应该是老二，对不对？"

杨春被林青山引起了兴趣，说："你还晓得什么？"

"你最近碰到了不开心的事，不过你面相上晦气变淡了，你最近会有奇遇。"

"切，这种江湖骗子的话谁都会说。"

"你十七岁那年碰到过一场劫难，差点挂掉了。"

"你怎么晓得的？"杨春问。

"你父亲健康状况应该不是很好，你妈妈在家里性格比较强势。"林青山继续侃道。

杨春表面上对林青山的话不屑一顾，心里却有点信了，她确信她和林青山以前不熟悉，林青山却说的都对。

"你是海林人吗？"杨春问道。

"正宗海林土著，黎族。"林青山答道。

"你真的会看相？"杨春问。

"要不你把手给我，我给你看手相，不准不要钱，准的话，你给100块就行了。"林青山笑道。

杨春把手伸给林青山，林青山握着杨春白嫩的小手，故作严肃地说道："你这人多愁善感，遇事优柔寡断，今后必受其害。"

"那你说，我该怎么办？"

"我只负责看手相，如果要指点迷津，可要另外收费的。从你的手相上看，你今年应该还有一劫。"

"什么劫？"

"什么劫我说不准，多半是感情上的问题。不过还是能化解的。"

"怎么化解？"

"天机不可泄漏，现在说不行，这两天我要观察你，三天后再说才准。"

"你这个死骗子。"杨春说着，踢了林青山一脚。

林青山故意装出很疼的样子。

此后，不管林青山说什么，杨春都不再说话。闹了一阵，林青山也累了，就慢慢地睡着了。

杨春却睡不着，她看着窗外飞逝而过的风景，心情却莫名地伤感起来。

林青山说得没错，她十七岁那年的确遇到过一场劫难。那一年她参加高考，以她的成绩，考个一本是没有问题的。可就在高考前夕，父亲病了，母亲一个人照顾不过来，哥哥又远在外地打工，她只好请假到医院照顾父亲。后来，父亲的病没治好，却把她也拖病了，高考那几天，她一直发高烧，是带病坚持考完的。不久，考试结果出来了，她差8分而没考上一类大学，读个二类大学她又不甘心，她想复读一年，可家里没有钱支持她复读。就在那种处境下，杨春接受了班上一个叫张铁的男同学家的资助，前提是杨春要做他的女朋友。

张铁是一个花花公子，仗着自己家族企业的雄厚经济实力，在学校读书时就做着欺男霸女的勾当，同学们私下都叫他"西门大郎"，意思就是说他像《水浒传》里的西门庆一样坏。

张铁读高中时一直在追杨春，杨春漂亮，是校花，又是乖乖女，这样优秀的女孩自然逃不过张铁的眼睛。张铁很喜欢她，但杨春从不搭理张铁，像张铁这样，不爱读书，没有上进心，成天是一副吊儿郎当的样子，杨春是从不把这种人放在眼里的。

为了复读考上一所好的大学，杨春接受了张铁家的资助，也就是在这年夏天的某个晚上，张铁强行占有了杨春。事后，杨春一气之下割腕自杀，幸亏母亲发现得早，及时送到医院才捡回了一条命。

后来，杨春强忍屈辱，拼命读书，第二年果然考上了重点大学。

大学毕业后，杨春已经认命，履行承诺和张铁结了婚，可是，就在杨春和张铁领了结婚证的当天，张铁居然和另外一个女人鬼混，更荒唐的是，还被杨春捉奸在床。

杨春知道张铁花心，但却没想到如此没有底线，借这个事由，杨春坚决和张铁离了婚。离婚后，杨春选择到海林旅游散心，于是有了这次和林青山的邂逅。

杨春有些疑惑，为什么林青山算得准？

| 第4章 |
晚餐风波

下午五点半左右，林青山一行来到了五指山市的水满乡。

五指山市位于海林省中部，由5个相连的山峰组成，状若五指，故称五指山。

远望水满乡，山上森林如被，青翠绿浓，少有人烟。在汪导游的指导下，中巴车停在了路边的一个叫"青青味"的酒店前，大家依次拿着行李下了车。长期在城里住的人，到了此处，心情大好，大家使劲地呼吸着山里的新鲜空气，聆听着树林里的鸟声，如到了人间仙境，史乔忠还对着远山吼叫了几声。

这里简直是养生胜地！看着这山里的生态环境，林青山给它打了满分。随即想起网上的一首诗，吟道："祖国风景美如画，本想吟诗赠天下。无奈自己没文化，只好'漂亮'走天下。"

杨春说了一个字："俗。"

史乔忠说："'采菊东篱下，悠然见南山'，古人诚不我欺也。"

汪建国说："还是有文化的人厉害，文绉绉的话，给人的感觉就是不一样。"

众人调笑之际，林青山又从汪娟娟的嘴角看到了若有若无的冷笑。不知为什么，林青山对汪娟娟的笑感到有些不自在，甚至在心里有种莫名的担忧。

按照汪娟娟的安排，大家先把行李拿到房间，稍事休息，六点半左右到酒店二楼吃晚饭。

酒店的条件一般，表面上看还算干净，但细节上就不行了，大家是出来旅游的，不是来享受的，也都没有多说什么，知道说也无益。酒店并不大，一层只有六个房间，林青山住的是四楼，他的旁边住的刚好是杨春，四楼其他四个房间住的是另外一个旅行团的人，与林青山同行的汪建国、史乔忠等另外的六个人都住在五楼，五楼是情侣间，适合两个人住宿。

林青山简单地洗漱了一下，打开电视，看了一会新闻，到了六点二十的时候，就下去吃饭。他走的时候顺便敲了几下杨春的门，杨春打开门问："做什么？"

"下去吃饭了。"

"你先下去，我等会再下去。"杨春冷漠地说。

林青山来到二楼餐厅，见其他人都到了，就找个空位坐了下来，史乔忠问："那个冷面美女呢？你怎么没和她一起下来？"

林青山摇摇头说："各人自扫门前雪，莫管他人瓦上霜。"

这时服务员已经开始上菜了，汪娟娟说："林校长，你催一下杨春吧，早点吃饭早点休息，今天大家都很累了。"

林青山正想给杨春打个电话，杨春已经从楼上下来了。

杨春一边走一边看着手机，不想正和端菜的服务员撞在一起，"哐"的一声，一盘菜掉在了地上，一些汤汤水水溅在杨春的脚上和腿上。

"你怎么走路的呢？"服务员生气地问。

"对不起，对不起。"杨春连忙道歉。

"这盘菜的钱你出，还有这个盘子钱，你去跟老板说，不能扣我的工资。"

"我赔。"杨春说，"多少钱？"

"100块。"服务员没好气地说。

杨春从包里拿出100块钱给了服务员，服务员拿过钱，见杨春软弱可欺，转身时嘀咕了一句："长得像狐狸精，肯定不是什么好人。"

声音虽小，杨春还是听见了，她有些生气地问："你说什么嘛？"

服务员一点也不怵，大声说："我说你不是什么好人。"

"你，你——"杨春气得说不出话。

"哼，被我说中了吧，说不出话了吧。"服务员得意地说。

杨春一掌朝服务员掴去，服务员没防备，脸上挨了一掌，马上就要反击，眼看两人就要打起来了。

林青山急忙来到两个人中间，对服务员说："喂喂喂，你们就是这么对待顾客的吗？"史乔忠也站到了杨春身旁。

老板娘在前台就听到服务员在和顾客吵架，心里很烦。这个服务员是她哥哥的小孩，名叫阿香，人长得又黑又矮又胖，偏偏又爱涂脂抹粉，为人好吃懒做，尖酸刻薄，经常和顾客发生矛盾，要不是看在自己亲哥哥的份上，她早就把阿香开除了。

这时很多人都闻声围了过来，老板娘也过来了，老板娘是一个胖胖的中年妇女，一边过来一边问："阿香，你是怎么回事？怎么又在和客人吵架？"

这个服务员突然哭诉道："姑姑，你快来帮我评个理，这个臭女人走路不长眼睛，把我的菜撞掉了，盘子也摔碎了，我说了她几句，她竟然打我，她的同伙也骂我，你可要给我撑腰。"

老板娘知道自己这个侄女又在耍小聪明，每次与顾客发生冲突，十有八九是自己这个侄女的问题，所以也没把侄女的话放在心上，加上现在客人多，她怕影响做生意，所以什么也不问，主动地给杨春道歉，一连说了好几声"对不起"。杨春也就不再说什么了，围着想看热闹的人觉得没什么看头，就散了。

杨春对林青山和史乔忠说："谢谢你们。"

林青山笑笑，没说话。史乔忠本想自我标榜一番，见杨春脸色太冷，张了张嘴，也就什么都不说了。

解决了这个小纠纷，林青山等人围着桌子开始吃饭。吃了一会，汪建国说："汪妹妹，菜不够吃，能再加个菜吗？"

汪娟娟说："可以呀，你想加多少就加多少，前提是你自己出钱。"

汪建国摇摇头说："你们旅行社真抠门，算了，我自己想法。"

汪建国对林青山和史乔忠说："你们看我的。"对着远处正忙着的一个服务员叫道："服务员，叫你们老板过来。"

老板娘来到汪建国面前问："先生，是你找我吗？有什么事？"

汪建国说："你们这里是黑店吗？"

"黑店？什么黑店？饭可以乱吃，话不可以乱说，我们这里有正规的营业执照，是政府认可的三星级酒店，可不是黑店。"

"不是黑店，那盘里怎么会有人的头发？"汪建国问。

"哪里有人的头发？"老板娘问。

汪建国端起那盘几乎已经吃完了的农家小炒肉说："你看，这盘里是什么？"

老板娘一看，果然盘里有根头发。菜里掉落一根头发，这样的事在以前也发生过，便连忙道歉："对不起，对不起。"

"说声对不起就算了吗？我要投诉你们，就你们这卫生，还三星级酒店呢，我看一颗星都评不上。"汪建国见老板娘服软，便乘势而上地说。

最近五指山市正在整顿旅游市场秩序，对景区酒店的卫生正在进行专项治理，如果酒店因卫生问题被投诉，什么工商局、食品药品卫生监督局等职能部门都会找来，会有很多麻烦。老板娘不想惹事，她这家酒店地理位置好，客源充足，如果闹出食品卫生问题，不仅会受到相关部门查处，也会影响生意。

老板娘权衡利弊后说："对不起先生，我们以后一定注意，这个菜不算钱，我再赔你们一个菜吧，你们想吃什么，我让厨房再给你们炒一个。"

"看在你做生意也不容易的份上，我们也不为难你，你给我们再弄一个水煮鱼片，弄一个西红柿炒鸡蛋，我们就不追究这事了。"

老板娘说："行，我让厨房马上给你们做，水煮鱼片时间可能长点，你们慢点吃。"

老板娘走后，所有人都看着汪建国。

杨春撇撇嘴，放下筷子说："我饱了，先走了，你们继续吃吧。"说完，也不管众人是什么反应，上楼去了。

"这女人也太清高了吧。"史乔忠说。

"爱吃不吃,管她呢。"汪建国说。

朱丹阳说:"汪总,虽然你头脑灵活,但我还是要说你几句,你这种要小聪明的手段今后要少用,否则你迟早会栽在里面的。"

汪建国笑嘻嘻地说:"朱老师您教育得对。"

朱老师见汪建国一点诚意也没有,也就懒得再说了。有句话怎么说的?烂了根的大树如果不从自身找病源,却要他拜隔山的石头学长生,那是没有意义的。

汪建国得意扬扬地等着菜,没有半点不好意思。

| 第5章 |
我踢死你这个大色狼

吃过饭,汪建国提议大家出去转转。

汪娟娟说:"这里可不比城里,这里是农村,黑灯瞎火的你们到哪里去转?这地方蛇多,不是我吓唬你们,你们在外面瞎逛,被蛇咬了可没人救得了你们。"

大家一听,也就没了兴致,于是都回到房间洗澡看电视去了。

林青山回到房间,洗漱了一番后,就躺在床上看电视。他打开电视,把所有的频道浏览了一遍,居然没有一个节目值得看下去。

林青山干脆看看手机,这时突然响起了敲门声,林青山疑惑地看着门,犹豫着开门还是不开门。

"林校长,你在吗?"门外传来一个声音。

林青山听出是杨春的声音，就开了门。

"你在搞什么嘛，反应怎么这么迟钝？这么久才开门？"杨春一边走进屋一边不满地说。

"深夜来访，有何贵干？"林青山问。

杨春说："我房间的淋浴喷头放不出水，你帮我去看看。"

"你让酒店的人来修啊，我又不是水电工，再说没有工具我又能怎么修？"林青山说。

"你先去看看嘛，你不能修再叫酒店的人来修。"

林青山只好随杨春来到她的房间，杨春随手把门关了。

林青山说："还是别关门吧。"

"我都不怕，你怕什么嘛。"

林青山看了杨春一眼，刚来到卫生间，马上又退了出来，说："你进去把你的衣服收拾一下我再进去吧。"

杨春进去一看，才发现自己的内衣内裤刚洗了还晾在卫生间里，不由脸红，她慌忙把内衣内裤收拾好。

林青山把喷头拿下来看，见喷头上调节水量大小的开关是关着的，水当然放不出来，他把开关向逆时针方向拧开，然后扳开水管开关，水便喷洒而出。

"好了。"林青山对杨春说，恶作剧地把喷头对着身边的杨春喷去，杨春惊叫一声，急忙躲开，不料脚下一滑，向地下摔去，林青山右手一抄，搂住了杨春的腰。林青山从上俯视杨春，闯入他眼中的，是杨春白嫩饱满的胸脯，林青山心中一荡，不敢多看，赶忙把杨春扶了起来。

"我踢死你这个大色狼。"杨春羞怒交加，狠狠地踢了林青山几脚，林青山一边夸张地喊疼，一边躲闪着，卫生间的空间本来就不大，两人闹着，杨春毫不吝惜她的力气，脚脚踹在林青山的痛处。林青山实在受不了了，急急地溜出卫生间，打开房门，跑回到自己的房间。

| 第6章 |
峡谷漂流

第二天早晨七点钟，在酒店吃过早饭，汪娟娟带领众人乘坐中巴车前往五指山峡谷漂流。

在车上，汪娟娟向大家介绍道："五指山峡谷漂流地处热带雨林腹地，冬暖夏凉。因其水流落差急缓有致、险象环生，峡谷两岸有奇伟峻逸、云雾缭绕的山峰，故有'神州第一漂'的美称。"

"我们大概要漂多久？"史乔忠问。

"我们今天漂流全程长约10公里，估计要三个多小时吧。"汪娟娟说，"我们今天的安排是这样的，今天上午漂流，估计会很累，所以下午休息，不再安排活动，晚上还是住'青青味酒店'。"

汪娟娟接着介绍道："今天的漂流分两段行程，第一段行程大约6公里，这段水程水流湍急，跌宕起伏，全程有四处大跌水，最大落差超过4米，整个漂流过程惊险刺激，通常人们把这段漂流称为'勇士探险漂'。第二段水程叫'情侣逍遥漂'，这段河道较为平缓，落差小，没有什么危险性，是适合年轻人谈情说爱的浪漫之旅。"

大家嬉笑着讨论了一会儿，不久中巴车到了漂流起点处，汪娟娟去买了票，然后领着众人从入口处来到河边，她说："我们八个人分成四组，每两个人一组，大家穿好救生衣，注意安全。我和吴师傅在终点处等大家，聚齐后我们再一起去吃中饭，祝大家玩得开心。"

八个人分成四组，其他六个人都是成双成对的，剩下的林青山和杨春也就自然组成一组了。大家高高兴兴地穿上救生衣，解开小艇的系绳，踏上小艇，开始了漂流之旅。

四组八个人很快就拉开了距离，慢慢地林青山和杨春落在了最后，主要是杨春不谙水性，把控不了方向，完全靠林青山一个人拿着桨在和激流搏斗。所幸前半个小时内没有遇到什么危险。

半个小时以后的行程就开始充满了危险，水流越来越急，河道也越来越复杂，每当置身于"山重水复疑无路"时，一个S型的弯道之后，又进入了"柳暗花明又一村"的境地，一路漂来，心旷神怡又刺激惊险。

当林青山和杨春逐渐配合默契的时候，他们漂流到了一个落差高达4米的河段，小艇掉下去就直接翻了，两人虽然穿了救生衣，但掉进河里后还是很狼狈。林青山还好，他会游泳，但杨春就惨了，虽然穿了救生衣，但还是被激流冲翻了，喝了好几口河水。

林青山迅速游到杨春的身边，搂着她的腰，向小艇游去。

杨春被林青山搂着腰，一低头，发现自己的救生衣带子松了，衣服湿透了紧贴在身上，不由又羞又急，但此时身处激流，根本腾不出手整理衣服。

杨春感觉到林青山的手已经接触到了她腰部的肌肤，不知道是水流冲开了她扎在裤腰里的T恤衫，还是林青山故意为之，反正杨春觉得林青山就是在趁机占她的便宜。

杨春又想起昨晚的事，新仇旧恨一起涌上心头，她怒而转过头一口狠狠地咬住林青山右边的肩膀。

林青山正一手搂着杨春，一手在水里划着，脑子里在想怎么把杨春送上小艇，根本就不知道杨春在想什么。他突然感觉到肩膀疼，低头一看，杨春正在咬他的肩膀。

"哎哟，疼，疼，你为什么咬我？快松口。"

"谁叫你占我便宜的？"杨春松口说道。

"我的姑奶奶，我是在救你好不好？我怎么就占你的便宜了？"林青山没好气地说。

"你扶着我不就行了吗？为什么要搂这么紧？"

"这么急的水，我不搂紧行吗？我要是不搂紧，你早被水冲走了，说不定已经给乌龟王八做媳妇去了，你要不要试试看？"

"我不管，反正不准你搂我的腰，你背着我上去。"

"好吧。"林青山说着，把杨春挪到了他的背上。

"我说我的姑奶奶，刚才我一直没有注意到你伟大的腰，被你咬了一口后，现在脑子里全是你的腰了。"

"你还敢调戏我？好，让你知道我的厉害。"杨春说着，又一口咬在林青山左边的肩膀上。

"松口，快松口，再不松口我把你丢进水里。"林青山怒骂道，憋了一口气钻进水里，杨春也随着沉到了水里，惊恐之下自然松了口，随即水直往口里灌。

林青山见杨春松了口，便不想让她受过多的惊吓。因为穿了救生衣，入水并不深，林青山迅速把杨春托出水面，不让激流把她冲走，然后向小艇游过去，把她送上了小艇。

杨春被水呛了，在小艇上咳得眼泪鼻涕都流出来了，好一阵才缓过气，骂道："你这个龟儿子，我要咬死你。"

杨春站起身就朝林青山扑过去，林青山见势不妙，就要往河里跳，可是杨春来得太快，林青山根本来不及跳到河里，想往旁边躲，又担心自己躲开了杨春没有依托会掉进河里，到时救她又要费一番周折，只好一动不动，以静制动。

杨春正在气头上，只想再狠狠地咬林青山几口出出恶气，根本就没有考虑后果，现在扑倒了林青山，张口就朝他的脸上咬去，林青山大惊，这要是咬在脸上，那还不破相了？他想用双手推开杨春，哪知道无巧不成书，一双手刚好撑住了她的胸口处，此时杨春的救生衣原本系着的带子早松开了，衣服暴露无遗，杨春气糊涂了，咬不到林青山的脸，又朝他的胳膊咬下去，这次得逞了，林青山惨叫一声，大喊道："小艇又要翻了啊。"

此时小艇正漂到一个漩涡处，因无人掌控，在激流中打转，加上两人的重量都集中在小艇的一边，小艇失去平衡，眼看就又要翻了。此时杨春也感觉到小艇倾斜得厉害，心想一到水里，就是林青山的天下了，她只好松了口，往后跳开，怕林青山报复。

"你属狗的呀？这么喜欢咬人？"

看到林青山一副苦相，杨春的心情大好。

林青山无语，和这疯女人毫无道理可讲。他原本以为杨春是个淑女，谁知是个女暴龙。

经过一番折腾，杨春心中的那口恶气总算出了，她重新系好自己的救生衣，拿起桨，配合着林青山划着水，小艇慢慢走入正道，一路向前漂着。

半个小时后，他们就漂入水势平缓的地段了，林青山明白这就是汪娟娟所说的"情侣逍遥漂"了，他看到前面不远处就是史乔忠、汪建国他们，他们也正在不紧不慢地划着水，小艇一路随着水流前行。

现在正是夏天，阳光明媚，气温较高，救生衣穿在身上让人感觉颇不舒服，杨春见水流平缓，料想不会再有什么危险，就脱下了救生衣。

此时她的衣服已经湿透了，她穿的那件薄薄的白色T恤衫，打湿后紧贴在身上，林青山看得有些呆了。杨春肤色白嫩，容貌秀丽，身材窈窕，此时宛如出水芙蓉，娇艳不可方物。

"喂，你老盯着我看什么呢？"杨春又羞又急地蹬了林青山一脚说道。

"对不起。"林青山尴尬地笑道。

"你看你，一副死鬼样子，你婆娘晓得吗？"

"首先我要声明，我并非好色，爱美之心，人皆有之。其次，我现在没有老婆，不需要惭愧。"

"你没有婆娘？你不是说你是校长吗？校长会找不到婆娘？"

"我不是找不到老婆，是不想找。"

漂了一会儿，河道的水势更加平缓，小艇平稳向前，杨春配合着林青山划水，心情轻松愉快。她看到林青山胳膊上和两边肩头的牙痕，心里多少有点内疚，又见林青山不说话，就问："你昨天出的那个题目答案是什么？"

"什么题目？"

"就是小明爬10层的楼，只爬了5楼却到顶了，为什么？"

"因为小明是从5楼开始爬的，所以只爬了5楼就到顶了。"

杨春笑了，说："看来我的智商的确不高，我昨天想了好久也没想明白。"

"那是，人的智商与长相成反比。"林青山终于抓住机会报复了一下。

杨春笑道："难怪你的智商这么高的。"

林青山又被打败了。

"你是不是真的会看相？"杨春又问道。

"不会。"林青山说。

"那你昨天说得那么准是怎么回事？"

"我瞎蒙的。"

"小心眼。"杨春不再理林青山了。

直到中午十二点半的时候，8个人才重新聚齐在漂流的终点处，八个人相继换了衣服。汪娟娟看8个人个个兴高采烈，知道大家玩得开心，嘴角又泛出若有若无的冷笑。别人没注意到，林青山却注意到了，心里生出一股寒意。

中饭是在大峡谷漂流综合区的风味餐厅吃的，吃过饭后，就回酒店休息去了，大家也确实很累，有几个人在回酒店的路上就已经睡着了。

一路无话。

|第7章|
美女被蛇咬了

第二天，在汪娟娟导游的带领下，众人沿着昌化江逆流而上，一直走到了昌化江的源头。沿途的山泉水干净清澈，水沟里不时有一些倒伏的粗树干，虽年代久远仍未腐烂，粗粗的树干上长满了野生的灵芝，却无人采摘。众人见了，又是议论纷纷，林青山知道，五指山的野生灵芝和山里的原生态茶叶，都是顶呱呱的名牌产品，是市场上的紧俏货。

　　沿木栈道走了一段路后，众人又去攀登五指山主峰。五指山主峰其实也不高，海拔不到 1000 米，山上森林茂密，遮天蔽日，林间奇花异草，鸟语花香，溪水潺潺，怪石奇树，风景秀美。众人边爬山，边欣赏美景，边讲讲笑话，其乐融融。

　　上山是快乐的，心情不错，体力不错，风景更不错。

　　林青山等人一路走来，但见沿路古木参天，奇峰异景巧夺天工，野花绿树争芳斗艳，青山绿水间，蝴蝶飞舞，映入眼中的就是一幅山水画，确实是不虚此行。

　　别人都是轻言细语的，唯有吕燕娥喜欢大呼小叫，那里疼了，这里痒了，看到什么美景了，都要夸张地惊呼一声。

　　除了林青山背着背包以外，其他的人基本都是空着手的，身上没有什么负担，走起来还比较快。仅仅用了一个多小时，就爬了四分之三的路程，估计再用半个小时左右就能到山顶了。

　　林青山和杨春走在队伍最后，他见杨春气喘吁吁，就问："喝水吗？"

　　杨春说："不喝。"

　　前面的几对也在互相取笑，大家谈谈走走，果然半个小时后，就到达了山顶。

　　9 个人在山顶边吹风边看风景，放眼望去，少有人烟，森林是郁郁葱葱的绿，这里几乎没有人类开发的痕迹，空气中都透着浓浓的树叶和青草的味道，吸进肺里特别舒爽。

　　大家贪婪地呼吸着新鲜的空气，天南海北地聊着。在山顶坐了半个小时，汪娟娟就带着众人下山了，下到半山时看到一个农家乐餐馆，大家就在这里吃了中饭。

　　中饭过后，大家休息了半个小时，汪娟娟说："下午是回市区还是住在山里？"

　　"不回市区了，反正明天就要回家，就住山里算了。"汪建国说。

　　"同意。"史乔忠说。

　　"同意。"大家一致表态道。

　　汪娟娟说："既然所有人都同意住在山里，那我们下山时就不能走石头阶梯路了，要走一条没有路的路，大家有没有信心和勇气？"

"有。"所有人齐声喊道。

"很好，现在我们要走前面的那条小路，走一段后就没有路了，可能难走一点，但是距离却少了五六公里。大家往前看，我们就从前面的那座小山下去，我让吴师傅开车到山脚下等我们。"

下山不比上山，上山时大家兴致勃勃，有说有笑，下山时大家已经筋疲力尽，再说现在下山远离正道，几乎无路可行，走起来更加艰难，所以大家都懒得再说话。

每个人都在专心走路，荆棘太多，一不小心就会被带刺的枝条刮伤，大家相互提醒着。杨春走在林青山的前面，林青山已清楚地看到杨春的胳膊上出现了树枝勒出的伤痕，只是这女人好强，一声不吭。林青山见路越来越难行，对杨春说："你到我后面来，跟着我走。"

杨春看了林青山一眼，就让林青山走到自己前面开路，林青山手里拿着不知从哪里捡来的一根粗树枝在前面横扫荆棘野草，杨春果然觉得走起来顺畅多了。

"早知道下山这么难，还不如在宾馆睡觉。"汪建国擦一把头上的汗水说。

史乔忠说："旅游就是出钱买罪受。"

汪娟娟说："再坚持一下，很快就到了，吴师傅已经把车开到山脚在等我们了。"

林青山朝下望去，论直线距离可能就一百米左右了，关键这里是山，无法走直线，便说了句："看山跑死马。"

"什么叫'看山跑死马'？"杨春问。

"意思是眼看着很近其实很远。我们明明已经看到了山脚，可是真要走到山脚，还要花上很长时间，走上很长的路。"

大家又走了一段路，一个个累得不行了。

"我实在是走不动了，休息一会儿再走吧。"黎雅玲说。

"我也走不动了，老汪，你背我走吧。"吕燕娥对汪建国说。

"娥子啊，我也想背你啊，问题是我现在也是心疼、肝疼，恨不得从这半山腰滚下去。"

"要不要我背你走？"林青山悄悄问杨春。

"滚。"杨春给了林青山一个白眼。

汪娟娟说："我们不能休息，要赶时间，继续走，探险和人生都一样，走好选择的路，别选择好走的路。"

"汪姐说的好励志，我们走吧，坚持到底，绝不放弃。"史乔忠说。

大家继续往下走。走着走着，林青山突然对杨春说："停。"

"嘘——"林青山对杨春做个嘘声的手势，轻声说："前面那棵小榕树上有条蛇，看见没有？"

杨春顺着林青山的手指看过去，果然前面榕树枝上挂着一条碧绿的蛇，这蛇有七八十厘米长，正对着离榕树最近的史乔忠吐蛇信子。

这时史乔忠身后的黎雅玲、汪建国、吕燕娥也都看见了，而汪娟娟、符定之、朱丹阳三个人已经走过去了。

黎雅玲是关心则乱，她最先沉不住气，叫道："乔忠，快跑，你头上有条蛇。"

林青山急忙说："不能跑，先别动。"

此时史乔忠也发现了问题，蛇离他的头部其实还有半米左右的距离，他急忙用手中的棍子把蛇身往身后一挑，那蛇一下子落在了杨春的脚边。好一条毒蛇，它在受到史乔忠的攻击后，一落地就对着杨春的小腿咬了一口，然后钻入草丛不见踪影了。

杨春"啊"地惊叫一声，蹲在地上，不知所措。

林青山心里骂了一句史乔忠"混账"，急忙取下自己肩上的背包，从里面拿出一根布绳、一把医用小刀和一个红瓶子，然后蹲下身子，在蛇咬的伤口上方，用布绳紧紧地把杨春的腿系住，防止毒液上行。

林青山边系布绳边说："别怕，别怕，有我在，没事的。"

系好后，林青山又趴下身子，用那把医用的小刀，轻轻划破被蛇咬的伤口，杨春疼得又轻叫了一声。

林青山趴在地上，用口使劲地吸着伤口的血，吸一口，吐一口，开始吐出的是淡黑色的液体，后来慢慢变成了红色的。林青山见问题不大了，就从红瓶子里拿出白色粉末状的药粉，敷在伤口上，再给杨春包扎好。

众人都看着林青山所做的一切，一个个露出赞赏的表情。这够得上专业水平了。

"谢谢！这次是真心的。"杨春对林青山说。

林青山趴在地上有点头晕，估计与刚才吸蛇毒有关，但他不愿意让别人知道，便强站起身子，说："史乔忠，你个神经病，不会把蛇往旁边扔吗？后面有人你不知道啊？你为什么要往后扔？"

"对不起，我不是故意的，当时慌了，来不及想那么多。"史乔忠抱歉地说。

"大家没事了就好，我们快下山吧，等会天晚了，蛇会更多的。"

"走吧，走吧。"汪建国也跟着吆喝道。

杨春刚一迈步，就疼得直皱眉，林青山说："现在可以背你了吗？"

杨春只好点点头。林青山解下刚刚背上肩的背包，交给杨春拿着，然后蹲下身子，待杨春趴在他身上后，他站起身，一步一步地往山下走。

趴在林青山的背上，杨春有一种异样的感觉。她不是第一次近距离接触男人，以前那个张铁经常强迫她，所以她对男人渐生反感。除张铁以外，她是第一次如此近距离接触一个男人，林青山身上的男人气息让她心慌，同时也有那么一点点小小的迷恋。

她把头搁在林青山的肩头，看着自己咬的牙印，悄悄地问："肩膀还疼吗？"

林青山问："你被蛇咬的地方还疼不疼？"

"疼。"杨春说。

林青山说："我的感觉和你一样。"

杨春傻傻地问："怎么会一样？"

林青山说："我们都是被蛇咬的，怎么不一样？只不过咬我的是美女蛇而已。"

杨春伸手在林青山的臂上掐了一把。

林青山怕引起别人的注意，强忍住没叫出声。他想转头警告一下杨春，不想杨春正准备把嘴凑到林青山的耳边悄悄问他被掐的感觉如何，嘴巴贴在了一起，两人都惊呆了，却又都没有发出声，只是两双眼睛互相瞪着。

还是杨春先反应过来，她把头往后一仰，离开了林青山的嘴唇，一张脸通红通红的，那娇嗔的小女儿神态，让林青山一下子失了神，脚下一个趔趄，差点摔倒，杨春赶紧抱紧林青山的脖子。今天也是怪了，不管发生什么意外情况，两人都不发出声音，因为两人走在队伍的最后，他们之间发生的小小的插曲，别人都不知道。

不久，汪娟娟等一行 9 人终于下了山，林青山把杨春放到中巴车上以后，又下车想找个地方方便一下，刚好碰到在林里方便完出来的史乔忠。

史乔忠说："林校长，你要感谢我，要不是我，你能有机会背到杨春？我可以肯定地说，你这一背，很可能会背出点故事。"

林青山翻了一眼史乔忠，说："神经，你懂个屁。"

|第8章|
幽冥山庄

从山上下来回到中巴车上后，人人累得疲惫不堪。

汪娟娟说："各位，天不早了，现在我再次征求一下大家的意见，今晚我们住宿的地点有两个选择，一是回去住在五指山市区的宾馆，二是继续往前走，住在离市区 50 公里左右的一家深山之中的宾馆。大家选哪个？"

"既然是来探险的，当然要选山里的那个宾馆了。"汪建国说。

"我支持汪总的意见，选山里的那个。"史乔忠说。

"其他人的意见呢？"汪娟娟问。

"我觉得还是住在市区比较好，住在深山老林之中条件差，也不安全。"林青山看看周围的山说。

杨春说："我和林校长的意见一致。"

符定之说："还是选择离市区远一点的吧，我们天天待在城里，厌倦了，住山里又是一种新体验。"

"那我们举手表决，同意住市区的请举手。"汪娟娟说。

只有林青山和杨春举手。

汪娟娟又说："同意住山里的人请举手。"

其他人都举起了手。

"六比二，少数服从多数，今晚就住山里了。吴师傅，把车开到仙女山。"

"好的，汪姐。"吴师傅答道。

"仙女山？为什么叫仙女山？"黎雅玲问。

"当然是传说山上曾经住过仙女。"汪建国说。

汪娟娟说："汪总说得不错，传说仙女山上曾经住着五个仙女，专门帮黎族人民做好事，为黎族人治病，教黎族人种田纺纱，又常常从天庭里把一些珍贵的东西带到人间，让黎族老百姓享用，后来被王母娘娘知道了，王母娘娘很生气，就把五个仙女变成了五座山峰，这就是我们所说的五指山。"

汪娟娟接着说："因为仙女山是仙女们住过的地方，所以当地人把仙女山列为禁区，谁都不能爬这座山。后来有人不遵守这个规定，私自爬山，结果都是有去无回。"

"是真的假的？"史乔忠问。

汪娟娟说："是真是假我不知道，但关于仙女山的传说很多，其中有一个版本是说仙女山上藏着巨额宝藏，因为山上有很多机关，所以上山寻宝的人全部死于非命。"

"山上藏宝了吗？"汪建国兴趣一下子上来了，"快说来听听。"

汪娟娟微笑道："要讲这个传说，先要讲一个人，这个人是清末将领、抗法英雄冯子材，冯子材是晚清名将，曾大败法军于镇南关，这事想必大家都知道。"

史乔忠说："这些我们都知道，冯将军和五指山有什么关系吗？"

汪娟娟说："清代光绪十一年，朝廷日益腐败无能，各地百姓难忍苛捐杂税，纷纷揭竿而起。居住在海林岛中部的百姓此时也爆发了起义。清廷派遣当时任钦廉提督的冯子材将军，率兵来海林岛镇压。事成后，冯子材给朝廷上了一道奏折，名叫《抚黎章程十二条》，提出在海林黎族地区开辟12条'十字'大道的设想。1886年底，冯子材的军队开通了北起定安岭门，也就是现在琼中县的湾岭镇，经蛇蚺峒、十万峒、牛栏峒、喃唠峒，然后越过五指山，南至水满峒，也就是现在的水满乡的大道。第二年，为了庆祝修路之功，冯子材父子还在五指山东麓的巨石上，题刻了'手辟南荒'四个大字，这个遗迹现在还在呢。

"后来，朝廷召冯子材将军返回，冯将军便留下一个叫冯德的副将继续在五指山镇守，自己回广东去了。话说这冯德，残忍好财，贪得无厌，在海林民间搜刮了大量的民脂民膏，藏在一个山洞里，准备返回时再运回去，谁知道就在他返回之前却被当地老百姓打死了，而这笔巨额财宝也从此失踪。"

"莫非冯德的财富就藏在仙女山？"汪建国问。

"传说就是这样。"汪娟娟答道。

这个故事林青山也听说过，也知道很多人到仙女山寻宝，传说有人确实从山中找到过零散的宝物，可惜进山寻宝的人几乎都没有出来，偶尔出来的人，据说绝口不提山中之事。

"我们今天住在仙女山吗？"林青山问。

汪娟娟说："前些年，为了帮助寻宝的人在附近有个住宿的地方，有人在仙女山脚下修建了一个山庄，据说住在里面的人经常碰到一些灵异事件，后来人们就不敢去住了，现在这房子经常是空着的。我认识这个房子的老板，我们山水奇探险旅行社和他们有合作，可以住在里面，只不过，我们需要勇气。"

"这山庄叫什么名字？"史乔忠问。

汪娟娟淡淡地回答："幽冥山庄。"

"幽冥山庄？这山庄的名字好像武侠小说里的地名，听来有点恐怖。"朱丹阳老师说道。

汪娟娟说："我刚才说过，这个山庄有很多传说，住在里面需要勇气的，既然是探险，我们就去体验一把，说不定今晚我们也会遇见传奇的。"

"哇，太棒了！"吕燕娥兴奋地叫道，"说不定今晚会大开眼界哦。"

"我也是，好期待哦。"黎雅玲兴奋地说。

"你这么漂亮，小心幽冥山庄的庄主把你抢去当老婆哟。"汪建国调笑道。

"我看谁敢，谁要是敢动雅玲一根毫毛，我打得让他妈都不认得他。"史乔忠豪气干云地说。

众人哈哈大笑，黎雅玲把头靠在史乔忠的肩上，一脸的幸福。

林青山却发现汪娟娟嘴角又泛出一丝冷笑，这冷笑再次让林青山感受到一股寒意，让他心里不安。

中巴车缓慢地行驶在崎岖不平的山路上，经过一个半小时的颠簸，林青山等一行人终于来到了幽冥山庄。

幽冥山庄位于大山深处，掩映在高大的榕树之间，只有一条似有若无的土路弯弯曲曲地与外界相通，凭感觉，林青山觉得这里人迹罕至，应是个与外界隔绝的世界。

幽冥山庄背靠仙女山，周围长满了榕树、椰子树、棕榈树、槟榔树等常见热带树木，木瓜树上结满了青青的木瓜，高高的野香蕉上也挂着一串一串的香蕉，无人采摘。因为植物高大茂密，光线阴暗，林青山更觉得这个地方有些诡异。

幽冥山庄是一幢五层高的楼房，红砖砌成的墙壁上爬满绿色的藤萝，山庄的大门紧闭着，林青山皱眉问汪娟娟："这里有人住吗？"

汪娟娟说："平时没人住，但里面的生活用品一应俱全。房子定期有人来做卫生，里面还是很干净的，因为我们是签约客户，所以我有这房子的钥匙，大家尽管放心住在里面。"

"说不准有狐狸精住在里面，那样我们就有奇遇了。"史乔忠笑道。

"你这么帅，小心被狐狸精看上了。"汪建国打趣道。

"那正中我下怀。"史乔忠笑道。

黎雅玲掐了史乔忠一把，娇嗔道："你坏！"

看着史乔忠和黎雅玲两人打情骂俏，汪娟娟嘴角又浮出一缕冷笑，林青山看到后只觉得心里发寒。

汪娟娟走在前面，从包里找出一大串钥匙，选取其中一把，打开了大门，一股霉气迎面扑来，众人皱皱眉，都没说话。

汪娟娟说："大家别嫌弃，我们是来探险的，不是来享受的，条件虽然差点，但住一宿是没问题的，再说明天我们就要回家了，今天大家就将就一下吧。"

"这里有 Wi-Fi 吗？"黎雅玲问。

"你看这里电都没有，哪里来的 Wi-Fi ？"符定之说，"我们就是来体验原始生活的。"

林青山说："大家的手机省着用，没电了可没地方充。"

汪娟娟说："这里手机没有信号，手机就是聋子的耳朵。"

"有蜡烛吗？"杨春问。

"蜡烛是有的，做饭的地方也是有的，我以前也带团来住过，条件确实差点，但情调一点也不差哦，今天正是阴历十五，月光明亮，特别适合谈情说爱啊。"汪娟娟答道，满含深意地看了所有人一眼后又说道，"不过，你们也不要到处乱跑，这里的毒蛇特别多，要是不小心被蛇咬了，那就没人帮得了你了。"

几个女孩子眼中流露出一丝恐惧。

"本家妹妹，我们住在哪里？"汪建国问汪娟娟。

"我们都住在二楼，二楼有八个房间，一楼不住人，怕半夜里有蛇爬进房间，你们都跟我来。"汪娟娟一边说一边带着众人上楼。

来到二楼，汪娟娟用钥匙依次打开了八个房间的门，最东头的房间给符定之夫妇住，其次是汪建国和吕燕娥住一间，接着是杨春单独住一间，再接着是林青山单独住一间，再接着是史乔忠和黎雅玲住一间，挨着史乔忠和黎雅玲房间的是一个七八十平方米像个教室一样的大房间，里面有锅灶碗筷等，可以烹饪饭菜。汪娟娟说这就是食堂和餐厅，等会我们就在这里做饭和吃饭。

在厨房和餐厅西边，还有两间房，分别由汪娟娟和吴师傅住。

汪娟娟分配好房间后，就让大家先回各自房间放下行李，休息一下，六点钟准时在餐厅集合，大家一起在厨房做饭，一起吃晚饭，晚饭后自由活动。

除了林青山以外，所有人都回房间去了。

林青山背着背包，直接走进厨房。

厨房里很闷，自然是没有空调。林青山检查了一遍炊具，提了提汽罐，好在有气，水龙头里也可以放出水，这水应该是附近的山泉水，林青山喝了一口，果然有点甜，只是里面有股腥味。

林青山想，在这里烧水做饭是没有问题的，再说，大家带的大都是熟食，没有生菜，加热一下就可以吃了。林青山又观察了一番周围的环境，发现房屋的设计很不科学，基本上都是密封的，四个窗户有三个打不开，只有一个窗户的窗扇没有玻璃，可能和外界通气通风，但也是安装了防盗网的，所以房间内特别闷。好在山里不是很热，五指山虽然地处海林，但夏天并不热，在房外吹吹风，很凉爽，像北方的秋天。

房间西面的墙上有幅大油画，画面上是一只黑色的老鹰在天空中盘旋，老鹰的那双眼睛特别凶狠，带着仇恨一样，仿佛世间所有的生物都是它的猎物，鹰眼里又仿佛要喷出火焰一般。林青山看了几眼老鹰后，心里很不舒服，就不再观看这幅画了。

林青山仔细审视了一遍这房间后，摇摇头想，这房子是哪个不着调的师傅设计的？如果发生火灾，除了大门以外，连个逃生的通道都没有。

房子中间有一张大餐桌，周围有十来个凳子，桌子和凳子上面都已经积满了厚厚的灰尘，林青山用手一摸，发现桌子和凳子居然都是铁制的，且都焊接在地板上，相当牢固，根本就搬动不了。林青山估计是这里长年没人，房屋的主人怕别人偷走了桌凳，所以才这样做，除了这，林青山也想不出别的理由。

林青山放下背包，找了个废弃的毛巾，依次把餐桌和凳子擦干净了，然后又找来扫帚把房间的卫生做好了。

六点钟时，大家准时来到厨房，各自拿出自己所带的熟食依次加热，然后放在一起共享，汪娟娟和吴师傅没有参加，他们说要自己吃。

汪建国拿出自己带来的两件听装啤酒，四个男人一边喝一边吹牛，倒也其乐融融。

天慢慢地黑了，朱丹阳点亮蜡烛，房间亮了，房间外面有淡淡的月光洒进来，正如汪娟娟所说的，今天是阴历十五，果然是明月早早地出现在了山顶，淡淡的月光从树缝里穿过，又从窗户溜了进来，让房间明亮了几分。

几个女人先吃完饭，嫌房间里太闷，想到外面走走，她们来到门边，发现门居然是关着的。

"奇怪，刚才门明明是开着的，什么时候关上了？"黎雅玲说道。

"好闷热，快把门打开。"吕燕娥叫道。

黎雅玲拉了几下，没拉开，就对着几个男人叫道："你们过来看看，这门是怎么回事，打不开了。"

几个男人闻言，放下手中的啤酒，纷纷走过来开门，可不管怎么拉，门始终纹丝不动。

"门从外面锁上了，打不开了。"林青山说。

"快叫汪导游。"汪建国说。

"汪总？"

"汪导游？"

"汪大姐？"

"汪奶奶、汪祖宗？"

"吴师傅？"

"吴大哥？"

众人乱叫一气，却没有回音。林青山突然想起汪娟娟不时露出的冷笑，心中有种不祥的预感。

"汪导游跑到哪里去了，喊都喊不应。"汪建国忍不住骂道，"她不会是跟吴师傅一起跑了吧。"

正在众人发牢骚的时候，头顶上突然响起一个幽灵般的声音："哈哈哈，你们这群要死的人，还想挣扎吗？"

| 第9章 |
死亡游戏

林青山等人被头顶上发出的阴森恐怖的声音搞得浑身起了鸡皮疙瘩，几个人围在一起，一个个眼睛里流露出恐慌。

"怎么回事？"黎雅玲小声问。

"静观其变。"林青山说。

大家安静了一会儿，吕燕娥首先忍不住了，她仰着头大声问道："汪姐，是你吗？你是在和我们开玩笑吧？"

"我这里没有汪姐，我是仙女山的无常，找你们索命的无常。"阴森森的声音再度响起，众人听了毛骨悚然。

"汪姐，我们不玩探险了，这房间里好热，我都快中暑了，你放我们出去好吗？"黎雅玲说。

"这不是汪总的声音。"汪建国说，是另外一个女人。

"我会放你们出去的，你们放心，现在，我要跟你们先玩个游戏，这是个死亡游戏，我会告诉你们游戏规则，只有按我说的游戏规则做，你们才会有一线生机。"阴森森的声音又响起来了。

林青山一直在观察声音的来源，可是除了可以确定声音来自头顶以外，实在听不出是从哪里发出来的。很可能房间里装了摄像头，那个神秘的说话人看得见他们，但他们却看不见神秘人。

"你是谁？你为什么要装神弄鬼？"史乔忠大声吼道。

"等你们一个个都死了，自然知道我是谁了，哈哈哈。"

这笑声阴森而怪异，林青山感觉到杨春在微微发抖，他伸出手握住她说："我们这么多人在一起，别怕，别怕。"

杨春被林青山握住手后，心里逐渐平静下来，她抽出自己的手，感激地看了林青山一眼。

蜡烛正在慢慢燃烧到尽头，有两根已经熄灭了，房间里更暗了一些。又过了一会，所有的蜡烛都熄灭了，好在今晚月明如昼，房间里一切仍然可以看清楚。

那个阴森的声音再度响起："半小时后，这个房间将成为蛇的世界，现在，只有西面墙上的两个铁门可以出去，你们可以把墙上的那幅画拉开，就会看见这两个门。"

林青山走到西面墙边，一把扯下那幅画，果然露出两扇铁门，门上已有一些地方生锈了，但给人的感觉却是坚硬厚重无比。林青山用手电筒照在门上，只见生门上写着"生门易生亦有死"，死门上写着"死门难活终不生"。

"你们都给我听好了，现在，讲游戏规则。左边的那扇铁门是生门，只能进去四个人，进去四个人后就会自动关闭。右边的那个铁门是死门，也只能进去四个人，四个人进去后也会自动关闭。你们八个人要分成两组，你们进入生门和死门以后，会面临各种选择，会遇到各种意想不到的攻击和灾难，你们不仅要靠选择和运气，更要靠搏斗和厮杀才能活下来。"

众人听得面面相觑，一个个噤若寒蝉。

"记住，你们商量的时间只有半个小时，半个小时后会有成群的毒蛇爬进你们这个房间，现在开始倒计时。"

房间再次陷入死寂，死一般的安静，谁都不说话，只听得见彼此的呼吸声。

"我不信这女人的话，估计这就是汪导游和我们开的一个玩笑。"汪建国说。

"对，肯定是汪导和我们开的玩笑，她在帮我们找刺激。"史乔忠附和道。

"对对对，这一定是汪姐在和我们玩游戏，否则这么久了怎么不见汪姐人呢？"

众人议论了一会，心情轻松了不少，既然是个玩笑或游戏，过程虽然惊险了些，但结果肯定没那么可怕。

吕燕娥突然叫道："啊，完了完了，我们的行李都还放在房间里呢，现在也拿不到了。"

汪建国说："等这个玩笑结束了，我们就可以回房间休息去了，行李又跑不了，怕什么？"

"可是，我怎么感觉这不像玩笑呢，如果是真的那怎么办？"朱丹阳老师说，"如果这是玩笑，我觉得有点过头了，特别是这神秘女人的声音好可怕。"

众人一想，好像也有点道理，心情不由又开始紧张起来。

林青山说道："各位，我们现在必须面对一个现实，那就是我们遇到麻烦了，不管这是一个游戏还是一个陷阱，我们都要迅速想好应对危机的办法。"

符定之说："林校长这话说得在理，你是校长，能力强，办法多，我们都听你的。"

"可我还是相信这只不过是一个玩笑。"汪建国说。

"宁可信其有，不可信其无。我们早做准备没有错。"林青山态度坚定地说。

"你当校长当傻了吧，如果这真是一个陷阱，我们被关在这里，跑得出去吗？你以为这是在拍恐怖电影呢，你是不是真以为有灵异传说啊？"史乔忠不满地说。

"我支持林校长，我也觉得我们要提前想好对策。"杨春冷着脸说。

符定之说："我们老两口也支持林校长。"

"我支持林校长。"黎雅玲说。

"我也支持林校长。"吕燕娥说。

"好吧，这么多人支持林校长，我也支持。"汪建国说，"请问林校长，你有什么办法？"

林青山说："首先，最好的办法是我们迅速离开这个房间，房门是出不去了，我们现在看能不能从窗户出去。"

众人纷纷走到窗户边，四个窗户，有三个窗户的玻璃窗扇都是固定的，外面的防盗网了焊接得非常牢固，不可能出去。只有一个窗户的玻璃窗扇没有玻璃，但防盗网同样非常坚固，也出不去。加上又没有称手的工具，根本无可奈何。

林青山说："看来设计这房子的人早就想好了防备我们逃跑的对策。如果走不了，我们就要选择走生门和死门，但我想一旦进入生门和死门，变数很大，也许我们根本就控制不了局面，随时有丧生的可能。"

"有你想的这么严重吗？"汪建国问道。

林青山不由想起了汪娟娟的冷笑，肯定地说："应该比我想象的更严重。"

"那怎么办？"杨春问。

林青山说："不怕一万，只怕万一。我们先分两个组，四个女人在一个组，危险来了走生门，我们四个男人在一个组，危险来了走死门。"

史乔忠说："我反对，男女平等，凭什么女人走生门，男人就要走死门？我要求抓阄，抓到生门的就走生门，抓到死门的就走死门，这样才公平合理。"

"你还是不是个男人啊？"吕燕娥说，"女人和孩子一般都是要受到优先保护的。"

史乔忠说："你给我闭嘴，我一看你不是什么正经人，最不应该受到保护的就是你。"

吕燕娥气得发抖，对汪建国说："老公，他欺负我，你给我好好地教训他。"

林青山说："别吵了，现在这种处境下，我们最需要的就是团结，危险还没来，我们自己先斗起来了，那就是自寻死路。危险来了女人走生门，男人走死门，就这么定了。"

杨春想了想，突然说道："我走死门吧，我和符老师对换，朱老师需要符老师的照顾。"

林青山不解地看着她，杨春对林青山微微一笑，心说，跟着你这样一个有责任心的男人才是最安全的，生门无法保护我，但你一定有办法保护我。

"谢谢小杨，谢谢！"朱丹阳说。

符定之则恭敬地给杨春鞠了一躬，什么也没说。

黎雅玲说："我也走死门吧，汪总，我和你换，你走生门，可以照顾你的娥子。"

"好好好，你这小姑娘倒懂事，回海椰后我请你们吃海鲜。"汪建国笑呵呵地说。

史乔忠说："不行，为什么是雅玲和汪总换？要换也是我和吕燕娥换。"

吕燕娥一脸鄙视地看着史乔忠。

林青山说："现在不是争吵的时候，既然是小黎主动提出来换的，就让小黎和汪总换吧，亲密的人在一起，大家也好有个照应。"

史乔忠还想说什么，黎雅玲扯扯他的衣袖，摇摇头示意他别说了，史乔忠只好一脸不甘心地闭了嘴。

林青山说："各位朋友，我们虽然相识才两天，但现在面临不可知的危险，我们一定要团结，要同心互助，共渡难关。如果等会真有危险来了，符老师、朱老师、汪总和小吕你们四人走生门，我、杨春、小史和小黎四个人走死门。现在离半个小时还剩9分钟，我们先来研究一下这两扇铁门。"

林青山说完，首先来到生门处，众人随后跟过来。

这是一道厚重的铁门，林青山试着推了推，却推不动，铁门右边靠中间有个绿色的按钮，其他的什么也没有。

史乔忠走上前来就要按那绿色的按钮，林青山急忙阻止道："我估计这是开门的机关，暂时别动，等危险真的来了再按不迟。"

众人又随林青山来到死门前，这是和生门一样的铁门，只不过上面的按钮是黑色的。

林青山说："如果真有蛇来，我们再启动按钮，分组撤离。"

林青山看看手表，离半个小时只有3分钟了。

众人静静地而又忐忑不安地等待着，你看看我，我看看你，有三分兴奋，却又有七分担忧与害怕。

"啊，蛇蛇蛇，从窗户爬进来好多的蛇。"3分钟刚过，吕燕娥就尖叫起来。

众人望向那扇没有玻璃的窗户，在月光下果然有不计其数的蛇正在从窗户的防盗网空隙中穿过，爬进房间。房间地上已经有了不少的蛇，大的有一米多长，小的也有四五十厘米长，这些蛇有红色的，有白色的，有黑色的，有灰色的，也有黑白相间的花斑色的，一条条蛇正在吐着信子，到处乱爬，有几条开始慢慢地向众人爬来。

杨春下午被蛇咬过一次，对蛇产生了恐惧心理，心里特别怕蛇，现在看见屋子里这么多蛇，就紧紧抓住林青山的手不放。林青山悄悄说："放心，有我在，你什么都不用怕。"

林青山安抚好杨春后说："生门的人先走。"

林青山快步走到生门前，果断按下绿色按钮，铁门迅速向左边移动，符老师、朱老师、汪建国和吕燕娥急忙钻了进去，史乔忠想趁机跟进去，却一头撞上了快速回位的铁门，鼻子顿时鲜血长流。史乔忠怒不可遏地诅咒了一句。

越来越多的蛇爬进了房间，并正在向林青山等人逼近。

林青山说："等会开了门，我第一个进去，杨春第二个进，小黎第三个进去，小史你断后。"

史乔忠对林青山说："凭什么要我断后？我要第一个进去，你最后一个进去。"

林青山看着史乔忠，不说话。

史乔忠突然想明白了，死门里还不知道有什么危险，第一个进去风险最大，便说："好吧，就按你说的，你先进去，我断后。"

林青山紧了紧肩上的背包，看了看身后密密麻麻的蛇，这些蛇离他们已经不到两米了，他迅速地按下黑色按钮。

铁门开了，里面却是漆黑一团，林青山毫不犹豫地跨了进去，杨春、黎雅玲、史乔忠也快速跟了进去，四个人刚进去，哐当一声，铁门在身后合上了，将蜂拥而来的群蛇挡在了外面。

当真是惊险万分，只要再慢一步，群蛇就会缠住他们。

| 第10章 |
汪建国被鹰虎狗吃了

且说汪建国、吕燕娥、符定之、朱丹阳四人进入生门后，摸黑向上走过一些台阶后，好像进入了一个潮湿的山洞。只是一进山洞，里面亮晃晃的竟如同白昼，眼前的一切尽可看清楚。

朱丹阳说："我们走了这么久了，应该已经没有在那幢楼房里了。我们这房子是建在山脚，我怀疑我们走进了仙女山的山洞。"

汪建国说："我是搞房子开发的，以我的眼光来看，这就是山洞了，你们看这潮湿的石壁，还有空气中的这种气味，就是因为空气不对流产生的。看来，我们现在已经没有退路，只能往前走，穿过这座山才能出去，不过，这座山不大，应该用不了多长时间就可以走出去。"

山洞阴冷潮湿，只有洞壁。

汪建国说："真奇怪，汪导游不是说这里没电吗？怎么这生门里有电灯？"

"这里应该有发电机，我看这个山洞不简单。"符定之说，"这里原本应该是个天然石洞，后来又经过人工改造了。"

"一定是这样子的。"吕燕娥也说。

"你们快看，前面有两团绿幽幽的光，那是什么？"朱丹阳胆战心惊地说。

"管它是什么，到了这个地步，我们只有往前走，否则还是会被困死在这里。"汪建国说。

"呜噢——呜噢——"动物的奇怪吼声传了过来。

四人慢慢走近一看，都不知道这是什么怪兽，这怪兽是老虎的头、鬣狗的身、老鹰的爪子，四个人都从来没见过如此奇怪的动物。

好在这怪兽被铁链锁在一个铁笼子里面，出不来，不会伤害到汪建国他们。

铁笼子上面有个木牌，写着：

此乃异兽也，因转基因而成，名为鹰虎狗，性凶猛，善搏击，狮虎难敌，为食肉动物，尤其喜食人肉，因其胃小，一次仅吃半人即可。凡从此处经过者，无论同伴多少，均须留下一人为鹰虎狗之食也，鹰虎狗饱餐后即无攻击性，其余人等无须害怕，可安心通过。若均不愿主动为其所食，欲一哄而过，惹怒异兽，必将悉数为其所害，勿谓言之不预也，慎之慎之。

四个人面面相觑，作声不得。鹰虎狗虽然被拴在铁笼子里面，可是四人的路却也是从铁笼子里经过的，鹰虎狗虽然被铁链拴着，不能跑到铁笼子外面，但整个铁笼子里面却都是它的活动空间。

汪建国说："怎么办？谁自告奋勇地进去给它吃？只有先喂饱它了，我们其他人才能走过去。"

没人应答。

汪建国对符定之说："符老师，不走过去大家都会死，走过去还有三个人活下来，你说有什么好办法？"

符定之想了想，说："谁会愿意主动让这畜生吃掉？最好的办法还是抓阄吧，谁抓到'死'字，谁就主动进去让它吃。"

"你们有意见吗？"汪建国问吕燕娥和朱丹阳。

吕燕娥惊恐地摇摇头，不敢说话。朱丹阳也只好默默地摇摇头。

汪建国说："那就麻烦符老师用四张小纸制成四个阄吧，三个写'生'，一个写'死'，谁抓到'死'，谁就主动走进铁笼子让怪兽吃掉。"

符定之没有别的办法，只好按汪建国说的办法，将四张小纸揉搓成四个小纸团，让另外三个人先拣，最后一个留给自己。

吕燕娥率先打开纸团，兴奋地叫道："我是'生'。"

朱丹阳打开纸团看，也是一个"生"字。

汪建国笑着说："符老师啊，看样子我们两人中有一个要喂狗了。你先打开看看。"

符定之打开一看，是个"生"字，一颗怦怦跳的心因激动而兴奋了，说："我是'生'字。"

汪建国打开自己手中的纸团，果然是个"死"字。

汪建国哈哈大笑，说："我好歹也算个人物，家财过亿，福没享尽，像我这么优秀的人怎么能够喂狗呢？你说是不是呀小娥子？"

吕燕娥惊恐地看着汪建国，她太了解汪建国了，这个贪财好色的奸商，坑蒙拐骗样样精，除了好事什么都做，除了亏什么都吃，要是他肯舍身喂狗，那当真是太阳要从西边出来了。吕燕娥知道，如果别人抽到"死"字，汪建国肯定会大义凛然地劝别人践行诺言，舍身喂狗，如果是他自己抽到了"死"字，一定会想方设法耍赖。只是她没想到，汪建国会把主意打到她身上来。

"娥子啊，你不是总说爱我吗？不是说愿意为我去死吗？好，现在机会来了，你的梦想可以实现了，我今天可以满足你为我去死的愿望。"

"不不不，建国，我爱你，看在我尽心尽力侍候你这么多年的份上，你放过我吧。我从十八岁就开始跟你，我为了你跟自己的父母都断绝关系了，我为了你打五次胎了，我是最爱你的那个人啊！"

汪建国点点头，说："我知道你是深爱着我的，可我要是被狗吃了，你还怎么爱我？你得帮我想个办法。"

"建国，你放过我吧，今后你要我做什么我就做什么，我把你当皇上一样侍候，你放过我好不好？"

"我是想放过你，可是这畜生不会放过我啊。"汪建国叹了一口气，突然转向符定之说："符老师，你看娥子还这么小，让狗吃了实在可惜，你已经活了这么大把年纪，应该活够了吧，要不，你让狗吃算了？你想这鹰虎狗绝对是神兽，世所罕见，你能让这种神兽吃掉，你也会变成神兽，岂不比你当个糟老头强多了？"

符定之盯着汪建国看了一会，知道无法抗拒，便说："佛祖说：我不下地狱，谁下地狱？我愿意去喂狗，不过，我有个条件。"

"条件？在这种处境下你还好意思和我谈条件？"

符定之说："汪总，做人要有基本的良知和底线。"

汪建国笑着说："你们知识分子就是麻烦，好吧，你说说你的条件。"

符定之说："我死了，在后面的路程中你们要照顾好我的老伴，不能为难她。"

汪建国想都没想地说："这个没问题，你放心地去吧。"

符定之又转过身对朱丹阳说："老伴，这都是命，我先走了，再不能陪你了，你今后可要好好地活着，照顾好自己。"

朱丹阳流着泪说："汪建国，你这个遭天杀的，欺负我们老人，你不得好死。定之，我不会让你一个人上路的，我陪你去喂狗，生要在一起，死也要在一起，走，我们进去。"

汪建国盯着符定之和朱丹阳，只见两人相互搀扶着，打开铁笼子门，走了进去。

鹰虎狗好奇地打量着这两个人，它看看这个，又看看那个，不知道该吃哪一个，因为以往都是一个人单独走进来，这次怎么会是两个人呢？鹰虎狗虽然凶猛，智商却十分低下。所以当两个老人慢慢走过去的时候，这鹰虎狗倒忘记去扑倒他们，两个老人眼看就要走到笼子对面，还有半米的距离就要穿笼而出了，鹰虎狗仍然只是慢慢地逼近，符定之再不犹豫，他猛的把朱丹阳往前一推，朱丹阳顺势一步跨出铁笼。符定之紧跟着猛的一跃，也窜出了铁笼子，鹰虎狗似乎明白了什么，猛的向符定之扑过来，可惜只是用它尖锐的鹰爪抓破了符定之的衣服，并在他的背上划下几道血痕，却没有逮到食物。

两个老人走到对面，抱头而哭，这次死里逃生，实在是侥幸。

对面的汪建国看得目瞪口呆，然后就是就有点不爽了，原本是想让老家伙去喂饱狗后，他和吕燕娥大大方方走过去的，现在两个老家伙平安无事地过去了，他和吕燕娥可就有点麻烦了。

汪建国和吕燕娥两人都没有说话，各自想着心事。

过了好一阵子，汪建国才说："娥子啊，我知道你很爱我，为了我，你什么都愿意做，是不是？现在只好委屈你了。"

吕燕娥知道躲不过去了，哭哭啼啼地说："建国，我爱你，你是我的心，你是我的肝，没有你我活着也没有什么意思，为了你，我愿意帮你去喂狗。

我死后，你可不能忘记我，逢年过节你要记得给我多烧点纸，上炷香，我死后在天上也会保佑你平平安安发大财，身体健康。"

"嗯，好娥子，我会永远记住你的好的！你是我此生最爱的女人，你说的我都记住了，我不会让你失望的。"

吕燕娥一边啜泣着一边来到铁笼子门前，她打开铁笼子的门，正准备钻进去，突然又回过头说："建国，你能最后吻我一次吗？"

"好娥子，让我最后吻你一次吧，我们的爱比山高比海深，海枯石烂不变心。"汪建国说着，低下头吻住了吕燕娥红润的嘴唇，两人忘情地吻着，好一阵子后，吕燕娥说："建国，放开我，让我进去吧，你要好好活着。"

汪建国刚一放开吕燕娥，吕燕娥突然从他的腋下钻到他的背后，狠狠地在汪建国的背上推了一把，厉声说道："渣男去死吧！"

汪建国没防备突生异变，一下子就被推进了铁笼子里面，吕燕娥迅速关上铁笼子的门，以防汪建国又爬出来。

此时饥饿的鹰虎狗再不犹豫，扑了上来，只一口，咬下了汪建国帅气的头颅，汪建国都没来得及发出声音。

鹰虎狗从头吃到胸部，就不再吃了，这畜生用口叼住剩下的汪建国走到笼子的一角，闭上眼睛养神去了，不再理会吕燕娥，吕燕娥胆战心惊地从笼子里走到了对面。

符定之和朱丹阳目睹了吕燕娥反败为胜的整个过程，不由对这个女人的心机和狠辣感到惊讶，对她充满了戒备之心。他们知道，后面肯定还有凶险在等着他们，而他们又将如何面对呢？

而吕燕娥面对两个老人异样的眼神，却是粲然一笑，说："女人狠起来才是真狠，男人最好不要惹怒女人。"

|第11章|
我想我是爱上你了

林青山等人走进死门后，眼前是漆黑一团，什么也看不见。

好在身后没有了蛇，大家都长长地喘了一口气。

黎雅玲拍拍胸口，说："吓死我了，长这么大还从来没见过这么多的蛇。"

林青山从肩上取下背包，从包里拿出手电筒，用手电筒一照，没发现周围有什么异常情况。

"你腿还疼吗？还是我背你走吧。"林青山对杨春说。

"有一点点疼，但可以正常走路了。"杨春说。

借着手电筒的光，四个人往前走着，前面是向上的阶梯，大家顺着阶梯走，阶梯尽头连着的似乎是一个山洞，因为没有退路，大家只好往前走，进了山洞。

四人刚进山洞，身后突然传来"哐当"一声响，四人转过身看，原来洞口被封住了，四人费了好一番功夫，却怎么也打不开了。

杨春说："既然出不去了，我们继续往前走吧。"

四个人转身往前走去，山洞显得有些潮湿，光线仍然很暗，好在林青山有个手电筒照着，大家也不怎么害怕，反而觉得现在这才是真正地在探险。

史乔忠说："够刺激，我第一次参加探险，就碰到这么惊险的事，回去后可要好好和寝室的哥们吹吹牛。"

林青山忍不住说："刺激什么？现在我们连退路都没有了，只能往前走了。我估计我们已经走进山里，如果运气好，还可以穿山而过，如果运气不好，我们就要被困死在这山里了。"

黎雅玲说："啊？情况有这么严重？"

经过昨天的闹腾，林青山和杨春已经很亲近了。杨春轻声问林青山："你说我们会不会真的要葬身山中？"

林青山微笑着说："不会的，我吓唬他们的。放心，有我在，我一定会让你走出去的。"

杨春脸上一红，心跳加速，她满含深意地看了一眼林青山，通过这两天的接触，林青山让她死去的心又开始慢慢复苏了。她觉得在这个男人的身边，心里特别踏实，她一点也不害怕，而且，这个男人虽说有很多缺点，但总体来说，他对女人还是有那么一小点绅士的，而且心很细。她对男人的看法在悄悄改变，这世上还是有好男人的。

黎雅玲问："你们俩在嘀咕什么？"

林青山说："你们看，前面好像不大对劲，我们过去看看。"

四个人快步来到前边，见是一个长达 10 多米的深坑，深坑上面搁着一块二十厘米左右宽、两三厘米厚的木板，要想过去必须从木板桥上通过。

史乔忠问："这坑有多深？林校长你用手电筒照照看。"

林青山用手电筒往下一照，不看还好，一看众人不由倒抽一口冷气，坑倒不深，也就五六米深的样子，问题是坑里面密密麻麻的全是蛇，那些蛇被手电筒光刺激后，开始蠕动起来，有一条近两米长的眼镜王蛇突然立起身子冲着四人吐着蛇信。黎雅玲尖叫一声，扑到史乔忠怀里，杨春也是紧紧拉着林青山的手。

林青山安慰杨春道："别怕别怕，有我呢。"

林青山突然发现山洞石壁上有字，便用电筒照过去，只见洞壁上刻着几行字：

欲过此坑，必借此木板。此木板一次可承载 2 人同行，多则必折。此木板仅可用两次，用过之后将自动掉入深坑，人多时万勿争抢，否则必遭天灭。凡经过人等，务请慎重，切记切记！

史乔忠说："我们四人刚好分两次过桥，只是木板这么窄，掉下去怎么办？"

其他人都没出声，显然都在思考史乔忠的话。木板这么窄，如果没掌握好平衡，一不小心掉了下去，肯定会成为群蛇的佳肴。

林青山观察着，木板虽然不宽，但二十多厘米也能让人行走，坑的长度大约有十多米，说长不长，说短也不短，如果只是他自己，凭他的身体素质和长期运动形成的技巧，一溜小跑就过去了，估计史乔忠平安过去也没有问题，但这两个女孩就说不准了，况且坑下有这么多蛇，一个慌张，很有可能失足掉下去。

林青山对史乔忠说："我和小杨一组，小史和小黎一组，分两次过。是你们先过还是我们先过？"

史乔忠想了一会说："还是你们先过吧。"

林青山说声好，取下背包，从里面拿出两根两米左右长的绳子，将其中一根交给史乔忠说："等会把两人绑在一起，防止出现意外。"

林青山又对杨春说："小杨过来。"

杨春走到林青山身边，林青山给绳子打了个环，然后套在杨春的腰部，试了试松紧和牢固程度后，露出满意的表情。

杨春看着林青山的动作，忍不住轻轻叫了声："林校长！"

林青山正在低头给自己身上打结，闻声抬起头问："有事吗？"

杨春问："你这样做是为了保护我吗？"

林青山说："我说过的，一定要把你平安送出去的。"

杨春的泪水不自觉地流了出来，说："谢谢你！"

林青山说："等会我们过桥时，我走在前面，你走在后面，你不要看下面，你看着我的背影走。记住，不管发生什么情况，你只能看我的背影，不能往下看。"

"嗯，我记住了。"

林青山把绳子在自己的腰部拴牢固以后，转过身对史乔忠和黎雅玲说："等会你们像我们一样用绳子把两人连在一起，这样有个照应，过桥时要掌握好平衡，如果出现意外，千万不要慌，要冷静应对。"

黎雅玲说："我有点怕。"

史乔忠说："不要怕，你放心，我会保护你的。"

林青山对杨春说:"我们先过去,我在前面拿着电筒走,你注意平衡,记住,跟着我走,不要看桥下。"

"嗯,我知道了。"

林青山和杨春一前一后地踏上了木板桥,林青山在前面走着,感觉木板很牢固,顿觉放心不少,两人往前走着,不一会就走到了桥中间,再过两三分钟就到达对面了,林青山很有信心。

正当林青山感觉放心的时候,他听到杨春在身后发出一声尖叫,林青山只好停下脚步,转过头去看。只见一条眼镜王蛇窜到了木板上,正在朝着杨春吐信子,杨春惊恐地看着,摇摇欲坠。

林青山迅速转过身,一把抱住杨春,一个转身把杨春放到了前面,然后自己面对眼镜王蛇。

眼镜王蛇见前面的人影晃动,蛇头迅速伸了过来,想要咬住猎物,林青山刚转过身,就看见蛇头已经到了自己胸前。说时迟,那时快,他一把抓住蛇的七寸,然后使劲往下一扔,端的是惊险无比。

由于做这一连串的动作,他的手中还拿着电筒,光线不免四处扫射,杨春借着灯光突然看见桥下的坑中有更多的蛇立起了细长的身子朝着她吐信子,心中不由一慌,脚下不稳,身体失去平衡,往下掉去。

好个林青山,不慌不忙,连忙把绳子扯住,把杨春往上拉。杨春吓得脸色发白,好在林青山很快握住了她的手,把她拉上了木板上。刚一站定,杨春发现一条蛇又爬上了木板,而且就在林青山的脚边。

杨春说:"蛇蛇蛇,你脚边有蛇。"

林青山看也不看,凭感觉一脚把蛇踢下坑中,可是他自己却失去平衡,从木板的左边掉向坑中,林青山知道如果自己掉下去,杨春也会跟着掉下去,两人断无活路。不容多想,他一把把杨春推向右边,杨春便从桥的右边掉了下去。

此时,绳子拴着两人的腰,林青山和杨春一左一右地悬在木板的两边,坑中的蛇都在蠢蠢欲动。

林青山更不犹豫,对杨春说:"不要怕,不要怕,有我呢,我先上去,再拉你上来。"

说完他用手抓住木板，一个翻身就上去了，然后拉住杨春的手，将她拉了上来。他一把抱住杨春，直接向前跑去，不到一分钟，就到达了对岸。

他放下杨春，发现杨春竟然一点都不慌张，不仅看不出她有什么害怕的表情，相反，是一脸的坦然。

林青山奇怪地问："你不怕吗？"

"开始有点怕，当你抱住我往前跑的时候，我觉得很安全。"

林青山来不及说话，杨春突然一把抱住林青山的脖子，用自己饱满的红唇堵住了林青山的嘴。

林青山有点蒙，杨春还在狠劲地亲着他，他却像木头一样不知所措。好一阵子后，杨春才放开林青山，她在他耳边悄悄说："我想我是爱上你了！"

林青山说："傻丫头，他们还没过来呢。"

林青山和杨春向对面的史乔忠和黎雅玲看过去，两人站在原地发呆，林青山和杨春过桥的惊险过程两人看得清清楚楚，心里如十五个吊桶打水——七上八下，心中害怕。

林青山说："别怕，我用手电筒给你们照路，你们安心走，注意平衡就可以了。"

史乔忠看着黎雅玲说："怎么办？"

"和他们一样吧，他们能做到，我们也能做到。"黎雅玲说。

"你确定你不怕？"史乔忠问道。

"已经没有退路了，必须勇敢面对。"黎雅玲说。

史乔忠看到了林青山和杨春过桥的全过程，心想所有的危险都是来自女人，如果没有杨春，林青山可以轻松地过桥，为了照顾杨春，林青山差点葬身蛇腹。同样，如果他一个人过去，应该也很轻松，但如果和黎雅玲捆绑在一起的话，危险性就会大大增加。

史乔忠不想和黎雅玲捆在一起，但没找到合适的理由，他正在沉吟着想办法，黎雅玲却在催他了："乔忠，快绑绳子呀，别耽搁时间了。"

"雅玲，刚才你也看见了，两个人绑在一起，行动不便，危险性更大，我觉得我们之间不要绑在一起更好。"史乔忠说。

"那要是我和你任何一个人遇到危险，对方怎么救援？"黎雅玲问，她还没意识到史乔忠是害怕她连累他才不想把两人绑在一起的。

"你按我说的做，我们一定能很快到达那边。"史乔忠自信满满地说，"你拿着绳子在前面走，遇到危险时你就把绳子甩向我，我会迅速抓住绳子保护你的。"

"好，就按你说的做，我先在前面走，你紧跟着。"黎雅玲说完，就踏上了木板，林青山则把手电筒的光照在木板上。

要说起来，现在黎雅玲和史乔忠过木板桥其实比林青山刚才容易多了，刚才林青山背着包，拿着手电筒，要照顾杨春，还要防蛇，一心多用，所以容易出事。而黎雅玲和史乔忠只要一心向前走即可。

黎雅玲虽然有点害怕，但基本能保持稳定，加上运气好，没有碰到蛇上来纠缠，眼看离林青山所站的地方不到一米的距离，突然加速，三两步就跨上了岸。

黎雅玲上岸就听到后面传来史乔忠惊恐的叫声："有蛇，雅玲救我。"

黎雅玲转过头才发现，史乔忠走得太慢，离岸边还有两三米远的样子，她急忙把手中的绳子甩了过去，史乔忠反应也快，抓住绳子使劲一拉，因为有了绳子的支撑，他更容易掌握平衡，急忙从木板上跑了过来。史乔忠刚一踏上岸，那块木板就掉落坑中。

因为史乔忠用力太大，黎雅玲就狼狈了，眼看就要被绳子拉向坑中，而此时史乔忠正冲过来，只要把她往岸边推一把，就没有危险了，可此时的史乔忠不仅没把她往岸上推，相反还嫌黎雅玲挡了他的路。他感觉后面已经有蛇追上来了，当下毫不犹豫地把黎雅玲往旁边一推，黎雅玲发出"啊"的一声，迅速向坑中跌落。

林青山见状大惊，把手电筒往地上一扔，向黎雅玲扑去，同时双手向黎雅玲捞去。林青山在跌倒之前，双手抓住了黎雅玲的双腿，他虽然趴在了坑边，差一点也被黎雅玲带落坑中，但他仍然利用强劲的臂力，硬生生地把黎雅玲提了上来。

黎雅玲本已经有半个身子跌向坑中了，以为自己必死无疑，正当她闭上绝望的眼睛之时，突然感觉自己的双腿被人抓住，紧接着自己又被人提了上来。短短的一分钟，从生与死的边缘来回走了一趟，心脏"扑通扑通"

跳个不停，人却似傻了一般，目瞪口呆地坐在地上。

"雅玲，雅玲，你没事吧？没事就好。"史乔忠赶紧过来安慰道。

黎雅玲以为刚才是史乔忠救了她，她向史乔忠投去感激一眼，没说话。

林青山还没爬起来，突然臂上一痛，追赶史乔忠的那条眼镜王蛇已经在他臂上咬了一口，然后又迅速溜回了坑中。

"不好，林校长被蛇咬了。"杨春惊叫道，她来到林青山身边，把他扶了起来。

林青山只感到头一阵晕眩，知道这蛇毒性极强，比下午咬杨春的那条蛇的毒性强太多，若不及时处理伤口，命就会丢在这里了。

"快把我的包拿过来，把包打开，拿出刀子，对，就是这把刀，帮我把蛇咬的地方割破，把毒血挤出来。"林青山指挥着杨春按他的指令做。

可是，林青山催了几次，杨春就是不敢割破他的手臂，林青山从杨春手中拿过刀子，对着蛇咬的地方就是一刀，一股黑色的血液流了出来。

"我帮你吸毒吧。"杨春说着就张嘴往伤口处去吸。

"不能吸，这蛇的毒性太强，你快帮我挤出毒血，越快越好。"林青山对杨春说，杨春不再犹豫，使劲地帮林青山挤出手臂中的毒血。好一阵后，直到挤出的血液变成红色的以后，林青山自己对着伤口又吸了几口血吐出来，然后才说："好了，再帮我把包里的药品拿出来，就是那个红色瓶子。"

杨春从包里找出红色瓶子，递给林青山，林青山把瓶中的白色粉末倒在伤口上，然后对杨春说；"再帮忙把包里的纱布拿出来给我绑上。"

杨春又在包里找纱布，每次打开林青山的包，都会看到林青山的内裤，搞得她很难为情。她把林青山的内裤塞到包底，免得老是碰到它，然后找到纱布拿了出来，又用纱布帮林青山绑住了伤口。

"绑紧一点。"林青山说。

"绑太紧了我怕你疼。"

"不会疼的，不绑紧会掉下来的，再紧一点，对，就这样。"

等杨春绑完，林青山活动了一下胳膊，说："好了。这下扯平了，我们一人被蛇咬了一口。"

"没有扯平哦，你还是赚了，你还被美女蛇咬过呢。"杨春笑道。

这时，黎雅玲在史乔忠的安抚下，终于清醒了些，他们走过来看望林青山。

"林校长，你怎么会被蛇咬的？"黎雅玲问，她还不知道是林青山救了她呢。

"还不是为了救你。"杨春不高兴地说道。

林青山赶忙向杨春摇头，示意她不要说了，他可不想破坏史乔忠和黎雅玲之间的感情。

"救我？刚才是林校长救我的？"黎雅玲问，她慢慢地回想刚才发生的一切，不久就想明白了一切，她冷冷地瞧了史乔忠一眼，却什么也没说。她爱得这么深的男人居然是一个渣男，让她情何以堪？这一刻，她当真是心如死灰。

史乔忠内心还是有点羞愧的，但他很快就释然了，在那种处境下，谁都要先求自保，这是人的本能反应。

"我们走吧，不要在这里耽误时间了。"林青山说着，拿起电筒，背上背包，朝前走去，杨春等三个人也迅速跟了上去。

没走多久，就发现前面有一道石门，林青山依稀觉得石门上有几行字，便用电筒照上去看，只见上面写着：

凡踏进此门者，须于3个小时内穿过此山洞，否则前面洞口将关闭，尔等将困死山腹中，谨记谨记。

四人都盯着这几行字看。

杨春说："根据目前的情况来看，我认为这几句话应该是真的。"

史乔忠也说："我也认为是真的，前面的每一句话都应验了，我们宁可信其真，也不能信其假。"

林青山说："那我们快走吧，从现在开始，属于我们的时间只有3个小时了，还不知道后面会发生什么事呢。"

林青山带着杨春、史乔忠和黎雅玲三人继续往前走。虽然山洞里比较黑，但在手电筒的照射下，大家走得还比较顺利。

这一段山洞整体比较平坦，也没有什么陷阱，大家心里放松了一些。走了半个小时左右，走在最前面的林青山发现前面的山洞被堵住了，心里"咯噔"一下，知道麻烦又来了。

"大家停一停。"林青山说，"你们看，这是怎么回事？"

"好像是两扇木门。"杨春说。

"我来推开它。"史乔忠说着，走上前来，伸手就朝木门推去，木门"吱呀"一声，很轻易地被推开了。

"啊——"杨春惊恐地尖叫一声，人向后倒去，林青山急忙扶住了她。

"啊，妖怪——"紧接着黎雅玲又是一声尖叫，"妖怪，妖怪。"

史乔忠也是吓得牙齿打战，叫道："鬼，鬼，好多的鬼。"

|第12章|
吕燕娥被食人鲳吃了

符定之夫妇与吕燕娥一路向前走着，因为光线充足，走起来也没有碰到什么意外。

"咦，前面好像有水。"符定之突然惊讶地说道。

三个人走近一看，这是山洞里的一条暗河，水面至少在一百平方米以上，水面上有一艘小艇，和昨天漂流时坐的小艇差不多，水面上还有一座木桥，几乎贴近水面，不仔细看，还发现不了。

吕燕娥说："我口渴了，先喝口水再说。"

吕燕娥说完就蹲下身子，准备用手去捧水喝。符定之连忙制止道："先别喝，不知道这水能不能喝。"

"晚上吃的菜太咸，我真的好渴。再说，这山洞里的水，肯定很干净，我管不了那么多了。"吕燕娥说完就用双手捧起水喝。

吕燕娥喝了几口，对符定之夫妇说："水有点凉，但很甜，这是典型的山泉水，你们也喝点吧。"

不等符定之夫妇答话，吕燕娥突然"啊"地尖叫一声，站起身子就往后跑，符定之一看，一条鱼正咬着吕燕娥的手不放，吕燕娥一边哭叫，一边使劲地甩着手臂，但那鱼咬得太紧，不管吕燕娥怎么甩，鱼就是不松口。符定之急忙走过去，对吕燕娥说："把手贴放在地上。"

待吕燕娥按照符定之的办法把手搁在地上后，符定之从地上捡起一块石头，狠狠地朝鱼砸去，鱼受到攻击，终于松了口，在地上蹦跶了几下，又跳到河里去了。

吕燕娥的手鲜血淋漓，疼得泪流满面。

可惜林青山不在，要不就可以消炎用纱布包扎一下了。符定之叹口气，想办法费劲地从自己的短袖上撕下了一块布，给吕燕娥简单地包扎了一下。

这时候，朱丹阳说道："你们快来看，这上面有字。"

符定之和吕燕娥闻声走过去，只见洞壁上写着几行字：

欲过此河，可乘小艇，亦可从桥上徒步走过。小艇限载一人，多则必生异端。桥亦仅供一人过，多则必毁。故无论人多人少，仅限二人达彼岸，勿生贪念。河中之鱼数千，乃引自南美之食人鲳，虽一头牛，一分钟亦分可食而尽，过河者谨慎，莫为其所害。

三人读完，面面相觑。

"你们两人不会丢下我不管吧？"吕燕娥说。

"我们不是这种人，你放心，我们想办法，务必三个人都过去。"朱丹阳老师说。

符定之走到木桥边，看了看木桥，看不懂其中有什么玄机，不知道为什么仅能让一个人通过，但是他相信，如果冒险让两个人从木桥上走，极有可能发生意外。

符定之又来到小艇边看，这小艇确实小，一个人坐在上面自然没问题，但如果两个人坐在上面，就很拥挤，绝对会有危险，一个不慎掉入河里，就会成为食人鲳的食物。

"这是哪个神经病设计的？不是坑人吗？"吕燕娥骂道。

符定之说："别急，一定会有办法的。"

"还能有什么办法？三个人只有两个能过去，这是什么逻辑？"吕燕娥说。

符定之观察良久，想不出什么好办法。

"要不，还是抓阄吧。"吕燕娥说，"我们都是君子，说话算数，不像汪建国那个王八蛋，言而无信。"

符定之摇头，还在苦思冥想。

"那要不，我们划拳定生死？"吕燕娥又建议道。

符定之还是摇摇头。

吕燕娥想了一会，对符定之说："符老师，我想单独和你说几句话，行不行？"

"这里就我们三个人，有什么话不能公开说？"朱丹阳问。

"朱老师，你别生气，我这话必须单独和符老师说，你就不要听了吧。"吕燕娥说。

朱丹阳看着吕燕娥，怎么看怎么不顺眼，当下冷冷地说："你有什么话尽管直说，不要鬼鬼祟祟的像要做什么见不得人的勾当一样。"

吕燕娥说："好，说就说，符老师，你看你这个老婆又老又丑，这样的黄脸婆还有什么用？这样吧，我们两人过去，把这个老婆子丢在这里算了，出去后我嫁给你当老婆，我年轻漂亮岂不是更好？"

朱丹阳气得浑身发抖，说："你这个不要脸的狐狸精，这种话你都说得出口？你还有没有羞耻之心？"

符定之也说："小吕，这种话你不要再说，我是不会抛弃我的老伴的，你的求生欲望我可以理解，但用这种卑鄙的手段苟活，不是我符定之做的事。"

吕燕娥见这对夫妇一唱一和地教训她，她想干脆把这两个老家伙推到河里喂鱼算了，但是又怕斗不过这两人，反受其害。

吕燕娥心中想到一个办法，她突然跑到河边木桥处，直接踏上木桥，向对面一溜小跑。

如果一个人从木桥上走过去，到达对岸那是一点问题也没有的。现在吕燕娥不经商量，自私自利地独自一人先上桥，只想快点跑过去。

　　吕燕娥跑得太快，桥一震动就发出了声音，这声音很快吸引了大批的食人鲳，它们纷纷跃出水面，向吕燕娥攻击，数百条食人鲳一起跃到空中撞向吕燕娥，饶是她再镇定强悍，也很快被撞倒了。

　　吕燕娥一掉进河里，便发出了几声惨叫，不到一分钟，就尸骨无存了，符定之夫妇看了心惊胆战。

　　过河的桥也被食人鲳撞断了，现在唯一的办法就是依靠小艇了。

　　"你一个人过去吧。"朱丹阳说。

　　"还是你过去，我就在这边，你出去后再找人来救我。"符定之说。

　　"不知道前面还会有什么灾难等着我们，我一个人过去了也没有能力面对，还是你过去比较好。"朱丹阳说。

　　符定之突然想到什么，问朱丹阳："你说这些鱼怎么知道吕燕娥在桥上的？"

　　"她跑得这么急这么快，发出的声音这么大，鱼能不知道吗？"朱丹阳说。

　　"对，就是声音吸引了这些食人鲳，我想到了一个办法，如果用声音把食人鲳往别的地方引，就可以悄悄地划船过去了吗？关键是我们划船不能发出声音。"符定之说。

　　朱丹阳听得眼睛一亮，说："这条河也就十多米宽，我们应该可以在5分钟以内划过去，只要挺过5分钟，我们就可以到达对岸了。可是，用什么方法把食人鲳往别的地方引呢？"

　　符定之说："你看，地上这么多石头，我们多带上一些，等会在小艇上你负责划船，我负责向远处扔石头，记住，划船的声音一定要小。"

　　朱丹阳说："这点你放心，我从小就在海边长大的，对怎么划船很熟悉。"

　　两人说干就干，捡了二三十块拳头般大小的石头放在小艇里，然后两人小心谨慎地上了艇，符定之悄悄说："我现在开始扔石头，石头一落水，你就使劲地用木浆把小艇撑出去，记住，第一浆很关键，你撑住岸，利用反作用力，会划出去很远的。"

　　"我懂，你扔石头吧。"朱丹阳蓄劲待发。

　　符定之向远处扔去一块石头，刚一落水，果然有大批的食人鲳汹涌而去，就在石头落水的瞬间，朱丹阳用木浆使劲往岸上一撑，小艇一下子向对面前进了两三米远，符定之接着又向另一个方向扔出第二块石头，那些鱼又闻声游去，就这样，符定之不停地向不同的方向扔石头，朱丹阳不停地划着小艇，没有食人鲳来攻击他们。

符定之正在为他们的聪明办法感到高兴时，他突然发现小艇在进水，因为小艇只能承载一人，现在坐了两人，何况还增加了一些石头，更增加了重量，估计当初设计这个小艇的人就做了手脚，如果超重就会漏水，到时还是会沉没河中。

朱丹阳也发现了小艇正在进水，此时小艇离岸边只有两三米的距离了，她信心大增，更加用劲地划着，而符定之则继续向远方扔着石头，不断地吸引大量的食人鲳去抢石头。

就在小艇离岸边不到一米的时候，艇沉入了水中，也幸亏朱丹阳划得快，否则小艇必然会在河中沉没。河并不深，两人迅速向岸边奔去，而大量的食人鲳听到两人在水中走动的声音，也疯狂地涌来。

|第13章|
穿过妖魔阵

听到杨春、黎雅玲的尖叫，又听到史乔忠喊有鬼，林青山全身起了鸡皮疙瘩。

林青山开始也是吓了一大跳，他看着前面山洞里各种妖魔鬼怪的造型，双腿发软，他强自镇定了一下，很快发现了问题。

首先是灯光。山洞里有了灯光，那些灯光一看就是现代科技的产物，鬼怪怎么可能拥有这种设备？既然是人工造的，那就说明是有人在装神弄鬼，故意吓唬人的。

其次洞口的火焰没有热度，这种火焰他在到浙江西塘旅游时碰到过。西塘当时有一家鬼屋，专门供大胆的游客体验鬼世界的，那种火焰和现在洞口的火焰一样，是用薄薄的红丝绸面纱剪成的，风一吹，随风飘荡，就如火焰一般。

林青山发现洞中造型恐怖的妖魔鬼怪都一动不动，更加相信这些所谓的鬼怪不过是一些道具而已，没什么可怕的。

林青山把处于半晕厥状态的杨春唤醒，说："别怕，都是假的，你看我的。"他说着，一把扯下洞口飘荡的火焰，扔在了地上。

"假的也好可怕。"杨春说着，紧紧偎在林青山身边说，"我真的好怕。"

林青山说："没事的，小史、小黎，不要怕，你们听我说，这是一个假的鬼世界，我以前见过，有吓人的声音配合场景，比这还恐怖呢。现在，我们要想办法把这些妖魔鬼怪弄走，开辟出一条路来，这样我们才能过去。"

林青山说完，把手电筒关了，放进背包。因为山洞里有了灯光，虽然面前景象恐怖，但心里反而踏实了一些。

山洞里摆放的各种鬼怪看似杂乱，林青山仔细观察后，发现也有一些规律，各种鬼怪之间好像形成一种配合，封住了人们经过的路，林青山伸手摇了摇第一个吐着长长红舌头的吊死鬼，吊死鬼对面是一个长着长长獠牙的猪头怪，当林青山摇动吊死鬼的时候，獠牙猪头怪突然两拳一前一后地打在林青山的肩头，力量凶猛，一下子把林青山打翻在地。

"林青山，林青山，你怎么啦？"杨春焦急地蹲下身喊道。

林青山爬起来，揉揉被打疼的肩，笑道："我没事，虽然挨了两拳，我好像有点明白了。"

"你明白什么了？"杨春问。

"天机不可泄漏。"林青山笑道，对史乔忠说，"小史，你能不能到附近山洞里给我找一根棍子来。"

史乔忠转了一圈，空手而归，说："山洞里除了一些石头外，什么也没有。"

"你们三个人都去找石头，越多越好，把搬得动的石头全部搬到我这里来。"

"要石头做什么？"黎雅玲问。

"山人自有妙计，现在说出来就不灵了。"林青山笑道。

"故弄玄虚，爱说不说。"杨春嘀咕一声，首先去捡石头，黎雅玲和史乔忠也分头去捡石头。不一会儿，三个人就捡来了一堆石头。

林青山随手拿起一块石头，使劲向吊死鬼砸去，只听"砰"的一声，鬼怪们什么反应也没有。

"咦？难道不对吗？"林青山又拿起一块石头，使劲地向獠牙猪头怪砸去，"砰"的一声后，吊死鬼的两拳先后向前击打过来。

林青山又再次向獠牙猪头怪砸去一块石头，这时什么反应也没有了。

林青山若有所思，似有感悟，他再次拿起一块石头朝第二排的牛头砸去，接着牛头对面的马面的两拳先后击打出去，林青山又拿起一块石头，再次砸向牛头，这次马面又没有反应了。

林青山再次拿起一块石头，砸向马面，结果对面的牛头也是两拳向前打去，当林青山第二次用石头砸马面的时候，牛头没反应了。

"你在做什么？"杨春问。

"我知道走过去的办法了。"林青山说。

"真的？"杨春惊喜地问，"你有什么办法？"

"这些鬼怪打人是有规律的，当某个鬼怪被触动时，它本身不会有什么反应，但它对面的鬼怪就会打你，而且击打的力道非常猛，只要你在鬼怪附近，基本上都要挨上两拳，因为它出拳的角度封死了你的退路。但是，一个鬼怪都只能完成一次攻击，然后就没反应了。"

林青山说着，走上前去，左右手同时把獠牙猪头怪和吊死鬼往外一撑，就从缝隙中走过去了，然后如法炮制，又从牛头马面中间走了过去，然后再如此这般地走了回来。

"明白了吗？"林青山问。

"明白了，可是我们没有这么多石头呀。"杨春说。

"笨，石头是可以重复用的。"林青山笑着说。

"人家本来就笨嘛，用不着你强调说明。"杨春说。

林青山向杨春友好地笑笑，说："现在我们分工，我和小史负责砸鬼怪，小黎和杨春负责供应石头。"

四个人配合，两个人负责砸鬼怪，两个人负责供应石头，很快就走了三分之一左右的路程了，虽说石头可以反复使用，但那些妖魔鬼怪的样子实在是可怕，有些掉在地上的石头两个女孩子根本不敢去捡，所以可用的石头越来越少。

林青山也发现了问题，此时如果再回转去找石头，一是山洞的石头本就不是特别多，不一定找得到那么多石头，二是时间也来不及，三个小时，目前已经过去一半了，时间紧迫。

林青山想就近取材，拆下一个鬼怪当石头用，可这些鬼怪焊接得非常牢固，林青山尝试了几次，根本就拆不动。

又砸了一阵子，眼看可用的石头越来越少，而鬼怪封住的路程才刚刚走过一半，这样下去，即使走过这个妖魔鬼怪阵，时间也不够，到时他们还是会被封在这个山洞里，是死路一条。

林青山对史乔忠说："小史，这样下去不行，我们要改变办法，现在我们两人同时砸两个鬼怪，看看两个鬼怪互打是什么结果。"

两人商量好以后，同时用石头砸向各自的鬼怪，两个鬼怪同时出拳，在空中相撞，发出了一串火花，很快火花向前蔓延开来，凡是还没有被砸的妖魔鬼怪身上，都发出了耀眼的火花，而被石头砸过了那些鬼怪则没有任何反应。

因为火花来得太突然，所有的人都是大吃一惊，特别是站在前面的林青山和史乔忠，急忙向后退，这一退没有任何先兆，也来不及提醒后面的杨春和黎雅玲，四个人连环跌倒。

刚一跌倒，后面那些妖魔鬼怪也全部倒了下来，压在了四个人的身上。

"啊！啊！救命啊，救——命——"杨春惊恐地叫道，后面的声音越来越微弱。

黎雅玲惊恐地叫了一声，然后就没有声音了。

前面妖魔鬼怪身上的火花燃烧了一阵，就熄灭了，紧接着，洞里所有的灯光也熄灭了，洞中变成了漆黑一团。

林青山费了好大一番功夫才掀开压在身上的一个狐狸精，从背包里拿出手电筒，又把压在史乔忠身上的老虎头鬼怪掀开，把史乔忠拉了起来。

林青山又去拉杨春，用手电筒一照，发现压在杨春身上的是一个怒目圆睁的青面獠牙鬼，此时的杨春紧闭双眼，不知死活。

"杨春，杨春。"林青山叫道。

杨春感觉有人压在自己身上，听到林青山在叫她，她睁开了眼，借着手电筒光，看到自己眼前的是一个眼睛瞪得老大的青面獠牙鬼，"啊"的一声，又吓晕过去了。

林青山又好气又好笑，他掀开了压在杨春身上的"鬼"，然后拉杨春起来，杨春却一动不动，林青山掐了几下杨春的人中，杨春才悠悠醒来，问林青山："我死了没有？"

林青山笑道："你死了，我也死了，现在我们都是鬼，所以不要再怕身边的鬼。"

"你掐我一下试试看，我听说鬼是不怕疼的。"杨春说。

林青山在杨春的胳膊上掐了一下，杨春马上叫道："疼，我还没死。林青山，你死了吗？"说着，在林青山的肋下狠掐了一把。

"哎哟，疼疼疼，快放手。"林青山大叫道。

"林青山，你也没死，你为什么说你死了？"杨春放手问道。

"即便我是鬼，你也不应该下这么重的手啊。"林青山苦着脸说。

"如果你是鬼，我掐的是鬼，与你有什么关系？"杨春笑道，突然又想到什么，又在林青山的肋下掐了一把，林青山再次大叫起来。

"你为什么又掐我？"林青山问。

杨春说："你刚才不会把鬼搬开了再叫我啊，害我一睁眼就看见这恶鬼，你还用手电筒照着那恶鬼头，你是怕我看不见恶鬼是不是？你就是故意吓我的，哼，你就是一个缺德鬼，我还有找你算账的时候。"

两人说话间，史乔忠已经把黎雅玲拉起来了。

四个人继续向前走，林青山见前面的鬼怪都烧焦了，发出焦煳味，所有的鬼怪已经变得面目全非。

林青山用石头砸向前面的鬼，已经没有任何反应了。

"好了，我们可以畅通无阻了。"林青山说。

"这是怎么回事？"黎雅玲问。

"这些妖魔鬼怪都是受电控制的，刚才两个鬼怪互击，导致电线短路，把这些鬼都烧死了。"林青山笑道。

四个人很快走出了妖魔鬼怪大阵，前面又是两道木门，林青山走在最前面，推开木门，眼前一亮。

眼前是一块平地，灯光明亮，洞里什么也没有，只是靠近洞壁有几个石凳。

"我累了，我要去休息一会。"杨春说着，向石凳走去。

杨春刚坐上石凳，石凳就旋转起来，房间的光线瞬间变暗，同时，一个阴恻恻的声音响起来："天堂有路你不去，地狱无门你偏来。"

林青山眼快手疾，他一步跨到杨春身边，把她从旋转的石凳上拉了下来。杨春刚一下来，旋转的石凳突然沉陷下去，接着洞内的地面也快速凹陷下去，现出一个深坑，四个人只好退到了木门处。

四个人站在靠近木门的地面，前面就是一个深坑，心里都有点慌，不知道怎么办。

此时，洞内的光线更暗了一些，四人同时看见一个人形骷髅从空中向他们飘来，两个女人吓得瑟瑟发抖。

|第14章|
惊心同心板

　　且说符定之连滚带爬地从满是食人鲳的河里上了岸，他上岸后又转身来拉朱丹阳，此时的朱丹阳已经被食人鲳困住了，正在绝望之际，被符定之一把拖上了岸，她的衣服上挂满了鱼，把衣服咬出了数十个洞，有两条鱼咬住了她的腿，符定之捡起一块石头，砸在那两条鱼的身上，两条鱼很快松口跳到水里去了，挂在衣服上的鱼也都松口跳到水里去了。

　　过了好久，老两口惊魂方定，符定之把自己的衣服撕成几条，给老婆的腿包扎好后，两人又继续往前走。

　　不知道前面还有什么危机，两人心中一片凄惶，后悔不该参加什么探险旅游，心里骂着汪娟娟这个歹毒女人为什么要把他们一步步引到这个陷阱中来，心想出去后一定要向公安机关告发这个坏女人。

　　两人继续向前走着，希望快一点穿过这个山洞。走着走着，便发现前面洞中又出现一个深坑，两人走近一看，这个坑并不宽，估计也就三四米的样子，但是却苦于没有任何工具，所以过去也是有难度的。

　　符定之和朱丹阳两人在附近山洞找来找去，除了石头，也没有其他工具，两人彷徨无助，无计可施。

　　正在两人叹着气自认倒霉的时候，朱丹阳突然发现前面洞壁上有几行字：

　　此乃生门最后一道考验也，欲逾此沟，须觅器具。越沟之器在洞壁中尔。从此处后退三十米，洞壁有机关，破机关者可得铁板一块，凭此铁板，过沟易也。

符定之和朱丹阳依言而行，后退三十米，便看见洞壁上有一长方形的沟槽，沟槽方框内的石壁上有两个红色的手印，一个手印大，一个手印小，面对这两个图案，两个人想了半天也没想明白。

符定之见那个大手印和自己的手差不多大，就试着把手放到那个大手印中，哪知刚放进去，在沟槽方框上方的石壁"砰"的一声响，露出一个黑洞，洞里盘绕着一条花斑蟒蛇，符定之吓了一大跳，急欲抽手，谁知手掌已经卡在石壁上的那个大手印中，拿不出来了。

朱丹阳也发现了危险，她见符定之的手拿不开了，此时又无别法，而那条蟒蛇已经开始蠕动身体，似乎还没睡醒的模样，如果等蟒蛇伸出头来，符定之哪里还有生路？在此万分危急之际，朱丹阳走上前去，把自己的小手放进石壁上的小手印中，"哐"的一声，盘着花斑蟒蛇的洞口又关闭了，与此同时，洞顶射下无数的羽箭，除了符定之和朱丹阳所站立的地方，其他地方都在羽箭覆盖的范围之内。

好一阵子后，羽箭才不再射下，而此时，两人的手已经能从手印中拿出来了。

符定之说："丹阳，谢谢你。"

朱丹阳说："谢什么？你没看到，我要不救你，就会被乱箭射死，救你就是救我自己。"

两人又开始寻找藏铁板的机关，除了那两个手印以外，并没有发现洞壁上还有其他什么特殊的地方。

"一定有机关的。"符定之说，"我们一路走来，这洞壁上的每一次提示都应验了的。"

朱丹阳说："你那看洞壁顶上是什么？好像就是一块铁板。"

符定之仔细一看，果然洞壁顶上有粘着一块铁板，只因为铁板颜色和洞壁的颜色一致，不仔细看还真看不出来。

两人正仰着头看，思考着怎么把铁板弄下来，铁板却突然平平地砸了下来。

"快闪开。"符定之大吼一声，把朱丹阳一把推开，而朱丹阳和符定之是一样的心思，她也是使劲把符定之推开，两人同时被对方推开，铁板刚好落在两人中间，虽然没有砸到人，端的是惊险万分。

铁板上面居然有几行字：

此铁板乃同心板也，又名相依板。铁板落下，若二人互救彼此，不顾己身，则二人皆活。若一人救对方，一人唯顾己，则救对方者活，顾己者死。若两人皆不顾彼此，唯求己逃生，则两人皆死。

符定之和朱丹阳看后，两人紧紧拥抱在一起，这个晚上两人经历了几次生死，都是因为两人不离不弃才活下来了，刚才要不是两人同心，又怎能躲过此劫？

两人抬着铁板搭在沟坑上，平安地走过去了。

两人继续往前走着，符定之突然说道："唷，你听，我好像听到鸟鸣声了，估计我们要出山洞了。"

朱丹阳静下心听，果然隐隐听到了鸟鸣声。

符定之说："算来我们已经熬过了十个多钟头了，估计现在天也快亮了吧。"

朱丹阳说："是的，现在应正是黎明鸟出巢的时候，天快亮了，我们快点走吧。"

两人经过此番磨难，感情愈笃，手牵手往前走去。

走着走着，突然双脚踏空，惊叫一声，同时向下掉落。

|第15章|
胆战心惊过绳桥

当骷髅架在空中缓缓飘到林青山四人面前时，林青山一拳狠狠地向骷髅砸去，骷髅应声而断，从骷髅架子中飘出一张纸，林青山伸手抓住这张纸，拿到眼前，光线太暗，看不清楚写些什么，他从背包里拿出手电筒，照在纸条上，只见上面写着：

此坑为万人坑，乃清末冯子材之副将冯德坑杀藏宝人之地也。坑中白骨累累，冤魂无数，亦有虫蛇无数，心若止水时，殊不足惧。过此坑者，须借助六绳桥，此桥绳坚韧，可承重，然桥无护栏，绳亦未固定，故人行其上必上下左右晃动不已，危乎殆哉！慎行慎行！

四人看完纸条，再看向坑中，这时才发现，有六根绳索横在坑上，绳索上有木板，可供人行走。刚才大家都在惊慌应对陡生的变故，所以没有注意到。大家向坑中望去，下面尽是枯骨骷髅，还有一些蟒蛇在蠕动，看了瘆人，不敢再看。

林青山看看手表，发现他们只有半个小时了，必须迅速想办法过去。

林青山沉吟了一会说："此绳桥没有护栏，且未固定，人若上去，上下左右摇晃，极易摔落坑中。如果一个人单独过，发生意外时，没有人救助，这样做风险很大。但如果四个人一起过，又容易互相干扰，风险也很大。我建议还是两人一组分两次过，我还是和杨春一组，小史和小黎一组，大家看怎么样？"

"我同意。"杨春说。

史乔忠看着黎雅玲，黎雅玲不作声。

"小黎表个态吧，这个时候大家一定要互相信任，精诚团结，共渡难关。"

黎雅玲惨然一笑，她点点头表示同意。但她心里非常明白，遇到危险的时候，史乔忠是绝对不会救她的，一个女人摊上一个自私的渣男，将是一辈子的悲哀。

"是我们先过去还是你们先过去？"林青山问史乔忠。

"还是你们先过吧，你们应变能力比我们强，让我们先观察一下。"史乔忠说。

"好，那你们小心点，过这样的桥，关键是要掌握好平衡，遇到危险时千万别慌。"

林青山从背包中拿出上次用过的两根绳，把其中一根递给史乔忠说："记住，两个人一定要绑在一起，相互才有个照应。"

史乔忠接过绳子，点点头。

林青山先用绳子的一端捆住杨春，然后把另一端系在自己腰上，试了试，感觉很牢固，然后对杨春说："别怕，我们一定能平安过桥。"

"有你在，我怕什么。"杨春说，"要死一起死，变成鬼了我也要把你掐成一个死鬼。"

"不会死的，我说过的，一定要把你送出去，我林某人说话从来都是算数的，我们走吧。"

林青山让杨春走在前面，他走在后面。刚一上桥，绳子就左右晃荡起来，林青山稳住不再动，杨春却稳不住，从桥上掉了下去，林青山急忙后退，一个箭步回到原来站立的地方，然后用绳子把杨春拉了上来。

杨春惊魂稍定，说道："这算什么桥？神仙也走过不去。"

林青山观察了一会，绳桥上并排有三块木板，他弯下腰，试着把绳桥上两边的木板拿掉，只留中间一块。

木板虽然固定在绳桥上，但并不牢固，林青山很容易地拆掉了绳桥两侧的木板，露出了四根绳子，只有中间的两根绳子上还搁着一块木板。

林青山说："这次我在前面，你在后面，我们从绳桥上爬过去，绳子晃荡时，我们牢牢抓住绳桥两边的绳子，这样就不会掉下去了。"

杨春听了，说："这个办法好。"

"你在往前爬的过程中，不要往下看，要往前看。"林青山叮嘱完，便趴在绳桥中间的木板上，两手分别抓住绳桥左右的绳子往前爬，爬一段绳，拆一段前面的木板，倒也顺利，杨春跟在后面爬，也没有遇到什么麻烦，两人很快就爬了一半。

由于林青山拆的木板都是顺手丢在坑中，其中一些木板砸在几条蛇身上，那些蛇蠕动了几下便爬到另一个地方，但其中有一条眼镜王蛇，性子凶狠，被木板砸中以后，突然立起身子，想起来咬林青山。林青山也不时在观察坑中，见有蛇立起来，便顺手用手中的木板向这条蛇砸去，一下子把这条蛇砸落在坑中，此后便再没有蛇来骚扰。

在爬行的过程中，绳索虽然荡来荡去，但在林青山的把控下，两个人顺利地过了桥。刚过了桥，杨春就抱住林青山，送上她的香吻，这次林青山没有发呆，回应起来。林青山刚回应，杨春就躲开了，咯咯笑道："逗你玩的，你怎么就当真了？"

林青山气结，不再理她，回过头对史乔忠喊道："小史，你们可以过来了，不要怕，小心一点没问题的。"

史乔忠像林青山一样，先用绳子一端系住黎雅玲的腰，然后把另一端系在自己身上，然后和黎雅玲一先一后地爬上绳桥，因为他们不用像林青山那样拆木板，所以速度比林青山他们快多了。

在爬行的过程中，绳子荡来荡去，两个人已心生芥蒂，心意不通，配合不默契，绳子晃荡得更厉害。

"我们先停一停，别动了，让绳桥晃动的幅度小点了再往前爬吧。"史乔忠说。

黎雅玲闻言便停了下来。

史乔忠这时悄悄解开绑在自己腰间的绳子，打了个活结，如果真发生危险时，他可不想陪黎雅玲去死。做完这一切后，绳桥晃荡的幅度也小了，便说："雅玲，我们继续。"

两个人又开始往前爬，这时，意外发生了，一条蟒蛇不知什么时候爬上了桥，尾随在黎雅玲身后，黎雅玲没感觉到，史乔忠却先发现了，他迅速解开系在腰中的绳子，然后加速向前爬去。

此时黎雅玲也发现了身后的蟒蛇，她一边加速往前爬，一边对史乔忠喊道："乔忠，等等我。"

黎雅玲见史乔忠解开了连着两人的绳子，知道史乔忠不会管自己了，好在她抓住史乔忠的脚，她还是希望史乔忠能往前带她一把。

史乔忠回头一望，见蟒蛇已经缠住了黎雅玲，而黎雅玲还死死拉住自己的左脚，他大急，用右脚狠狠朝黎雅玲踹去，黎雅玲被史乔忠踹在头上，眼前一黑，放开了史乔忠的脚，和缠住她的蟒蛇一起掉进了深坑。

此时，那条被林青山击打过的眼镜王蛇突然又窜了上来，朝史乔忠的左手咬了一口，史乔忠痛苦地叫了一声，想继续往前爬，可是，他发现前后都有好几条眼镜蛇和蟒蛇从桥上向他爬来，他无处可躲。很快就有几条蛇爬到了他的身边，有的开始咬他，有的开始缠绕他，史乔忠再也坚持不住，眼前一黑，掉下坑去。

须臾，史乔忠和黎雅玲两人尸骨无存。

林青山和杨春目睹了史乔忠和黎雅玲两人的惨剧，开始的时候，他们还在责骂史乔忠没有人性，可史乔忠马上就葬身蛇腹，他们也骂不出来了。正是世道有轮回，苍天饶过谁。

"史乔忠虽然死了，我还是要骂他不是个好东西，太无情无义了。"杨春说。

林青山摇摇头，说："还有 15 分钟，我们快点赶路，否则就出不去了。"

此时，洞内灯光明亮，路面平坦，两个人往前小跑起来，刚跑了几分钟，两人同时一脚踏空，向下掉落下去。

|第16章|
科学有时也是残忍的

林青山向下掉落的时候，一把抱住了杨春，两人迅速向下坠去。

很快两人掉进水中，林青山反应快，他一手拉着杨春，一手划着水，向上浮去，很快就浮出了水面。

杨春吐出了几口水，人就清醒了，问："我们这是走出山洞了吗？"

林青山说："对，我们走出来了、天上的云、山上的树，我们已经从山洞里走出来了。"

正在这时，有声音传来："林校长，林校长，是你们吗？"

林青山和杨春循声望去，杨春说："咦，你看，那不是符老师和朱老师夫妇两人吗？"

"符老师，朱老师，我是林青山，还有杨春。"林青山说道，发现他们所在的地方是一个湖泊，四周陡峭，居然没有一个地方可以爬上岸去，他只好托着杨春向符定之两人游过去。

符定之夫妇两人先林青山两人掉下水，正在想法离开的时候，林青山两人又掉下来了。由于相距较远，他们不敢喊人，怕又招来无妄之灾，还是朱丹阳老师仔细确认是林青山后，才发声呼叫。

林青山托着杨春游泳的时候，杨春突然问："你真的没有婆娘吗？"

林青山一愣，说："你现在问这个做什么？"

"你告诉我嘛。"杨春说。

"以前有过，现在没有了。"

"离了？"杨春问。

"出车祸了。"

"哦。"杨春应了声，不再说话。

不一会儿，四个人就会合了。林青山问："汪建国和吕燕娥呢？"

"死了。"朱丹阳有点伤感地说，又问，"怎么没看见小史和小黎两个人呢？"

"他们两个也死了。"杨春回答道。

"都是汪娟娟这个女人给害的，回去后我一定要报警。"符定之说。

天已经亮了，可是太阳并没有升起来，估计是个阴天，山风吹来，凉意袭人。

"我有点冷，我们能上岸去吗？"杨春说。

符定之说："我们已经观察了好久了，没有上去的路，四周全是山、全是树，我们不敢上去，怕蛇，这里蛇太多了。"

四人都是一筹莫展。林青山说："不要担心，山洞里那么危险，我们都走出来了，我们一定能平安离开这里的。"

四个人围着湖泊游了一圈，没发现可以上去的路。正在这时，林青山发现对面树林里划出了一艘小船，船上坐着两个人，很快杨春和符定之夫妇也发现了。

"奇怪，船怎么会从山里划出来？"杨春问。

"估计是个山洞，山洞里的水和这个湖泊是相通的，所以他们才能划船出来。"

船向四个人划了过来，很快林青山就能看见这两个人了，这两个人都戴着眼镜，一看就是近视镜，两个人显得文质彬彬，不像坏人，一个黑而瘦，一个白而胖，两个人脸上都露出友善的微笑，只是他们是从山洞里钻出来的，所以林青山等人还是保持着高度的警惕。

"你们是什么人？怎么泡在这个湖泊里？"白而胖的男子问。

杨春刚想说我们是从洞里逃出来的，林青山却提前说道："我们几个是探险的驴友，不小心落到了这里，请问这里是什么地方？"

"这里是仙女山，是本地人的禁区，我们两人也是探险的驴友。"黑而瘦的男子说。

"你们准备怎么出去？"白而胖的男子问。

符定之说："我们正在想办法离开这里，不知道两位能否帮助我们离开？"

"人生何处不相逢，现在大家遇到了，也是缘分。诸位如果要出去，先请上船，我们用船送你们出去。"黑而瘦的男子说。

"怎么送出去？"林青山问。

"从这里是出不去的，这湖泊四周都是山，没有路，山上到处是蛇，寸步难行，不是我吓唬你们啊，等会这湖里也会来很多蛇的。"白而胖的男子说，"你们看，前面那不是蛇来了？"

四人向白而胖男子指的方向望去，果然水里有两条蛇在游动。

"我们上船吧。"杨春说。

林青山说："好，我们都上去。"

船上的两个男子相继把林青山等四人拉上了船，林青山发现这两个男子不住地用眼睛瞟着杨春。

"我好看吗？"杨春妩媚地笑着问那两个男子。

白而胖的男子笑道："所谓'窈窕淑女，君子好逑'，姑娘真是美如仙女，和这仙女山倒相配。"

黑而瘦的男子摇着船，船又缓缓地进了山洞。山洞里光线虽然有点暗，但还是可以视物见人。

"请问两位贵姓？"林青山问道。

白而胖的男子说："我姓张，他姓王，我们两人都是生物学博士，你们可以叫我张博士，叫他王博士。"

"两位居然是博士，失敬失敬。"林青山说道，"两位博士到这穷乡僻壤来做什么呢？"

"海林生物资源丰富，生态环境得天独厚，物种相对独立，特别适合做生物学实验，我们在这里建设了一个生物实验基地。"张博士说。

"主要是研究什么呢？"朱丹阳问，她也是学生物的，是中学生物老师。

"基因工程。"王博士回答道。

"啊？那洞中的鹰虎狗就是你们研究出来的吧？"朱丹阳问。

"哈哈哈哈，正是我们研究出来的，我们的科研成果可比什么多利羊先进多了，我们的克隆技术已经远远超过很多国家的水平了。"

"什么鹰虎狗？"杨春问。

"一种转基因动物，汪建国就是被鹰虎狗吃掉的，你们究竟是科学家还是杀人犯？"朱丹阳问两个博士。

张博士莞尔一笑，说："科学有时也是残忍的。"

"你们要把我们送到哪里去？"林青山问，他已经嗅到危险的气息了。

"当然是送到我们的实验基地去。"王博士说，"你们要是跑了，我们的秘密不就暴露了吗？"

"你们8个人，能逃出来4个，倒出乎我们的意料。"张博士说，"你们的基因应该比较优秀，我们需要采取你们的血液样本，研究你们的基因，用来造福人类。"

"啊？这样说来，山洞里的陷阱也都是你们设计的吧？"杨春问。

"有些是我们设计的，有些是'打狼会'设计的，不过这些都不重要了，重要的是你们要配合我们的科学实验。"

"如果我们不配合呢？"林青山问。

"现在可由不得你们了。你们看，前面是什么？"王博士说。

　　林青山等人望去，前面快到陆地了，陆地上站着二三十个人，一个个都穿着白大褂。

　　一个五十来岁的人问："人都抓回来了？有没有漏网之鱼。"

　　"报告贾主任，四个人都抓回来了，没有漏网之鱼。"

　　"先把他们关进 107 房间，送点食物给他们吃，上午十点钟后采取血液样本。"那个被称为贾主任的说。

　　张博士和王博士把 4 人带到一个房间门口，打开门，把他们一个个推了进去，然后锁上了门。

　　"我们应该没有危险吧？"杨春说，"他们都是科学家，不会做伤天害理的事吧？"

　　朱丹阳说："那可不一定，我可以肯定地说，他们不是科学家，他们是科学疯子。他们正躲在这深山里做一些国家和政府不允许的科学实验。"

　　林青山说："如果他们在做非法科学实验，就不会放我们走了，我们会成为他们的活体实验品，除非我们死了。"

　　4 个人心情异常沉重，好不容易逃出山洞，谁知又被抓回来了。

　　这时候，有人在敲门，然后从门上方的一个窗口递进了早餐，是八个馒头、四个包子和四个鸡蛋，还有四瓶矿泉水，看样子他们并不想让林青山他们在吃的方面受委屈，这早餐还不错。

　　吃过早餐，林青山说："我去外面转转，看有没有什么可以逃跑的办法。"

　　"你怎么出得去？"杨春问。

　　林青山笑笑，没有回答。他来到门边，使劲地敲打铁门，不一会有人过来问："你敲门做什么？"

　　"我要上厕所。"林青山大声说。

　　"你先等等，我去报告一下。"

　　不一会儿，来了两个穿安保服装的人，他们一前一后地陪着林青山去上厕所，林青山一边四处观察，一边跟着前面的人向厕所走去。

　　"不准四处望。"后面的那个人踢了林青山一脚，警告道。

　　林青山上完厕所，又被带回 107 房间。

　　待两个安保走后，符定之问："有办法逃跑吗？"

林青山摇摇头，说："可能比较难，先观察一下再说。"

其实，以林青山的眼光来看，这里的安保并不严，如果知道出去的路，应该可以逃出去。

四人都不再说话，昨天累了一夜，大家都闭上眼开始养神。

不知过了多久，有人打开门吼道："出来，出来，都出来，采血去。"

|第17章|
打狼会

四人被带到一个实验室，一个穿白大褂的年轻女人在他们每人的胳膊上抽了一试管血液后，又一一登记了他们的姓名、年龄、性别之类的资料，然后四人被带回。

走到半路，四个人碰到了汪娟娟。

"汪导游，你就是这样安排我们探险的吗？"朱丹阳气愤地问。

汪娟娟冷笑着说："你们现在能活着就不错了，我倒没想到，活着的会是你们四个人。"

"你为什么要这么做？"林青山问。

"因为我是打狼会的成员，同时也是'新宇宙生物实验基地'的工作人员。"汪娟娟说。

"什么'打狼会'？什么'新宇宙生物实验基地'？"林青山问。

汪娟娟说："现在也不怕告诉你们，这里就是'新宇宙生物实验基地'，专门从事各国政府不允许做的生物研究的，比如有关人的克隆技术，又比如各种动植物转基因工程研究。这里不时需要活体人做实验，我就是负责为基地提供活人的。"

"你的旅行社就是专门把人骗到这里来的吗？"朱丹阳问。

"差不多吧。"汪娟娟说。

"那'打狼会'又是什么东西？"林青山问。

汪娟娟说："打狼会不是什么东西，打狼会是一个打狼的组织，准确地说，是打色狼的组织。"

"打色狼？难道你被色狼欺负过？"杨春问。

汪娟娟说："在你们眼中，我是个蛇蝎心肠的坏女人，你们不知道的是，我以前也是一个知书达礼的好女人。我是硕士研究生毕业，我有自己的事业，有自己的家庭，我的老公是个博士，他家里穷，我出钱资助他读书，他要下海做生意，我又出钱资助他创业，后来他果然成功了，事业越做越大，赚的钱越来越多，可是我们的感情越来越冷漠。他背着我在外面养小三，还和小三生了儿子，甚至还想毒杀我，好达到和小三长相厮守的目的。我知道真相后，主动和他离了婚，成全了他和他的小三的所谓爱情。这就是我的故事，是不是很老套？"

作为女人，朱丹阳和杨春十分同情汪娟娟，对她的恨意似乎减轻了不少。

汪娟娟继续说："后来，我发现有很多的女人和我的遭遇一样，她们全心全意地支持丈夫拼事业，丈夫成功后不念妻子的付出，却在外面花天酒地，直至最后抛妻弃子。我把这样的女人组织起来，成立'打狼会'，专门报复那些无情无义的花心男人。"

林青山心想："你们算什么'打狼会'，不过是一个'怨妇会'组织而已，以毒攻毒，做的也是一些违法乱纪的事。"

符定之说："那你也不能害我们呀，我们和你无冤无仇，为什么要把我们骗到这里来？你放我们走吧。"

汪娟娟说："走？你们是走不了的，所有的人来了就别想走，你们都是实验品。你们要是走了，这里的一切不就暴露了吗？你们安心在这里过完余生吧。"

汪娟娟说完就要走，林青山说："最后问你一个问题，这个山洞里真的藏有宝藏吗？"

汪娟娟说："当然，这里的科研经费大多是靠这山洞里的藏宝支撑的。"

"好吧，你可以走了。"林青山说。

四个人望着汪娟娟的背影，心里各有滋味，两个女人是想恨又恨不起来，两个男人是想打又出不了手。这个女人害了他们，可是又是谁害了这个女人呢？是谁让一个学富五车的女人这么凶残地报复社会的？

过了一会儿，汪娟娟又回来了，她带来了基地的负责人，就是那个年约五十岁，长着一张十分漂亮年轻的脸的贾主任。

汪娟娟对负责人说："贾主任，这就是八人中幸存的四个人，他们有两个是教师，一个画家，一个也是大学毕业生，他们的素质都很高，适合我们的科学研究。"

贾主任微笑着对林青山等人说："你们如果了解了我们的研究内容，也会主动参与我们的研究。"

符定之说："你们设计的这些害人生命的探险项目，我们怎么可能参与你们的研究？"

贾主任说："死去的这几个人，哪一个不该死？"

符定之说："汪建国和吕燕娥是都比较自私，但是，他们罪不至死，而且也不该由你们来定罪，你们这是草菅人命。"

林青山也说："史乔忠不顾他人死活，也是很自私，可黎雅玲没有问题啊，你们让她死了，死得多冤枉！"

汪娟娟接着说："这也是我恨史乔忠这样的人的原因，他们让本来善良的人吃亏！"

贾主任说："黎雅玲选择这样的渣男，她自己也要负责任。这样糊涂的人的基因，我们不想要。"

汪娟娟在一旁打了一个寒战。

贾主任看到了汪娟娟的反应，对她说："你迷途知返，上了渣男的当，能够重新站起来，并且帮助我们进行科学研究，你不要害怕。"

林青山还是一脸疑惑地问："你们到底是什么目的，做这样冒险又违法的事？"

贾主任说："我们一起去看一部专题片，你们就懂得我们的苦心了。"

汪娟娟把大家带到隔壁的一间会议室，屋子很大，像一个巨大的舞厅。

汪娟娟打开电脑，一个巨大的屏幕出现在众人面前。

片子的标题是《基因重组拯救人类》。

"人类到了危险的边缘。几千年的发展，人类仍旧处于思想发展的婴儿期。国与国的争端，企业与企业之间的打压，人与人之间的恶性竞争，还只是少年打架的模式。人类思想之中的自私给地球带来了沉重的负担。战争的目的就是争夺资源，人与人互相欺骗也是为了维护自己的利益。这个世界的资源是有限的，只为了满足自己的欲望侵犯他人的利益，只为了满足自己的欲望伤害他人的感情。人类灭亡不远了。人类原本就是一群天真的不懂事的孩子，我们寻找具有人类优秀基因的人，这些人懂得爱，懂得为了他人的利益牺牲自己的利益。我们的研究就是要把这些人的基因提取出来，将之重组。目前的基因重组仅限于植物和植物之间，动物和动物之间。我们已经打破了植物和动物的界限，并且能够将人类的思想和情感基因提取出来。这是超越所有人类的设想的，已经取得了举世瞩目的科学成就。如果我们的成果公布，将震惊学术界，震惊全人类。我们的目的就是要建立全球食物供应中心，地球上所有的人吃了我们的食物之后，就能去除自私，以爱来对待天下人，对待天下万物，我们这个世界就和谐美好了！目前，我们已经成功提取了具有人类优秀特点的人的基因组，包括编码 DNA 和非编码 DNA、线粒体 DNA 和叶绿体 DNA。我们通过基因组测序和分析，使用高通量 DNA 测序和生物信息学来组装和分析整个基因组的功能和结构，我们研究基因组内的一个基因对另一个基因的影响、一个基因影响多个性状、杂交活力以及基因组内基因座和等位基因之间的相互作用等，我们已经站在了全球基因重组的最前沿。经过五年的研究，我们已经能够随意地对动物进行基因编辑，我们想要动物具有什么基因，动物就有什么特点。我们的事业成功了，人类美好的未来就可以实现。"

贾主任继续说："你们不能只关注自己的生活，不能只爱身边的人，要有大爱。转基因核心借助外源导入，基因组编辑核心是同源重组。只要你们几个人全心全意合作，把你们的基因提取出来，再和我们已经搜集到的几万个人的优秀的基因重组，我们的计划就能实现。经过考验，你们是所有人中间表现最优秀的，只要你们乐意和我们合作，你们的基因将更有利于我们的研究。我们的成功就指日可待。你们先考虑几天，想清楚了就跟我们合作。"

｜第18章｜
想逃跑的都必须死

四个人又被送回到 107 房间。

中午时有人从铁门上的那个窗口递进了饭菜，有鱼有肉，生活上倒没有亏待四个人。

四个人上厕所都有专人陪同，看管得十分严密。

下午四点钟的时候，四个人又分别被带出去体检，有关人员给他们分别建立了档案，看样子是想把他们四人永久留下来了。

杨春体检完回到 107 房间的时候，有点生气，林青山问她怎么了，她说："那个张博士和王博士其实也是大色狼，对我动手动脚的，气死我了。"

林青山是最后一个被带出去的，用的时间也最长，他回来的时候，已经是下午六点半了，山洞里看不到天色，估计外面天也快黑了吧。

虽然是八月天，山洞里却很凉爽，不冷不热，也没有什么蚊虫，四个人的自由受到限制，但饮食生活还是安排得不错。

林青山回来后，四人一起吃过晚饭。林青山说："今晚我们必须逃出去，我刚才体检时听到他们说，明天就要拿我们做实验了。在这些科学疯子的眼中，我们不是人，就是小白鼠。"

"他们看管得这么严，我们怎么出得去？"符定之问。

林青山说："我观察过了，这个山洞里面空间很大，建造得很复杂，但是出口只有两个，而且出口用箭头标识了方向，我们沿着箭头标识的方向走，就没有问题。"

"可是我们被锁在这里，怎么出得去？"朱丹阳问。

林青山说："晚上十一点钟左右的时候，我喊安保人员说要上厕所，等他开了门，我们把他打晕，然后把他锁在里面，我们出去，分两路走，我和杨春向东边的出口走，符老师和朱老师向西边的出口走。"

"我们不能一起走吗？"朱丹阳问。

林青山说："如果一起走，目标太大，容易被一锅端。我们分头走，小心一点，见机行事，是有机会逃出去的。"

大家又商量了一番，讨论了逃跑过程中应该注意的事项。

晚上十一点钟时，林青山拍打着铁门，一个安保人员过来问："深更半夜的，吵什么吵？"

林青山说："我拉肚子，要上厕所。"

保安刚打开门，林青山一把将他拉进屋，一个手刀砍在保安的脖子上，干净利落地将保安打晕了。

四个人都早已准备好，符定之和朱丹阳率先出去。林青山和保安身材差不多，就和保安换了衣服，然后用背包里的绳子捆住保安，想找一块布塞进保安的口中，可是找不到，只好说声"兄弟，对不住了"，从包里拿出一双袜子塞进了保安的口中。做好这一切后，他抓起自己的背包，拉着杨春溜出门，悄悄把门锁了，然后向东边的洞口摸去。

符定之和朱丹阳两人悄悄地向西边的洞口摸去，因为有箭头标识方向，一路走得很顺利，大半夜的，好像也没有碰到什么安保人员，眼看前面不远就是洞口了，只要想法出了洞口，就大功告成了。

正在这时，山洞的门打开了，上午看到的那个贾主任和四个人一起走进山洞，山洞里一览无遗，没有什么障碍物，所以符定之和朱丹阳无处可躲，只好装着若无其事的样子，转过身朝洞里走去，只盼贾主任他们没有注意到他们，然后再回转到洞口。

贾主任他们也看见前面有两个人，还以为是基地里的工作人员，也没有在意，他们进洞以后，朝另一个方向走了。

走了一段路，贾主任突然问："刘科长，上午抓来的四个人都关好了吧？"

刘科长答道："都关好了，上午已经采血，下午还给他们做了体检，一切正常，明天就用他们做实验了。"

"最近实验还顺利吧？"贾主任又问。

"总体还顺利，只是在动物基因嫁接方面还有几项关键技术没有突破，但几个攻关的科学家很有信心，据他们说已经有眉目了。"刘科长答道。

"要快，要尽快占领生物科技制高点，基因技术，谁走在前面，谁就是赢家。"贾主任嘱咐道。

"明白。"刘科长说。

"我突然感觉到，刚才那两个人有点不对劲，他们明明是向洞口走来的，看见我们又走回去了，不会出什么问题吧？"贾主任说。

同行的另外四个人一想，好像也有点问题。

"要不，我们再回去看看？"刘科长说。

"小心驶得万年船，我们投资这么大，建一个实验基地不容易，一定要谨慎，这样吧，小胡陪我回去，你们两人陪刘科长回去看看，有什么特殊情况及时报告。"

"是。"刘科长答道，带领另外两个人往回走。

当贾主任领着几个人向洞中另一个方向走去的时候，符定之和朱丹阳都暗叫一声"侥幸"，看来今晚的出逃比较顺利。当贾主任他们的身影消失在他们视线之内后，他们又重新掉头，向洞口走去。

来到洞口，才发现洞口有一道石门，紧闭着。而负责看守石门的保安刚好不在，估计是上厕所或是做其他的什么事去了吧。

符定之说："这里一定有开关，我们找找看。"

两人找了一会，发现石门右边有一盆鲜花，他们把鲜花拿开，就露出一个绿色的按钮，符定之轻轻一按，石门就缓缓启动了，向左侧移开。

两人露出欣喜的神色。

"你们在做什么？"两人的身后突然传来威严的斥责声。

符定之和朱丹阳转过身，发现三个人堵住了他们的退路和出路。

符定之和朱丹阳心里同时一沉，符定之说："等会我拦住他们，你先往外跑。"

符定之知道不能拖得太久，他一头朝石门处的一个人撞去，一边喊："丹阳，快跑。"

朱丹阳更不犹豫，趁老公撞出的空隙，想溜出石门外，这时一个保安刚好上完厕所回来，见有人想逃跑，三两步追上去，像拎小鸡一样把朱丹阳拎了回来，扔在地上。

朱丹阳身为一个人民教师，平时时时处处受到别人尊重，何曾受到如此羞辱，她站起身就对保安骂道："你是哪里钻出来的野蛮人，有没有教养？"

保安哪里管得了这么多，今天他当班，有人居然差点逃跑了，事后问责，还不知道他会受到什么惩罚呢。现在朱丹阳骂他，他心里无名火起，一脚就又把朱丹阳踹翻了。

符定之见状，护妻心切，知道自己打不过人高马大的保安，冲上去一口咬住保安的胳膊，保安大怒，耳光拳头只管往符定之身上招呼，直至符定之被打瘫在地，保安又狠踢了一脚才停下来。

三个人看着保安行凶，却并没有制止。基地有规矩，对想逃跑的人，任何人都可以打死而不承担责任。

符定之和朱丹阳两人坐在地上依偎着，彼此为对方擦拭着脸上的泪水和血迹。

"刘科长，怎么处理这两个老家伙？"保安问。

"拖去喂鹰虎狗。"刘科长说完，就和另外两个年轻人走了。

刚走了几步，刘科长说："不好，还有两个人肯定也跑了，我们快去107房看看。"

来到107房，见房门锁着，刘科长心里踏实了一些，他喊保安来开门，保安却不见了，刘科长意识到不妙，对同行的一个姓郭的年轻人说道："郭斌，把门锁砸开。"

砸开门一看，刘科长差点气晕了，只见保安被五花大绑，口中塞着臭袜子，正在"唔唔"地挣扎着。刘科长骂声"没用的东西"，对姓郭的年轻人说："郭斌，你快去报告贾主任，就说上午抓来的四个人逃跑了，已经抓住了两个，还有两个没抓住，让他迅速安排人手去找。"

郭斌匆匆而去。

刘科长又对身边的另一个年轻人说："羊二侬，集合所有的保安，就是挖地三尺，也要在天亮前给我把那两个人抓回来，抓不住活的，死的也行，告诉所有的保安，抓住活的有奖，打死了也有奖，就是不能让他们跑掉。"

"明白。"羊二侬回应一声，也是匆匆而去。

此时，贾主任也知道了这里发生的事，他在电话中气急败坏地对刘科长说："进来了就无路可逃，想逃跑的都必须死。"

| 第19章 |
唯有爱是不可辜负的

林青山和杨春悄悄地向东边的洞口走去。

西边的洞口是洞内人平时出入的通道，而东边的洞口平时是封闭的，只有特殊的时候才会开启。

西边洞口的石门开关很容易找到，因为是经常出入的，没有必要搞那么隐秘，而东边的洞口开关却十分隐秘。

林青山和杨春在洞口处寻找了好一阵子了，也没有发现石门的开关。

这时，洞内响起了警报声。

林青山说："他们发现我们逃跑了，应该正在追捕我们，不知道符老师和朱老师他们怎么样了。"

杨春说："希望吉人自有天相吧。你听，有人朝我们这边跑过来了。"

林青山说："你躲在阴暗的地方，我穿着保安服可以抵挡一阵子。"

很快来了五个人，远远地就在问："喂，保安，你看见上午抓来的两个人没有？"

林青山答道："我也正在找。"

"你到别的地方去找，我们五个人是奉刘科长之命来守洞口的。"

"好的。"林青山说，他感觉这个人的声音有点熟悉，随着他们逐渐走近，果然是上午抓他们的那个黑而瘦的王博士。

"你快走开，到别的地方去找人，还在这里磨蹭什么？要是找不到人，我把你们这帮饭桶保安全部拖去喂鹰虎狗。"王博士又朝林青山吼道。

林青山向王博士他们走过去，王博士他们几个人也没在意，当林青山走到离王博士只有两三米的时候，王博士抬头看了保安一眼，马上认出了这人正是林青山，他来不及叫出声，林青山就冲上去，三下五除二地把五个人全打晕在地，然后拖到阴影处，在四个人身上再补了一个手刀，以延迟他们苏醒的时间。他从包里拿出绳子，把王博士牢牢地捆住，再把他掐醒。

王博士睁开眼，只感觉到头疼欲裂，他看到林青山和杨春都在他面前，而杨春手上还拿着一把手术刀在他眼前晃。杨春的刀是从林青山背包里拿出来的，当初被蛇咬了就是靠这把刀划破皮肤去毒的。

"说，洞口石门的开关在哪里？"林青山问。

"你们跑不出去的，洞里所有人都在找你们，你们乖乖放了我，到时我还可以帮你们说话。"王博士说。

林青山给了王博士一拳，说："快说，石门的开关在哪里？"

"我不知道，这个石门开关的位置只有贾主任一个人知道，其他人都不知道。"王博士说。

"大哥哥，你不说是吧，小妹我可要用刀在你脸上写字了。"杨春说道，用刀在他脸上比画。

"小妹妹，你这么漂亮，只要你答应做我的老婆，我可以去向贾主任说，绝对不追究你们逃跑的责任。"王博士色眯眯地看着杨春说。

这家伙到了这个地步，居然还出言调戏，林青山也是无语了。他一把从杨春手中拿过手术刀，随手一挥，割破了王博士的裤裆。

在海林生活的人都习惯穿大裤衩，这样凉快舒适，王博士虽然不是海林人，但长期在这里生活，也习惯了这种生活方式，今晚刚脱衣服准备睡觉，洞内突然警报声大作，刘科长又在屋外叫他迅速去守东边的洞口，所以慌慌张张地只穿了一个大裤衩，又在上身套了一件 T 袖衫就直奔东边洞口来了。

现在林青山随手一刀割破了他的裤衩，还差点伤到要害，王博士又惊又怒又怕，还有三分不好意思，他气愤地说："你要干什么？"

杨春也是回避不及，她脸一红，转开头对林青山吼道："林青山，你个龟儿子，你要死啊。"

林青山没想到王博士没穿内裤，不过也好，正好再吓唬他一下，他对杨春说："你回避一下，我来给王博士做个小手术。"

"做什么手术？"杨春问。

"女人不懂就别问。"林青山说道，干脆用手术刀把王博士的大裤衩全割掉了，下半身全裸了。

杨春红着脸转过头不看。

林青山说："王博士，你是生物学博士，你应该知道我现在要做什么手术了吧，如果你不知道石门开关的位置，你就要当太监了。"

"你别乱来。"王博士惊恐地说。

"你放心，我虽然是第一次给别人做这样的手术，但我会很小心的。现在开始数数了，我数三声，你还不知道开关的位置，我就开始给你做手术。一、二——"

"等等，石门开关在地上，用一块黑色的小塑料皮掩盖着。"王博士说，脸上全是冷汗。

"你去找找。"林青山对杨春说。

杨春找了一会，说："找到了。"

林青山说："快把石门打开。"

杨春按下绿色的开关，石门便缓缓移开，等可以出去的时候，林青山一个手刀，再次将王博士打晕过去，然后和杨春朝洞外跑去。

两人刚跑出一百来米，就听见后面有人追来。

好在天黑，那些人看不到他们。林青山说："我们往树林里钻，这么大的山，他们不可能找到我们。"

两个人钻进树林，往山下跑去。走了老远，还听见有人在吆喝。

走了一个多小时，已经是凌晨三点多钟了，再过两三个小时天就亮了。林青山和杨春终于逃了出来，两人沿着山中小路穿行，杨春累得走不动了，林青山不敢耽搁太久，他蹲下身对杨春说："趴我背上，我背你走。"

"可是你也很累呀。"杨春说。

"再累我们也要走，现在还不安全，他们随时有可能找到我们的。"林青山说。

杨春不再忸怩，趴到林青山的背上，两人在山上穿行。

杨春趴在林青山的背上，心里觉得特别温暖和踏实，这种感觉以前从来没有人给过她，她是第一次从另外一个人身上得到这种有归宿的感觉。

杨春闻着林青山身上男人的味道，一时心中柔情万千，忍不住轻声问道："林青山，你爱我吗？"

林青山一愣，说："我不知道，但我很喜欢你，如果能和你一起生活，我想我是愿意的。"

杨春说："可是，我发现我爱上了你，我离不开你了，我要做你的婆娘。"

"你说真的吗？"林青山有些欣喜地问，"只要你愿意嫁给我，我一辈子对你负责。"

杨春说："那就够了，我相信你也会爱上我的。这两天的经历，让我百分之一万地信任你了。"

两人柔情蜜意地走着，不知不觉地已经快下山了，只要一下山，山下有公路，人来人往就安全多了。

天快亮了，天上是淡青色的，看得到一朵朵的白云，今天是个大晴天。林青山想。

"休息一会儿吧，已到山脚了，我想我们现在应该比较安全了。"杨春说。

林青山说："好。我们休息一会，然后到水满乡乡政府求助，不过，我们不能走公路，我估计汪娟娟他们还在找我们，说不定公路上也有他们的人，他们现在肯定出动了全部的力量在抓我们。"

"那是一定的，我们逃走后，他们肯定睡不着了。"杨春看着林青山说，

"我觉得你好 Man 啊。"

林青山不敢看杨春。

"你怕我吗？"杨春问。

林青山点点头，又摇摇头。

杨春咯咯笑了，说："你一定要我主动吗？"

林青山犹豫了一下，猛的把女人拉入怀中，低下头吻了上去。

劫后余生，唯有爱是不可辜负的。

上午九点钟左右，林青山和杨春两人来到水满乡乡政府，找到乡党委书记和镇长，把仙女山的情况大致反映了一下。乡党委书记觉得兹事体大，马上安排车辆送林青山和杨春到市公安局报警，市公安局做完笔录后，又立即向省公安厅进行了汇报，然后用专车把林青山和杨春送到了省公安厅。

|尾声|

八月底，全国各大媒体都转载了一则消息：

日前，海林省警方捣毁五指山市内的一非法生物实验基地，抓获犯罪嫌疑人34名。同时捣毁一非法贩卖走私文物团伙，抓获犯罪嫌疑人12名，缴获各种文物2773件，另收缴各类珠宝价值逾3亿元人民币。

国庆节的时候，林青山和杨春领证结婚了，两人没有宴请宾客，一起到西藏旅游去了。